拓展阅读美绘少年版

东周列国故事

明·冯梦龙 原著　　赵子彦 改编

北京·旅游教育出版社

责任编辑：何玲

图书在版编目（CIP）数据

东周列国故事 /（明）冯梦龙原著 ；赵子彦改编
. -- 北京 ：旅游教育出版社，2017.3
（拓展阅读 ：美绘少年版）
ISBN 978-7-5637-3536-5

Ⅰ. ①东… Ⅱ. ①冯… ②赵… Ⅲ. ①章回小说—中国—明代 Ⅳ. ①I242.4

中国版本图书馆CIP数据核字（2017）第038556号

拓展阅读美绘少年版东周列国故事

明·冯梦龙 原著　赵子彦 改编

出版单位：旅游教育出版社
地　　址：北京市朝阳区定福庄南里1号
邮　　编：100024
发行电话：（010）65778403　65728372　65767462（传真）
本社网址：www.tepcb.com
E-mail：tepfx@163.com
印刷单位：三河市南阳印刷有限公司
经销单位：新华书店
开　　本：170×240　1/16
印　　张：19
字　　数：190千字
版　　次：2017年3月第1版
印　　次：2018年3月第3次印刷
定　　价：30.00元

前言

东周（公元前 770 年—公元前 221 年）是中国历史上一个至关重要的时期。自周平王东迁后，周王室的地位一落千丈，“天下共主”已徒具虚名；中国由此进入了一个持续五百余年的大动荡、大分裂时代。

东周的前半期，诸侯争相称霸，史称“春秋时代”；东周的后半期，诸侯相互征伐，史称“战国时代”。春秋战国时代是名副其实的乱世，同时也是一个英雄辈出、群星璀璨的时代，涌现出太多后人耳熟能详、津津乐道的王侯将相、英雄美人。《东周列国志》描写的就是西周末年至秦始皇统一六国这五百多年间的历史。

作者冯梦龙是明末著名的戏曲家、小说家，除著有《东周列国志》外，还著有《两汉志传》《喻世明言》等书。《东周列国志》虽然为演义小说，在创作时采用了一些戏剧性和夸张性的手法，但书中叙写的历史场景均取材于《国语》《左传》《战国策》《史记》四部史书。作者将分散的历史故事按照时间顺序穿插编排，融为一炉，成为一部结构完整的历史演义小说。

本书以《东周列国志》为蓝本，用通俗易懂的语言将原著翻译缩写成适合青少年阅读的文本，在尊重原书故事脉络的基础上，撷取了一系列生动的历史故事，如“烽火戏诸侯”“羊皮赎相”“孙武练兵”“田忌赛马”“合纵连横”等；展示了“长勺之战”“城濮之战”等著名战役；刻画了管仲、伍子胥、孙膑、张仪、苏秦、乐毅、荆轲等著名的历史人物。

书中对于中国古代的一些特定词汇、称谓、地名和物品均加以注解，并在每个章节的最后设置了“知识链接”和内容“评析”部分，以便让青少年读者更加深入地了解作者塑造人物的艺术手法、故事设置的技巧，扩大知识面。

相信青少年朋友在阅读本书时，不仅能读到有趣的故事，更能汲取古人的智慧，学习古代智者身上优秀的品质，学会辨别是非善恶、忠奸智愚，从而领悟为人处世的道理。

人物关系图

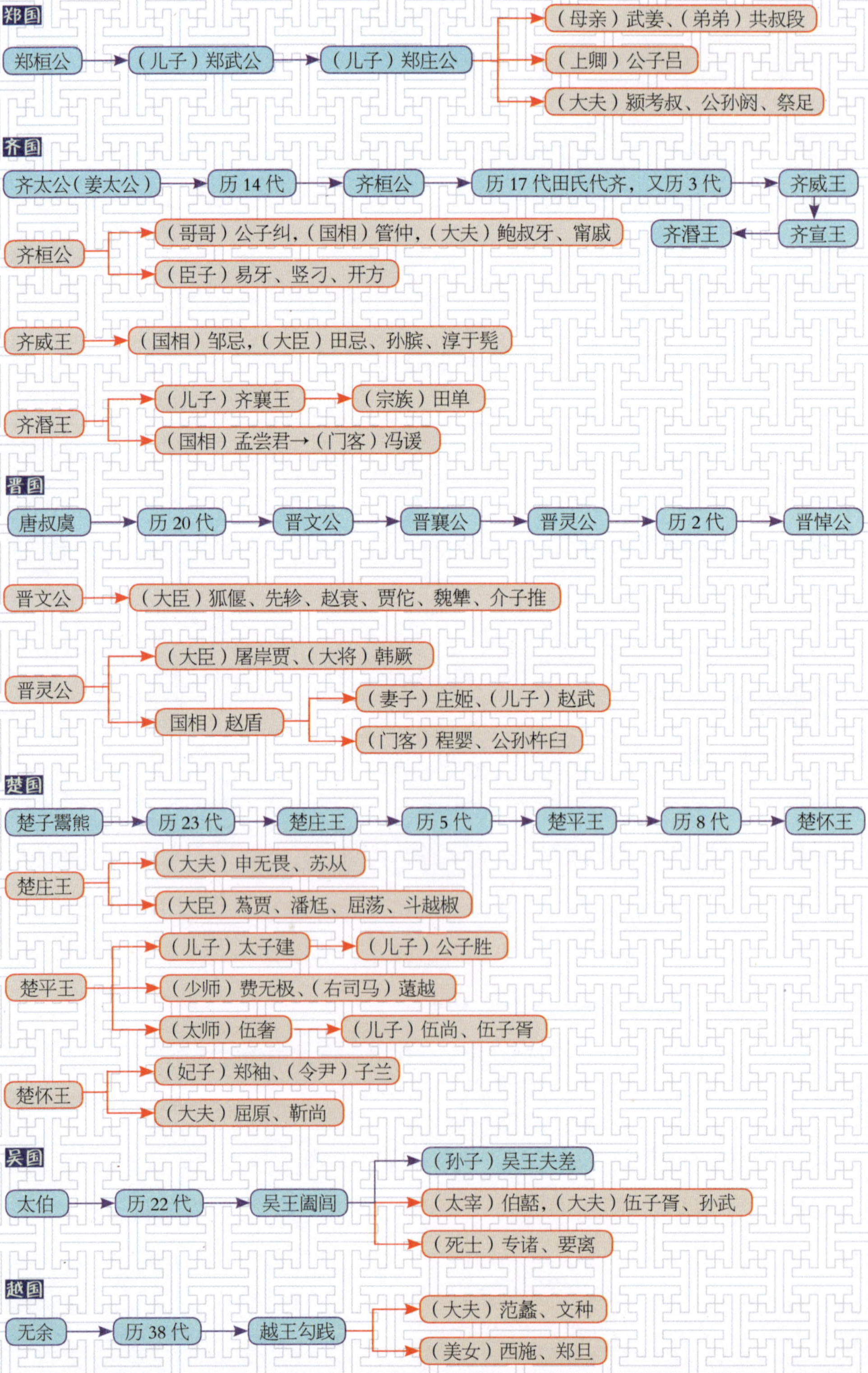
郑国
郑桓公
（儿子）郑武公
（儿子）郑庄公
（母亲）武姜、（弟弟）共叔段
（上卿）公子吕
（大夫）颍考叔、公孙阏、祭足
齐国
齐太公（姜太公）
历 14 代
齐桓公
历 17 代田氏代齐，又历 3 代
齐威王
齐宣王
齐湣王
齐桓公
（哥哥）公子纠，（国相）管仲，（大夫）鲍叔牙、甯戚
（臣子）易牙、竖刁、开方
齐威王
（国相）邹忌，（大臣）田忌、孙膑、淳于髡
齐湣王
（儿子）齐襄王
（宗族）田单
（国相）孟尝君→（门客）冯谖
晋国
唐叔虞
历 20 代
晋文公
晋襄公
晋灵公
历 2 代
晋悼公
晋文公
（大臣）狐偃、先轸、赵衰、贾佗、魏犨、介子推
晋灵公
（大臣）屠岸贾、（大将）韩厥
国相）赵盾
（妻子）庄姬、（儿子）赵武
（门客）程婴、公孙杵臼
楚国
楚子鬻熊
历 23 代
楚庄王
历 5 代
楚平王
历 8 代
楚怀王
楚庄王
（大夫）申无畏、苏从
（大臣）蔿贾、潘尪、屈荡、斗越椒
楚平王
（儿子）太子建
（儿子）公子胜
（少师）费无极、（右司马）薳越
（太师）伍奢
（儿子）伍尚、伍子胥
楚怀王
（妃子）郑袖、（令尹）子兰
（大夫）屈原、靳尚
吴国
太伯
历 22 代
吴王阖闾
（孙子）吴王夫差
（太宰）伯嚭，（大夫）伍子胥、孙武
（死士）专诸、要离
越国
无余
历 38 代
越王勾践
（大夫）范蠡、文种
（美女）西施、郑旦

魏国

魏文侯 → 历 1 代 → 魏惠王 → 历 2 代 → 魏安釐王

魏文侯 → （国相）李悝、翟璜，（郡守）西门豹

魏惠王 → （大将）庞涓

魏安釐王
- → （妃子）如姬、（大将）晋鄙
- → （异母弟）信陵君→（门客）侯嬴、朱亥

赵国

赵烈侯 → 历 4 代 → 赵武灵王 → 赵惠文王 → 赵孝成王

赵武灵王 → （叔叔）公子成、（大臣）肥义、（大将）楼缓

赵惠文王
- → （宦官）缪贤、（上卿）蔺相如、（大将）廉颇
- → （大将）赵奢 → （儿子）赵括
- → （弟弟）平原君 → （门客）毛遂

赵孝成王 → （大将）李牧

燕国

燕召公 → 历 13 代 → 燕昭王 → 历 3 代 → 燕王喜

燕昭王
- → （大臣）郭隗，（大将）剧辛、栗腹、秦开
- → （大将）乐毅 → （儿子）乐闲、（宗族）乐乘

燕王喜 → （儿子）太子丹
- → （门客）樊於期
- → （门客）荆轲、秦舞阳、高渐离

秦国

秦非子 → 历 13 代 → 秦穆公 → 历 16 代 → 秦孝公 → 秦惠文王 → 历 3 代 → 秦庄襄王 → 秦始皇

秦穆公
- → （大夫）百里奚 → （儿子）孟明视
- → （大夫）蹇叔 → （儿子）西乞术、白乙丙

秦孝公 → （左庶长）商鞅

秦惠文王 → （国相）张仪、（六国相）苏秦

秦庄襄王（异人）
- → （儿子）秦始皇
- → （妾）赵姬、（大臣）吕不韦

秦始皇
- → （儿子）秦二世胡亥、扶苏
- → （大将）白起、王翦、李信、蒙恬
- → （国尉）尉缭、（丞相）李斯、（宦官）赵高

目录

第一回

幽王烽火戏诸侯

公元前11世纪，周武王姬发在牧野之战中打败了商纣王帝辛，建立了周朝。姬发任用贤臣，实行分封，子传孙、孙传子，到了第十二代，江山传到了周幽王的手中。

周幽王素来为人凶狠残暴、喜怒无常，他继位后更是变本加厉，索性什么国家大事都不管，整日里只知道吃喝玩乐，任用一些善于溜须拍马的大臣，四处给他寻找美女。周幽王手下有一名叫褒珦（bāo xiàng）的大臣，对他的做法实在看不下去了，劝他多为国家和百姓做事，周幽王不但不听，反而把他关进了监狱。从此朝野中再无人敢说真话了。

褒珦入狱后，他的家人非常着急，千方百计地想把他救出来。一天，褒珦的儿子洪德路过一个小村庄时，偶然间发现了一名绝色美女，名叫褒姒（sì）。这个女孩虽然才十几岁的年纪，但长得眉清目秀，唇红齿白，发如乌云，指如白玉，有倾国倾城之貌。洪德心想，周幽王酷爱美女，如果自己能把褒姒带回去献给他，说不定他一高兴，父亲就能从大牢里放出来了。

于是，洪德花重金将褒姒买下，带回家中悉心调教，并专门派人教她宫中的礼仪。准备就绪后，洪德将褒姒盛装打扮了一番，送到了周幽王的面前。周幽王一见，果然喜欢得不得了，当场下令释放了褒珦。

褒姒入宫以后，周幽王十分喜欢她，真可谓“六宫粉黛（dài）[1]尽失颜色，万千恩宠集于一身”。几年后，褒姒给周幽王生了一个儿子，取名伯服。

可是，许多年过去了，尽管周幽王事事都顺着褒姒，褒姒却从未开口笑过。

一天，周幽王终于忍不住了，问褒姒道：“爱妃，寡人什么事都依着你，为什么你从来不笑呢？你到底喜欢什么？”

褒姒回答说：“臣妾从小就不喜欢笑。不过，前几天听到有人撕绸缎的声音，倒觉得有些好玩。”

周幽王大喜道：“这有何难！”当即命人抬来很多绸缎，并找了几个力气大的宫女撕给褒姒听。然而，宫女们把两只胳膊都撕软了，褒姒还是不笑。

---

[1] 六宫粉黛：泛指皇帝后宫的美女。六宫：皇帝的寝宫。粉黛：粉，脂粉；黛，妇女用以画眉的青黑色颜料。

周幽王很郁闷："爱妃为什么还是不笑啊？"

褒姒说："看样子臣妾真的是不会笑了，长这么大就从来没有笑过。"

周幽王说："寡人一定要让你笑一次！"于是他下令百官，寻找让褒姒开颜一笑的办法。

这时，有一个名叫虢（guó）石父的人前来献计说："臣有办法令王后开心一笑。"

周幽王忙问是何计。虢石父说："以前，为了防范**犬戎族**[1]的进攻，先王曾在骊山脚下建造了二十个烽火台和数十架大鼓，和诸侯约定，一遇敌人侵犯，就可点燃烽火台、敲响大鼓为号，诸侯们就会立即带兵前来救援。如今，天下太平，几十年来这烽火台就从没点燃过，大王何不把它点燃了，让诸侯们率兵来救，结果扑一个空，懊恼而回，王皇后看到这种情况，一定会觉得好笑！"

周幽王一听大喜，当即应允，带着褒姒赶往骊山。

文武百官纷纷劝阻："大王，万万不可啊！无故点燃烽火就等于是在戏弄诸侯，以后要是真有战事再点烽火，诸侯们肯定不会相信了！"

周幽王听了，十分不耐烦地说："现在天下太平，哪来的战事啊！就算以后真有事，我也不会怪你们的！"说完立即下令点火、击鼓。

一时之间，只见烽火**狼烟**[2]直上云霄，鼓声震天动地，场面十分壮观。四方的诸侯见了，以为犬戎族打来了，军情紧急，当即调兵遣将，赶往骊山集合。然而，当他们终于赶到骊山时，却压根没有看到敌人的影子，只有周幽王和褒姒在那里兴致勃勃地饮酒作乐。

❶ 犬戎族：周代时，西北的一支少数民族。

❷ 狼烟：古代边防报警时烧狼粪升起的烟，也借指战火。

领军的将领问道："大王点燃烽火，可是有敌人来犯？"

周幽王摇着头说："没有，寡人只是想测试一下诸侯们的警觉程度，你们辛苦了！"

众将面面相觑，但因为周幽王毕竟是天子，也不好发作，只得气愤地带着部队离开了。

褒姒站在山顶，望见诸侯们骑着马匆匆赶来却又郁闷而去，一副狼狈的样子，不禁拍手大笑。周幽王见褒姒终于笑了，也非常高兴，当即下令赏虢石父黄金千两！褒姒"千金一笑"的故事也就传开了。此后，周幽王对褒姒更是言听计从，宠爱异常。

褒姒受宠的事让废太子宜臼（jiù）坐立不安。他是申后的儿子，担心褒姒会加害于他，于是找机会逃出宫，投奔了舅舅申侯。申侯写信给幽王，替妹妹和外甥求情，谁知竟惹恼了周幽王，幽王派出虢石父为大将，带兵讨伐申侯。

申侯为求自保，向犬戎族的首领求援，许诺攻下周朝都城**镐（hào）京**[1]后，王宫中的金银财宝任凭犬戎搬取。犬戎族首领应允，当即率领大军杀奔而来。

周幽王得知犬戎族来犯的消息后，立即下令将骊山的烽火点燃。然而，诸侯们因为上次上了当，竟没有一兵一卒前来救援。镐京的兵马原本就不多，勉强抵挡了一阵，就溃不成军。犬戎大军攻进了镐京城，将城里财宝一抢而空，并杀死了周幽王、虢石父和伯服，掳走了褒姒，最后一把火烧了王宫。

谁承想这些犬戎人马此后长期盘踞京城，无心归返，他们为非作歹，引得百姓怨声载道。申侯无奈，又联合中原三路诸侯打退了犬戎，拥立宜臼为天子，就是周平王。

公元前 770 年，为防范犬戎族再次来犯，周平王迁都**洛邑**[2]，史称东周。东周的建立，即是春秋战国的开端。

---

❶ 镐京：今陕西西安一带。它作为西周的国都有三百余年，又称西都。

❷ 洛邑：今河南洛阳一带。周武王死后，周公辅佐他的儿子周成王在洛邑建立国家礼仪规范，因此这里又称"成周"，即周成于此的意思，后也称为"东都"。

知识链接

倾国倾城

倾国倾城出自《汉书·外戚传》。汉武帝时音乐家李延年写了一首诗："北方有佳人，绝世而独立，一顾倾人城，再顾倾人国。宁不知倾城与倾国，佳人难再得"。这位佳人就是他的妹妹。汉武帝听他唱了此诗后，将他的妹妹接进宫纳为妃子，封"夫人"，即史书上所称的"李夫人"。后世便用倾国倾城形容绝色美女。

李夫人貌美如花，通音律，善歌舞，很受武帝宠爱。后李夫人病重，武帝前往探望，而李夫人始终背对武帝，不以正面见君，说是病颜憔悴，怕有损自己在武帝心中的美好形象。李夫人死后，武帝在很长一段时间都对她怀念不已。

评析

褒姒是历史上有名的十大"红颜祸水"之一，很多人将西周的灭亡归结于她妖媚惑主，但事情的实质并不是这样。封建王朝中通常不会将错误归结在帝王身上，帝王的错误都需要一个替罪羊，褒姒不过就是那只羊而已。

信用是一个人乃至一个国家的立世根本。周幽王烽火戏诸侯，到头来戏弄的是自己。烽火戏诸侯只不过是西周灭亡的催化剂，当时的西周政权已经摇摇欲坠，各诸侯早已在私下扩充自己的实力，西周的灭亡是迟早的事。只可惜一代美人被掳掠之后，自此下落不明，给后人平添了几分唏嘘。

第二回

郑庄公智克共叔

周平王东迁至洛邑后，只见街市繁华，宫殿壮丽，和镐京没什么两样，顿时喜出望外。他依照分封制的传统，大肆犒赏诸侯。因掘突在保护周王室的战斗中表现突出，周平王让他承袭了父亲的爵位，称郑武公，并赏赐封地。后来，郑武公兼并了东虢和邻国的土地，建立了“新郑”。

郑国以荥（xíng）阳[1]为首都，加强了国内的防御措施，并在重要的军事要冲设立了关卡，从此势力日益强大。与此同时，作为周朝重要的卿士，郑武公在朝廷中的地位也日渐显赫，到平王十三年时，他已经开始独掌朝政了。

郑武公的夫人姜氏是申侯的女儿，生了两个儿子：长子名叫寤（wù）生，次子名叫段。因为寤生出生时姜氏在坐蓐上睡着了，睡醒后才知晓，因此心中不快。二儿子段长得很漂亮，脸蛋儿白得就像搽（chá）了一层粉，嘴唇红得就像涂了一抹朱砂，而且力气很大，善射箭，武艺高强，姜氏就特别偏爱段。

姜氏多次向丈夫要求立段为世子[2]，但郑武公认为长幼有序，而寤生也没有犯什么过错，不能废长立幼，因此不予采纳，反而只把一个小小的共城作为段的封地，姜氏心里非常生气。段因为封地在共城，人们又称其为“共叔”。

公元前 743 年，郑武公驾崩后，寤生即位，即为郑庄公，同时继续担任周朝的卿士。

---

1. 荥阳：今河南荥阳市。
2. 世子：古代宗法制规定唯一能继承爵位的人。

姜氏对段没能继承到爵位一直耿耿于怀。一天，她对郑庄公说："你如今继承了父亲的爵位，封地有好几百里，可你的同胞兄弟却还待在那么小的一个地方，你忍心吗？"

郑庄公说："母亲认为我该怎么做才比较合适呢？"

姜氏说："你能不能把制邑[1]那个地方封给他？"

郑庄公说："制邑是郑国最险要的地方，父亲生前曾嘱咐过我，不许分封给任何人。除了这个地方，其他的地方我都可以封给弟弟。"

姜氏想了想，说："那把京城封给段也成。"

郑庄公沉默不语。

姜氏大怒："那你干脆把他轰到别的国家去，让他自己想办法混饭吃吧！"

郑庄公见母亲生气了，连忙赔礼，再三安抚后，这才小心翼翼地退了出去。

第二天上朝，郑庄公就把共叔段叫来，要把京城赐封给他。

大夫祭足劝阻说："主公，万万不可！常言道：'天无二日，民无二君。'京城地广人多，其重要性和国都荥阳不相上下，更何况共叔是您母后的爱子，如果他日后仗着您母后的宠爱，势力逐渐增强，肯定会滋生事端的。"

郑庄公说："这可是母亲的愿望，我怎么敢不听呢？"于是，把京城封给了共叔。

共叔谢了恩，进宫来向母亲辞行。姜氏让左右退下，悄悄对共叔说："你哥哥不念手足之情，对你也太刻薄了，今天他把京城封给你，还是我再三恳求他才答应的，想必他心里准不乐意。你到京城之后，加紧招兵买马，暗地准备，等将来一有机会，我马上派人告诉你。母亲最大的愿望就是希望你能当上郑国的国君，要是这样，我就算死了也没有什么遗憾了！"

共叔与母亲又商议了好一阵子，这才高高兴兴地起程去京城了。

共叔来到京城后，要求当地官员将封地所有的贡税如数上缴，兵马车辆全都收编，由自己亲自调遣，完全不将朝廷放在眼里。当地官员早就听说他

[1] 制邑：今河南荥阳市峡窝镇上街村。

是姜氏的爱子，哪里敢违抗，只好暂且答应下来。共叔以打猎为名，每天出城操练兵马，并把城中的百姓都编进了军队的名册中。后来，共叔乘机占领了鄢（yān）[1]和廪（lǐn）延[2]两地。京城有官员见苗头不对，连忙逃回荥阳，将此事禀报给了郑庄公。郑庄公听了，只是微微一笑。

上卿公子吕劝道："如今，共叔内有他母亲的宠爱，外有京城的坚固，一天到晚练兵习武，早晚定会谋反。恳请主公给我一支人马，让我直捣京城把他捉回来，以免后患。"

郑庄公说："段又没有什么大错，我们怎么能去兴兵讨伐他呢？"

公子吕说："共叔不仅吞并了京城西边、北边的土地，就连鄢和廪延两地也被他抢走了。郑国的土地怎么能任他像割肉一样，一块一块地割走呢？"

郑庄公说："段是母亲的爱子，我的亲弟弟。我宁可失去土地，也不愿意伤了手足之情和母亲的心。"

公子吕劝道："如今国内人心惶惶，实为大忌。主公现在姑息共叔，就怕将来共叔以怨报德啊！"

郑庄公静静地看了公子吕一会儿，下令左右回避。他悄悄对公子吕说："其实，此事我已经考虑很久了。段虽然不守规矩，但并没有公开叛乱，我若派大军前去征讨，母后必然会从中阻挠，白白地招外人议论，不但会说我不讲兄弟情义，还会骂我不孝。我现在暂且任他胡作非为，他有恃无恐[3]，就会更加肆无忌惮。等到他真的起兵造反，我再一举剿灭他，到时候就没有人能说什么了。"

公子吕叹道："主公远见卓识，真不是我们这些臣子比得了的。可就怕共叔的势力一天天强大起来，到时候反不易铲除。臣有一计，可令共叔早点现出原形。"

郑庄公问："你有什么好计策吗？"

---

❶ 鄢：今河南焉陵县一带。
❷ 廪延：今河南延津县北。
❸ 有恃无恐：因为有所倚仗而毫不害怕，或毫无顾忌。

公子吕说："主公好久没去洛邑上朝，无非是怕共叔闹事，现在您可假装去洛邑，共叔以为荥阳空虚，必然会兴兵来犯，臣预先领兵埋伏在离京城不远的地方，待共叔一出城，我便率军出击，夺取京城，您率领大军从廪延杀过来，到时候共叔腹背受敌，自然插翅也难飞了。"

郑庄公当即采用采纳了公子吕的建议。

公元前 722 年，郑庄公假装传令起程去洛邑，协助天子料理政务，命大夫祭足**监国**[1]。姜氏听说这一消息，喜出望外，连忙写了一封密信，派心腹送到京城，约共叔在五月上旬出兵来攻打荥阳。

郑庄公出城之后，绕了一圈，直奔廪延而去。公子吕率领着二百辆战车，悄悄去京城附近埋伏。

共叔接到姜氏的密信后，当即清点大军，借口奉庄公之命回都城监理国事，直奔荥阳而去。公子吕预先派人装成做买卖的混进京城，等共叔的军队一出城，就在城楼上放火为号，公子吕见火光一起，马上带兵冲进城来，不费吹灰之力，就攻下了京城。

共叔得知京城失守的消息，大吃一惊，连夜回兵营救。当夜，共叔的军营中就有人接到了城内家里人的来信，信中都是说郑庄公如何宽厚有德，共叔如何不仁不义的。消息一传十，十传百，顿时军心思变，很多人连夜就逃跑了。共叔本想带着残余部将逃往鄢，可探子回报，那里早已被郑庄公的兵马占领了。无奈之下，共叔只得退守共城。但这个小小的城池如何能抵挡两路大军的一起进攻？很快，共叔就被打败了。他仰天长叹："母亲的偏爱反而害了我，我哪里有脸再见哥哥啊！"说完拔出宝剑，自刎而亡。

郑庄公得知这个消息后，悲痛万分。他认为这一切都是母亲造成的，一怒之下便将母亲发配到了颍（yǐng）城，还发誓说："此生不到**黄泉**[2]，母子不再相见！"过了一段时间后，郑庄公的怒气渐渐平息了，他对自己当时的冲动

---

❶ 监国：即监理国事，是古代的一种政治制度，在君主有事外出不在京城时，由重要的大臣或太子代君主留守宫廷，处理政务。

❷ 黄泉：地下的泉水，借指人死后埋葬的地方，也指阴间。

决定十分后悔，然而，一言既出驷马难追，一国之君说出的话更是如此。这事便成了他的一块心病。

颍城有一个地方小官儿，名叫颍考叔，为人正直无私，特别孝顺父母。他知道了郑庄公的心病后，便主动来到荥阳求见郑庄公。

颍考叔将猫头鹰作为野味献给郑庄公，郑庄公从未见过，就问这是什么鸟。颍考叔回答说："此鸟名叫'猫头鹰'，是一种非常不孝的鸟。这种鸟由母亲喂大后，就会将母亲吃掉。"

郑庄公十分懊恼，说："我如今的行为不就像这猫头鹰一样吗？可大错已经铸成，该如何弥补呢？"

颍考叔说："我倒有一个办法，可以让您不用违背誓言，就可和您母亲相见。"他让郑庄公派出五百名壮汉，在牛脾山[1]下挖了一口井，一直挖了十多丈深，直到泉水咕嘟嘟地冒了出来，然后在泉水旁边用木头修了个地室。颍考叔自己则回到颍城去拜见姜氏，委婉地说明了郑庄公的悔恨之情，以及要把她接回去养老的想法。姜氏又悲又喜，跟着颍考叔来到牛脾山下的地室里。几天之后，郑庄公也坐着马车来了。母子二人相见，抱头痛哭。

郑国的百姓们见郑庄公母子重归于好，一同高高兴兴地回来了，无不拍手称赞。郑庄公封颍考叔为大夫，执掌郑国的兵权。

知识链接

分封制

古代天子分封诸侯的制度。天子将土地分给亲属或功臣，所封之地称为"诸侯国""封国"或"藩国"，统治封地的君主被称为"诸侯"或"藩王"。我国古代，从尧、舜经夏、商到周朝，采用的都是分封制度。

以周朝分封制为例。在周代国家土地不完全是周王室的，而是分别由获得封地的诸侯所有，领地内的所有资源和收益都属于诸侯所有，周天子并没

❶ 牛脾山：今河南汝州市陵头乡境内。

有直接的权力。但为了维护周王室的统治，诸侯必须服从周天子的命令，承担镇守疆土、随从作战、交纳贡赋和朝觐述职的义务。诸侯在自己的封疆内实行再分封，诸侯分给卿大夫，卿大夫分给士。卿大夫和士也要向上一级承担作战等义务。这样层层分封下去，形成了贵族统治阶层内部的森严等级：天子——诸侯——卿大夫——士。秦始皇统一中国后，取消“分封制”，推行“郡县制”。

评析

郑庄公智克共叔段的这种谋略被后人称为“欲擒故纵”之计，还被写进了兵法，为后世许多人所沿用。本回故事告诉我们，消灭敌人时不要一味地硬碰硬，要善于等待时机，在拥有智慧和实力的同时，也要有耐心，这样才能获得成功。打仗的目的是消灭敌人，如果逼得敌人狗急跳墙，垂死挣扎，自己前去讨伐也会付出沉重代价，倒不如暂时先放敌人一马，等他松懈了再加以致命打击。但“纵”不是彻底放弃，而是稍微放松一下，让敌人疏忽之下露出马脚，最终达成“擒”这一目的。

第三回

郑庄公假命伐宋

郑庄公平定内乱后，国力日益强盛。周平王担心朝政大权被郑庄公操纵，有意识地要削弱郑庄公的权力，于是逐渐将一些政务交给虢公负责。郑庄公得知这一消息后，当天就坐上马车赶往洛邑，朝见周平王。

郑庄公见到周平王后，说："臣承蒙圣恩，让我们父子相继掌管朝政，但因内乱，很长时间都没能前来尽职了。如今内乱刚平息，臣就连夜赶来洛邑，谁知半路听闻大王有心要把政务托付给虢公。臣的才能比虢公差远了，臣愿意把职位让给他，安心退回我的封地。"

周平王不愿公开得罪郑庄公，于是挽留道："郑国为周朝立过大功，四十多年来，君臣始终相处得很好。如今爱卿对寡人有了疑心，寡人如何才能表明自己的态度呢？"周平王担心君臣间生出了嫌隙[1]，提议将各自的儿子交给对方做人质。于是郑庄公将世子忽送到洛阳当人质，周平王也把自己的儿子狐送到郑国当人质。这件事情之后，郑庄公就留在洛阳辅政，君臣二人相安无事。

公元前 720 年，周平王驾崩，太子狐返回洛邑继承王位，世子忽也回到了郑国。太子狐回国后不久就去世了，由儿子姬林即位，也就是周桓王。

周桓王认为父亲的死与郑庄公有关，又见郑庄公权倾朝野，心里又怒又怕，于是下令将郑庄公赶回郑国。郑庄公回国后，非常恼怒，一心想寻找机会向周桓王讨回公道。

[1] 嫌隙：因彼此猜疑或不满而产生的恶感、仇怨。

当时正值农历七月，各地的庄稼都已经成熟了，郑庄公派祭足率兵前往温国和成周两地，以借粮为由，强行将当地的庄稼收割了，以此向周朝示威。周桓王十分生气，打算兴兵问罪。

周公黑肩劝阻周桓王说："偷麦的是祭足，郑庄公未必知道。这不过就是边境上的一点小事，如果因此就和郑国兵戎相见，实在是不值得。郑庄公得知此事后，心里一定不好受，自然会亲自来向您认错的。"

周桓王同意了，不再计较郑国军队偷麦的事情，只命令边界一带的守军加强防备。果然，郑庄公见周桓王不予追究，心里反而惴（zhuì）惴不安起来，一心想找个机会去赔不是。

正在这时，卫国的国君卫桓公被儿子州吁（xū）谋杀了。州吁继位后，为了转移舆论，他联合了宋、鲁、陈、蔡四国的兵马，前来讨伐郑国。数日之后，一千三百辆战车便来到了荥阳城下，将城池围得水泄不通。

郑庄公向大臣们询问对策。大臣们有主战的，有主和的，一时间议论纷纷。

郑庄公说道："州吁弑父登基，朝内人心不稳，他向四国借兵来攻打我们，无非是想借兵威以服众。鲁国是贪图卫国的贿赂才来助战的；陈、蔡与郑国本无**宿怨**[1]，也都不会真替卫国卖命；只有宋国，因为他们的公子冯在郑国，宋君担心有朝一日公子冯归国，自己的君位不保，因此四国中唯有宋国会真心助卫。如今之计，不如先把公子冯送到长葛去居住，这样宋兵必然移师尾随，我们再让公子吕带步兵五百名，从东门杀出，专找卫国兵马挑战，打一会儿就诈败回城。州吁名义上打了胜仗，目的已经达到，再加上国内尚未安定，怎么敢长久在此逗留，必然很快就会撤兵回国。"

众臣点头称是，依计而行。

果然，宋军见公子冯移居长葛，当即移兵前去包围了长葛。三国兵马见宋兵转移，也都有了撤退的意思，又见公子吕出了东门，单找卫军挑战，便

[1] 宿怨：旧有的怨恨，也作夙怨。

更为安心地作壁上观[1]。公子吕很快就装作被打败，收了兵。州吁“取胜”后，得意扬扬地回国了，三国大军也各自撤去。荥阳之危，从被包围到解围，总共才五天。

州吁回国后不久，卫国就发生了内乱，州吁被杀，公子晋从邢国回到卫国，继承了君位，史称“卫宣公”。

郑庄公见五国联军已被分化瓦解，于是想趁势前去攻打宋国。

祭足劝道：“前些日子五国刚刚连兵伐郑，如今我们要是去讨伐宋国，四国必然会害怕，又会一齐发兵救宋，这仗不见得能稳操胜券。我看不如先派人到陈国去讲和，再用重金去结交鲁国。如果鲁国和陈国都跟咱们和好，那么宋国就势单力孤了。”

郑庄公同意了祭足的建议，一边派使者前去与陈国修好，一边命世子忽监理国事，自己和祭足一起去洛邑朝见周桓王。

周桓王还记恨着郑国抢夺稻麦的事，对郑庄公完全没有好脸色，既不设宴款待，也没赠送什么东西。君臣客套了几句话，郑庄公拜辞而出。周桓王派黑肩作为使臣，给郑庄公送来十车黍子米[2]，让郑庄公以此作为备荒的物资。黑肩有意结交郑庄公，又额外以自己的名义多送了两车锦缎。

黑肩离开后，祭足上前说道：“主公大喜，我们正好可以利用黑肩送的彩缎来做一件大事。”

郑庄公问：“怎么利用？”

祭足说：“我们此次前来朝见周桓王，诸侯们没有不知道的。我们把这些彩缎分成十份放在十辆车上，外面用锦袱盖上，假装成这十车都是天子所赐，每辆车上再搁上象征‘讨伐’意义的朱红色弓箭，对外就宣称‘因宋国久不来朝贡，主公亲承王命，率兵讨之。’以此号令诸国，一定无不响应！”

---

❶ 作壁上观：原指双方交战，自己站在壁垒上旁观。比喻置身事外，在旁不协助任何一方。

❷ 黍子米：糯性黍子，淡黄色，籽实较大，去皮后俗称“黄米”，常用来做年糕、酿酒。

郑庄公听了大悦，当即依照祭足的建议，假传周桓王的命令，让各诸侯国共同派兵前去讨伐宋国。他亲率公子吕、高渠弥、颍考叔、公孙阏（yān）等一班战将，高举**蝥弧**（máo hú）[1]，上书“奉天讨罪”四个大字，浩浩荡荡地直奔宋国而来。

宋国的国君宋殇（shāng）公听说郑庄公的大军已经入境，吓得面如土色，急忙挑选了二百辆战车，命孔父嘉为大将，带着黄金、白璧、彩缎等财物，连夜赶到卫国，请求卫国出兵袭击郑国。卫宣公接受了礼物，派右宰丑同孔父嘉一同出兵，直逼荥阳。

得知荥阳告急，郑庄公不得不下令撤兵。谁知宋、卫两国的大军奇袭了荥阳之后，转而联合攻打戴国，蔡国的兵马也前来助战。

郑庄公得知这一消息后，命令四位大将率领四支兵马，也连夜奔赴戴国。郑庄公派公子吕假装成是前去救援戴国的，骗取了戴国国君的信任，允许郑国军队入城，郑庄公便偷偷躲在战车里，随大军一起进了城。郑国军队刚一入城，立即**倒戈**[2]，不费吹灰之力就攻下了戴国。戴国国君领着家眷，投奔西秦去了。

孔父嘉正在和众将商议如何破城，就听见一阵连珠炮响，戴国城墙上一下子插满了郑国的旗号，公子吕身披战甲，站在城楼上高喊道：“多谢三位将军的大力帮助，我军已经得了戴城，多谢多谢！”

孔父嘉见戴城被占，气愤不已，一把将头盔扔在地下，说：“我和郑国誓不两立！”

右宰丑说：“郑庄公这个老奸贼最会用兵了，使了这招，恐怕还有后招。倘若他来个里外夹攻，咱们可就危险了！”

孔父嘉不服道：“你这话说得也太胆小了！”

---

❶ 蝥弧：春秋时期，郑庄公的旗名。后统指军旗。

❷ 倒戈：原意是在战争中投降敌人，反过来打自己人。这里指反攻盟友。

两人还要争论，就听有人来报："戴城里郑庄公派人来下战书。"孔父嘉接下战书，约好第二天决战，随后下令三军，一齐后退二十里，以免冲突。孔父嘉居中，蔡、卫两国分列左右营，相隔不超过三里。谁知大军刚刚扎下营寨，还没来得及喘气，就听见寨后一声炮响，火光冲天，探马来报："郑兵杀过来了！"

孔父嘉大怒，手持方天画戟，登车迎战，可转眼间火光都灭了，四周一片寂静。孔父嘉转身回营，还没坐下，就听见营帐的左边传来了炮声，火光不绝。等出营查看时，左边的炮声停了，营帐右边炮声又起，隐隐一片火光。

孔父嘉心想："这一定是老奸贼的疑兵之计[1]，我可千万不能上当了！"当即下令："乱动者斩！"说完，收兵回营。

没过多久，左边的营帐火光又起，喊声震天，可没有孔父嘉的命令，谁也不敢贸然出兵。直到探子来报："左营蔡军被劫！"孔父嘉这才知道郑军这回是来真的了，当即率领大军前去救援。孔父嘉一出营门，就见右边火光又亮，来了一支人马，两军交战，打了半天，这才知道来的这支竟是卫国的兵马。孔父嘉和右宰丑合兵一处，同去中军大营。没想到，中营已经被高渠弥乘虚而入，一举占领了。

眼见大势已去，孔父嘉便想和右宰丑掉转车头逃跑，就见颍考叔从左边，公孙阏从右边一齐杀来。四员大将混战一处，一番厮杀，一直打到东方的天边渐渐发亮了。孔父嘉和右宰丑无心恋战，且战且退，谁想半路上又遇见了高渠弥的部队。混战中，右宰丑阵亡，孔父嘉扔下战车仓皇逃跑，随行的士兵只剩下了二十多人，三国的车马士兵，都被郑国俘获。

郑庄公得了戴城，又一股脑儿歼灭了三国的军队，于是高奏凯歌，满载而归。

---

[1] 疑兵之计：指骗敌人的方法，使敌人产生错误的判断，从而争取更大的胜利。

知识链接

质子

古代派往敌方或盟国去的人质，多为本国的王子或世子等出身尊贵的人。互派质子是古时候外交的一个惯例，可以让两国国君互有顾忌，以避免轻易兴起战端。

比如，秦始皇的父亲异人便是秦国派去赵国的“质子”，当时秦国与赵国是敌国，秦始皇就是在父亲做质子期间出生在赵国的，他出生后，一直在赵国生活了九年。又比如，燕国的太子丹则是燕国为了讨好秦国送去当质子的，但太子丹不满在秦国所受的待遇，逃回了自己的国家，后在秦国攻打燕国之时，派荆轲刺杀秦王，失败后不久就被燕王杀害了。

评析

郑庄公是春秋时期著名的政治家，在位期间攻必克，战必胜，可谓战绩显赫。在他的统领下，郑国变得空前强盛，就连当时的另一大国——齐国也不得不跟随着郑国东征西讨。

从文中的描述可以看出，郑庄公善于听取部下的意见，尊重臣子的感情，每次遇到重大的问题时，他虽然都有自己的考虑，但在做决策前都会征求大臣们的意见，但凡有好的主张，他都乐于采纳。这一点在当时的各诸侯中也尤为难得。最终，郑国在春秋初期列国纷争中称霸中原，郑庄公功不可没。

第四回

子都争车射考叔

郑庄公回到荥阳后，大摆宴席，犒赏三军。酒过三巡，郑庄公不无得意地说道：“我依赖天地祖宗的庇佑，以及在座诸位的帮助，攻必克，战必胜，如今我的威名甚至超过了那些爵位比我高的诸侯。你们说说看，我比古时候的方伯[1]怎么样？”

众人齐声称颂千岁，只有颍考叔默不作声。郑庄公有些恼怒，于是出声询问。

颍考叔说：“方伯是真正受王命所托，拥有东征西伐的特权的，因此他的命令没人敢不执行，他的呼唤没人敢不响应。而主公您却是假传王命，周天子根本不知情，因此当您传令征调兵马时，蔡、卫两国反而帮着宋国攻打咱们郑国，就连郕(chéng)、许这样的小国，也敢公然不来，这显然与方伯是有差距的！”

颍考叔的话一出，四周顿时鸦雀无声。

郑庄公沉吟了半晌，笑着说：“你说的倒也有点儿道理。如今，蔡、卫两国已成为了我的手下败将，我准备去向郕、许两国问罪，你看先去讨伐哪国合适？”

[1] 方伯：商朝时地方诸侯的名称，是管理一个地区的诸侯的最高长官，多由地方上最大的诸侯担任。

颍考叔说："郕国在齐国旁边，许国挨着郑国。依臣所见，您应该首先向天下公开宣布两国的罪行，然后派大将前往齐国寻求联手，可先帮齐国拿下郕国，再让齐国发兵帮助我们拿下许国。郕国归齐，许国归郑，如此既能不伤郑、齐两国的和气，也能获得强援，可谓事半功倍。等到事情都办完了，再把捷报禀告周桓王，让他正式颁旨，以堵天下诸侯之口。"

郑庄公大喜，采用颍考叔的计策，立即派使臣前往齐国告知此事，齐侯当即答应。

出征前，郑庄公专门下令重新制作了一面"蝥弧"大旗，用铁条盘绕着，立在一辆**大辂**（lù）**车**[1]上。这面大旗以锦织成，一丈二尺见方，四边缀着二十四个金铃，上绣"奉天讨罪"四个大字，旗杆长三丈三尺，颇为壮观。

郑庄公传令："谁能够拿起这面大旗还能像平常那样走路，就任命谁当先锋，并把大辂车赐给他！"话音未落，队列中走出一员大将，头戴银盔，身穿紫袍金甲，黑脸庞，蜷曲胡子，浓眉大眼，竟是大夫瑕（xiá）叔盈。只见他双手将旗杆拔起，紧紧握住，举着它向前走了三步，又向后退了三步，仍将旗帜插回车中，一点儿也没气喘。士兵们齐声喝彩。

瑕叔盈正准备叩头谢恩，这时队列中又走出一员大将，头戴一顶插有野鸡**翎子**[2]的头盔，额上束着绿锦抹额，身穿红袍犀甲，高声喊道："拿着旗子走路不稀罕，我能把它挥舞起来！"

众人定睛一看，说话的人正是颍考叔。只见颍考叔左手撩起衣襟，用右手打开铁条，从背后倒拔那大旗，往上一跳，竟将那旗杆生生拔了出来！颍考叔用左手搭住，左旋右转，将旗杆像长枪一样舞得呼呼直响，旗帜卷起来又放开，放开了又卷起来，好不威风。所有的人都被惊呆了，一时间竟然没有人喝彩。

郑庄公大喜道："好一员虎将！寡人命你为这次出征的先锋！"话还没说完，队列中又走出一位少年将军，只见他清秀俊朗，唇红齿白，头戴束发紫金冠，

---

[1] 大辂车：古代君王出行时坐的辇车，常用于检阅军队。

[2] 翎子：也叫雉尾，古人通常在头上插两根，作为装饰品。翎子通常在 1.4 米到 1.6 米左右，最长的有 2 米。

身穿织金绿袍，指着颍考叔大喝一声："你能舞旗，难道我就不会舞？且把大辂车留下！"一边说，一边大步上前。颍考叔见他来势汹汹，一手把着旗杆，一手挟着车辕，飞也似的跑去了。少年将军并不罢休，从兵器架上取出一支方天画戟，随后追出了校场。

郑庄公爱惜两员猛将，生怕出征之前有任何损失，赶紧派大夫公孙获传话解劝。那小将见颍考叔已经跑远了，气呼呼地走回来，不住口地骂道："这家伙藐视我姬姓没能人，我早晚要杀了他！"

原来这位少年将军正是公孙阏，字子都，是当时天下公认第一的美男子，很受郑庄公的宠爱。他一贯恃宠而骄，仗着自己武艺高强，见不得颍考叔在校场上独占风头，从此怀恨在心。

郑庄公劝道："大战在即，二虎不能相争。"于是又赏了公孙阏和瑕叔盈各一辆马车。两人谢恩而去。

转眼到了七月初一，郑庄公留下祭足和世子忽监国，亲自率领大军往许国进发。那许国虽然是一个小国，但由于许庄公素来颇得人心，老百姓都自发前来坚守城池。郑、齐、鲁三国大军虽然将许国的都城围得水泄不通，但一连攻打了数次，也没能攻进城去。

颍考叔和公孙阏因校场的事情心生嫌隙，两人暗中都憋足了一股劲，希望能抢先立下首功，也让旁人看看自己的本事。到了第三天中午，联军再次发动了攻城。颍考叔身先士卒，站在大辂车上，瞅准机会，用胳臂挟着“蝥弧”大旗，用力一跃，登上了许国的城墙。一旁的公孙阏看见，生怕颍考叔抢了头功，从背后“嗖”地射出一枝冷箭，正中颍考叔的后心。颍考叔连同旗子从城墙上一头跌了下来，当场毙命。

瑕叔盈以为是守城的敌兵射死了颍考叔，**目眦尽裂**[1]，从地上抓起那面大旗，纵身一跃，也上了城墙。他举着大旗绕城一圈，大声呼喊："主公已经登城了！"众军士望见许国城墙上绣旗飘扬，以为郑庄公真的上了城，勇气倍增，终于齐心协力攻破了许国的城门。许庄公换了衣服混在败兵和老百姓里，逃奔卫国去了。

三位国君进入许国后，由齐僖公出榜安民。齐僖公想将许国的土地让给鲁隐公，鲁隐公坚辞不受。齐僖公说："伐许是郑国提出的，既然鲁侯不愿接受，就应该归郑国。"郑庄公原本是想吞并许国的，但见齐鲁二侯互相谦让，自己也有点儿不好意思，只得假意推让一番。

三个人正在这儿说着话，有人传报："许国大夫百里领着一个小孩求见。"三位君王命人将二人带进来。

百里一见三位君王，便哭倒在地，磕头乞求道："请为我们许国留下一点血脉吧！"

齐侯问："这个小孩是谁？"

百里说："我主没有儿子，这是他的弟弟，名叫新臣。"

齐、鲁二国君见状，凄凄然都有了怜悯的意思。郑庄公假惺惺地说道："我本是被王命所逼，才会跟二位来讨伐许国的，如果贪图他们的土地，就是不义的行为。现在许庄公虽然逃走，可他家的香火不能断了。既然他的弟弟还在，而且又有大夫百里帮着他，就该把许国还给他们。"

百里又磕头说道："我只不过是期望能为许国保全一个孤儿罢了！现在国土已归您掌握，怎么还敢有此奢望呢！"

郑庄公说："我是真心实意地要把许国还给你们的。只是恐怕新臣年幼，不能治理国务，我会派人来帮助他的。"当即下令将许国一分为二：东边让百里侍奉着新臣居住；西边则由郑国大夫公孙获驻守，名义上是帮助许国重建，实际上却是负责监视。齐、鲁二国君不知是计，都认为郑庄公这么处理十分妥当，不住地称赞。

---

[1] 目眦尽裂：眼眶都瞪裂了。形容愤怒到了极点。

三国联军各自班师回国。郑庄公厚赏了瑕叔盈，他十分想念颍考叔，恨不得把射死他的人**千刀万剐**[1]，可当时乱军之中，谁也没有看到凶手，最后此事只有不了了之。

知识链接

方伯

古代诸侯中的领袖之称，谓一方之长。周朝实行分封制，天子在所分封的诸侯国中，委任王室功臣、懿亲为诸侯之长，代表王室镇抚一方，称为“方伯”。

《史记·周本纪》里写道：“平王之时，周室衰微，诸侯强并弱，齐、楚、秦、晋始大，政由方伯。”事实上，春秋时，天子失权，王纲解纽，国家的最高政治权力出现了真空，诸侯漫无统纪，互相兼并，最终发展为大国争霸，形成了取代王权的霸主政治，又称“方伯政治”。

评析

颍考叔是郑庄公时期一个很重要的大臣，原本应该有更大建树的，但就因为与公孙阏有了矛盾，遭到嫉恨，最终在战场上死在了自己人的箭下。正所谓“明枪易躲，暗箭难防”，很多时候妒忌心发作的小人比敌人更可怕。

郑庄公虽然雄霸诸侯，但是因为他从来没有得到过周天子的承认，因此历史上“春秋五霸”中的第一霸是齐桓公而不是他。值得注意的是，在郑庄公心中，王权有很重要的地位，也正是因为如此，郑庄公一直坚持尊王崇礼，他的这些作为在当时王权日趋衰落的形势下赢得了很好的名声，也成为其政治道路上一个重要的资本。

---

[1] 千刀万剐：一刀一刀将罪犯身上的肉割下处死。形容罪恶重大，死也不能抵罪。

第五回

败戎兵郑忽辞婚

话说齐僖公从许国班师，半路上接到急报："北戎首领派元帅大良、小良，率领一万戎兵前来攻打齐国，敌人现已攻破祝阿[1]，直扑历下[2]，守城大臣抵挡不住，连连告急，请求主公火速返回。"

齐僖公说："以前北戎三番两次侵扰，只不过搞些鼠窃狗偷的小动作。这次大举侵犯，要是得了便宜回去，将来北部边疆就没有安宁的日子了。"于是一面派人去向鲁、卫、郑三国借兵，一面带领公子元和公孙戴仲前去历下拒敌。

郑庄公听说北戎侵犯齐国，说："齐国和郑国是盟友，郑国每次打仗，齐国一定派人帮助，现在来郑国借兵，应该急速发兵救援。"于是挑了三百辆战车，任命世子忽为大将，高渠弥为副将，祝聃（dān）为先锋，连夜往齐国进发。

世子忽到达历下时，鲁国和卫国的军队都还没到。齐僖公感激不已，亲自出城迎接郑军，并与世子忽商议退兵的计策。

世子忽说："北戎惯用步兵，虽然灵活，但容易被击溃；我们用战车，虽然笨重，但不容易被击溃。戎兵生性贪婪，不受拘束，对付这样的军队，可以先用计诱其上当，再伺机歼灭他们。戎兵刚刚打了胜仗，容易骄傲轻敌，我们可以先派侧翼兵马出战，假装不敌逃跑，引戎兵前来追赶，再在半路上埋伏兵马，杀他们个措手不及，咱们再趁势追击，必能大获全胜。"

---

[1] 祝阿：今山东历城西南。

[2] 历下：今山东济南市区东南部。

齐僖公大喜，连声赞道："此计甚妙，此计甚妙！"

第二天，齐僖公命公孙戴仲出城迎战。北戎元帅小良持刀跃马，领着三千戎兵，出寨迎敌。两下交锋，打了二十来个回合，公孙戴仲假装不敌，回车就跑，却不进北城门，而是绕城向东面逃去。小良哪知是计，穷追不舍。大良见戎兵得胜，便命令全军一起随后追击。

戎兵快追至东门时，忽听炮声震耳，战鼓喧天，路旁的蒺藜（jí lí）[1]芦苇丛中里全是伏兵，密密麻麻。小良急得大喊："中计了！"拨转马头就跑，反把大良的后队冲得乱七八糟。公孙戴仲与公子元合兵追赶。大良让小良在前边开路，自己断后，一边战一边跑，一直逃到了鹊山，回头看追兵离得越来越远了，这才松了一口气。

筋疲力尽的戎兵正要埋锅做饭，只听山坳里喊声又起，一支兵马冲杀过来，领头的正是郑国大将高渠弥。大良、小良无心恋战，慌忙上马，夺路而逃。没跑出几里路，便遇到了早已等候多时的世子忽。世子忽和公子元前后夹击，直杀得戎兵溃不成军。

乱军之中，小良被祝聃一箭正射中脑袋，从马上掉下来死了；大良单枪匹马冲出重围，正撞上世子忽的战车，被斩于马下。这一仗，郑齐联军生擒戎兵三百多人，戎兵死伤者无数。

世子忽提着大良、小良的首级，带着一众俘虏，前往齐僖公处去请功。齐僖公大喜道："多亏了世子英勇，否则怎么可能一战就打退戎兵？如今齐国的平安稳定都是世子赐给的！"

世子忽谦虚地说："我只不过是碰巧尽了一点儿力，怎么值得您这样夸奖？"

齐僖公派人去拦住鲁、卫两国的兵马，通报仗已打完，请他们收兵回国，又命大摆宴席，专门款待世子忽。

齐僖公十分欣赏世子忽的人品和才华，提出将自己的女儿许配给他。世子忽再三谦让。酒宴散了以后，齐僖公让夷仲年私下里对高渠弥说："齐君敬

[1] 蒺藜：一年生草本植物，茎横生在地面上，开小黄花，果实也叫蒺藜，有刺，可以入药。

慕世子忽是个英雄，愿意结为姻亲，今天他亲自对世子忽提亲，谁知世子忽竟不同意，不知道究竟是什么原因？望大人以两国利益为重，尽力撮合[1]成这件婚事。”

高渠弥接受了委托，来见世子忽，说：“齐国是大国，世子要是结了这门亲，将来有齐国作依靠，好处必定源源不断。”

世子忽说：“想当年我还年幼的时候，齐国就曾提起过这门婚事，那时我尚且不敢高攀，如今我奉命来救援齐国，侥幸成功，如果娶个老婆带回去，别人一定会说我是仗着功劳强求娶亲，到时候我可怎么说得清楚？”

高渠弥再三劝说，世子忽始终不答应。

第二天，齐僖公又让夷仲年来提亲，世子忽还是推辞，说：“我还没把这事告诉父亲，自己私自定亲是不对的。”当天他就辞别齐僖公回国了。

祭足得知此事后，私下里对高渠弥说：“主公宠爱的姬妾很多，公子突、公子仪、公子亹（wěi）都仗着自己的母亲受宠，暗地里有图谋君位的念头。世子忽如果能和大国结亲，无疑获得了一个强大的支援，就算齐国没提亲，我们自己还要主动去提呢，怎么亲事送上门来还要拒绝，自己倒剪了自己的翅膀呢？你是跟着世子一块儿去的，怎么也不劝劝他？”

高渠弥说：“我劝了，可他不听，我又有什么办法？”

祭足长叹一声，摇着头走了。

郑庄公因为郑国上卿的位置一直空着，想任用高渠弥，世子忽暗地里劝阻说：“渠弥贪婪而凶狠，不是正人君子[2]，不能重用。”郑庄公听取了他的意见，于是任命祭足为上卿，又任命高渠弥为亚卿。高渠弥对此怀恨在心，他素来就与公子亹交情不错，此后更加有意巴结。

世子忽知道后，对郑庄公说：“高渠弥和子亹暗中勾结，这段时间尤其来往密切，不知道打的是什么主意？”

---

❶ 撮合：从中拉拢说合。

❷ 正人君子：品行端正的人。

郑庄公找来高渠弥，将世子忽对他讲的话拿来当面责备高渠弥。高渠弥在郑庄公面前拒不承认，等到出宫后，第一时间就将这件事告诉了公子亹。

公子亹说："原本父亲是要让你当正卿的，就是世子忽从中阻拦，现在他又要想使手段，破坏咱俩的交往。父亲在时就这样，要是父亲死了，他还能容得下咱们？"

高渠弥说："世子**优柔寡断**[1]，害不了咱们，公子别担心。"

从此，子亹、高渠弥就与世子忽结下了仇。

祭足一直支持世子忽，他为世子忽出谋划策，让世子忽到陈国去求婚，和卫国交朋友，他说："陈、卫两国刚刚和好，如果和郑国联合成鼎足之势，也足以能够保全自己了。"世子忽觉得这个建议不错，于是同意了。祭足禀明了郑庄公，请他派使者去陈国提亲。陈侯同意了这门亲事。不久，世子忽亲自到陈国去迎娶了陈侯之女妫（guī）氏为妻。

知识链接

古代婚礼的习俗

在《礼记》中，"婚礼"二字原为"昏礼"，因为古代的迎亲礼都是在黄昏时候举行，此时日月渐替，含有"阴阳往来"之意。西周时期的婚礼制度讲究"三书六礼"，是后世的范本，后来历朝虽有变化，但基本内容和顺序没有明显变化。

所谓"三书"，即聘书、礼书、迎亲书。其中，"聘书"是定亲之书；"礼书"是礼物清单；"迎亲书"是迎娶新娘之书，结婚当日接新娘过门时用。

所谓"六礼"，乃纳采、问名、纳吉、纳征、请期、迎亲。"纳采"即现在所说的提亲；"问名"是合八字；"纳吉"是过小礼；"纳征"是过大礼；"请期"是"择日"；"迎亲"是新郎驱车赴女家迎接新娘。

---

[1] 优柔寡断：指做事犹豫，缺乏决断。

"六礼"之外，还有"安床"的习俗。"安床"是择定良辰吉日，在婚礼前数天由家中婚姻幸福、儿孙满堂的长辈夫妻，将新床搬至适当位置，并将床褥、床单及龙凤被等铺在床上，并撒上各式喜果，如红枣、桂圆、荔枝干、红绿豆及红包，此后任何人不得进入新房及触碰新床，直至结婚当晚新人进房为止。

评析

在古代，婚姻讲求的是"父母之命，媒妁(shuò)之言"，更何况国家与国家的联姻，其背后都是有政治目的的。世子忽是郑国的太子，妫氏是陈国的公主，二者可谓门当户对。对于世子忽而言，在确保世子之位，乃至未来郑国国君之位的道路上，确实需要更多强有力的援手。

祭足原本非常希望世子忽答应齐国的婚事，因为齐国比陈国的实力大得多，但世子忽却担心齐国过于强大，联姻反而对本国不利，这正是所谓的"齐大非偶"。

第六回

楚熊通抗旨称王

周桓王听说郑庄公假传王命讨伐宋国，十分震怒，罢免了郑庄公的卿士之职，将国事全部交由虢公一个人打理。郑庄公十分生气，一连五年都不去朝贡。

公元前 707 年，周桓王下令蔡、卫、陈三国一齐出兵讨伐郑国，大军来到一个叫作繻（xū）葛[1]的地方扎下营寨。周桓王原本设想，两军对阵时自己要先将郑庄公骂个狗血喷头，以瓦解郑军的士气。然而郑军虽列好了阵势，却半天没有动静，一个人也不出来。周桓王等得不耐烦，就叫人去阵前叫骂，但是对方仍无动静。

原来，这一切都是郑庄公的计策。一直等到过了正午，他估摸着周桓王的锐气已经被耗得差不多了，这才叫瑕叔盈展开中军大旗，命左右两军一齐击鼓出战。曼伯奉命领兵杀向黑肩率领的左军，祭足领兵杀向虢公林父率领的右军，很快将两路大军冲得溃不成军。危急时刻，虢公林父挺身而出，拿着剑站在战车前大声喝道："逃跑者立斩！"联军的士兵们这才稍微稳住了心神。

周桓王正准备率中军前去支援，谁知士兵们眼见左右两路大军瞬间就被郑军打得大败，顿时泄了气，畏首畏尾[2]地不肯上前。周桓王见势不妙，只得下令撤退，并亲自断后，边战边走。

祝聃远远望见敌军的绣盖下有一个人指手画脚，料想定是周桓王，于是拈弓搭箭，一箭射去，正中周桓王左肩。幸亏周桓王身上的铠甲坚厚，伤得不重。虢公林父眼见周桓王受伤，赶紧前来救驾，与祝聃战在一起。

---

[1] 繻葛：今河南省长葛市北。

[2] 畏首畏尾：前也怕，后也怕。形容胆子小，疑虑重重。

正在这时，郑国军中突然响起了金鼓声，郑军奉命收兵。祝聃回到军营，愤愤道：“我已经射中周桓王的肩膀，正准备要生擒他，主公为什么把我们叫回来？”

郑庄公说：“天子误信谗言，率三国联军前来讨伐，我们迫不得已才来应战，怎么能想着擒获天子呢？即使是射伤天子，也是万万不该的，万一天子伤重而亡，我不就成为了**弑君**[1]的罪人吗？”

祭足说：“主公这话说得对。如今，郑国的兵威已立，想必周天子也一定会有所畏惧。我们现在应该派使臣前去问安，稍稍献点殷勤，让他知道射伤他并不是主公的本意。”

郑庄公深以为然，立即命人准备了十二头牛、一百只羊以及一百多车粮草，让祭足连夜带着这些东西到周桓王的营内赔礼请罪。周桓王畏惧郑庄公的实力，只得忍气吞声，轻描淡写地责备了几句后，便回洛邑去了。三国兵马也各自回国。

在南方的楚国，国君姓芈（mǐ），是上古**颛顼**（zhuān xū）**帝**[2]的孙子重黎的后人。后来，芈姓家族中出了一个叫作鬻（yù）熊的人，博古通今，就连周文王、周武王都曾当过他的学生，于是他的后代就用“熊”作了姓。

鬻熊的后人中出了一个叫熊通的人，很早就存有自立为王的心思，眼见周桓王被郑国打败，他觉得时机已经到了。

令尹斗伯比对熊通说：“楚国被去掉‘王’的称号已经很久了，现在要恢复，必须先用武力制服诸侯才行。”

熊通问：“你有何计策？”伯比说：“汉江东边的国家中以随国最大。主公可先派大军到随国边境示威，再派使臣前去随国示好，软硬兼施，必可使它屈服。只要随国不闹事，汉淮诸国也都会归顺于您的。”

熊通采用了他的计策，一边亲率大军屯兵于**瑕城**[3]，一边派大夫薳（wěi）章前去随国示好。

---

1. 弑君：指臣子或属下杀死君主。
2. 颛顼：中国上古部落联盟首领，“五帝”之一。传说颛顼是舜的高祖，在位七十八年，活到九十八岁逝世，葬于濮阳。屈原在《离骚》中写道：“帝高阳之苗裔兮，朕皇考曰伯庸。”其中，“高阳”就是颛顼，是楚人传说中的始祖。
3. 瑕城：今安徽蒙城县城区。

随侯派自己的宠臣少师出使楚营打探情况。熊通得知这个少师是靠溜须拍马上位的，没什么真本事，于是想出一计，将守营的士兵统统都换成了老弱之辈，武器盔甲全部锈迹斑斑。

少师一见楚营的情况，顿时起了轻蔑之心，问薳章："楚、随二国一向井水不犯河水，此次前来结盟，不知是何用意？"

薳章早已得到熊通指示，便撒谎说："楚国连年闹灾荒，百姓都快饿死了。我们很担心那些小国会联合起来和我们捣乱，所以想和贵国结为兄弟，互为支援。"

少师信以为真，回到随国后，便将这一信息转述给了随侯。很快，楚、随两国订立了盟约，熊通下令撤兵。

少师对随侯说："楚军疲弱不堪，刚结了盟马上就撤军了，肯定是对咱们怕得要命！请给我一支兵马，必杀得他们片甲不留！"

随国的大臣季梁连忙劝阻："不行！楚国的几代君王都勤修国政，他们想侵吞江汉诸国也有些年头了。这次熊通无缘无故地来讲和，肯定包藏祸心，主公切不可中计！"随侯采纳了季梁的建议。

眼见随国并没有上当，熊通又施一计，他召集江汉一带的诸侯国在沈鹿[1]聚会，除随国之外，其余诸侯都来了。于是，熊通就以此为理由，率领江汉诸国一齐出兵讨伐随国。随侯迫于压力，不得不派出季梁前去讲和。

熊通怒气冲冲地说："早前主动与你们结盟，你们背离盟约，用兵相抗；如今眼见打不过了才来讲和，根本没什么诚意。"

季梁从容地说："楚君总得给我们一次改正的机会吧。随侯知道自己错了，所以特派我来向您赔礼道歉，随国愿带领着江汉各国永远臣服于楚国！"

伯比劝道："随国既然真心来降，主公何不给他们一次机会。就让随国带领江汉的诸侯们到周天子面前去歌颂楚国的功绩，再借用天子的名号镇服南方各族，这将对楚国极为有利。"

[1] 沈鹿：今湖北省荆门市附近。

当晚，薳章找到季梁，悄悄地说："楚君的功德已经在整个江汉传诵，我们希望能借着周天子的名号镇服南方各族。希望随侯能帮个忙，率领汉东诸侯去请周室赐封楚君为王。如果随侯同意的话，我们马上就撤军。"

季梁将这些话转告给了随侯，随侯不敢不从，就以江汉诸侯代表的名义写了一封信给周桓王，大赞楚国的功绩，请求把王的称号封给楚国。然而，周桓王并没有同意。

熊通得知此事后，勃然大怒，当即在军营中自立为"楚武王"。江汉各国慑于楚国的威风，纷纷派使臣前来祝贺。周桓王十分生气，但也拿熊通无可奈何。

熊通死后，传位给了儿子熊赀（zī），熊赀将都城迁到了郢（yǐng）[1]。从此，楚国越来越强大，逐渐称霸于南方。

知识链接

古代战车

中国古代战车通常分为攻车和守车两种。攻车直接对敌作战，守车用于屯守并载运辎重。从商朝开始，直到春秋，战车一直是军队的主要装备，车战是主要作战方式。一般古代文献中，常将攻车写成战车或兵车，每辆战车通常是前驾四马，甲士三人，此外还有固定数目的徒兵（春秋时期称为"步卒"，战国时期称为"卒"），这些徒兵和每乘战车编在一起，再加上相应的后勤车辆与徒役，便构成当时军队的一个基本编制单位，称为"一乘"。

评析

繻葛之战使周天子威信扫地，从此周天子的地位和权利进一步削弱，一些只有周天子拥有的特权，如制作礼乐和发令征伐等逐渐不再被各诸侯国认可。继郑国之后，齐国、晋国、楚国、秦国等大国先后兴起，进一步瓜分周王室的权利和领土，周王室无力征讨，天子之位形同虚设，诸侯争霸时代由此拉开序幕。

[1] 郢：今湖北省江陵县附近。

第七回

争位郑国四易主

公元前 701 年，郑庄公得了重病，把祭足叫到床头，商量继承人选的问题。

郑庄公说："我有十一个儿子。除了世子忽外，公子突、公子亹、公子仪都有贵人之相，尤其是公子突，才智和品行都远超于其他儿子。我想传位给公子突，你看怎么样？"

祭足摇了摇头说："世子忽是嫡长子，当世子已经很久了，而且屡建大功，百姓们都信服他。如果您废嫡立庶，恐怕难以令天下人信服！"

郑庄公觉得他说得很有道理，于是叹了口气说："公子突日后肯定不甘心居于人下，那我还是下一道诏书，将他送到外祖父家所在的宋国居住，希望这样能避免纷争。"

祭足说："知子莫若父！臣也赞成这样做。"

几个月后，郑庄公驾崩。世子忽即位，史称"郑昭公"。

有一天，郑昭公派大臣们出访各国。祭足主动请命前往宋国，想顺便察看公子突有什么举动。公子突的母亲是宋国雍家的女儿，名叫雍姞（jí）。雍氏在宋国属于**名门望族**[1]，族人大都在宋国做官，宋庄公很宠信他们一家人。公子突被遣回到宋国后，日夜都盼望着能回到郑国夺取王位。宋庄公得知公子突的想法后，答应替他想办法。

[1] 名门望族：历史悠久且声望很高的家族。

听说祭足到了宋国，宋庄公大喜，道："公子突能不能顺利返回郑国，全在祭足身上了。"于是暗中命令几名军士埋伏在大殿之上，趁祭足上前朝拜时，不由分说将其拿下。

在宋庄公和公子突等人的威逼利诱下，祭足答应回国之后想办法废掉郑昭公，立公子突为国君。宋庄公和公子突歃（shà）血为盟，约定公子突成为郑国的国君之后，作为酬谢，要割让三座城池给宋国，并加上白璧一百双、黄金一万镒（yì）[1]，而且以后每年还要送给宋国三万钟[2]粮食。

为加强同盟关系，宋庄公让祭足将女儿嫁给了雍氏家族的雍纠。

公子突和雍纠换上老百姓的衣服，装作做买卖的，跟随祭足返回了郑国，藏进了祭足的家里。当时已经到了九月，祭足假称有病，不能上朝，于是大臣们纷纷前来祭足家探望。

大臣们见祭足满面红光、精神饱满，不像生病了的样子，于是问道："相君没病，怎么不去上朝？"

祭足说："不是我得了病，而是国家得了病。先王偏爱公子突，想让公子突继承王位。他生前曾把这个心愿告诉过宋庄公，如今宋庄公已经派南宫长万作为大将，率领战车六百辆，来帮着公子突讨伐郑国。宋国强大，郑国不是对手，眼见看要大祸降临了，我们作为臣子的应该怎么办？"

众大臣面面相觑（qù）[3]，一时之间竟没有人说话。

祭足又开口道："现在要让宋军退兵的唯一办法就是废掉昭公，立公子突为君。诸位意下如何？"

高渠弥本来就怨恨昭公，当下第一个表态道："如果这样做能确保郑国江山社稷的平安，我们愿意迎接新君即位！"大臣们见高渠弥响应，又看到祭足在屋内埋伏了百余名军士，也都纷纷附和。

---

❶ 镒：古代的重量单位，合二十两。

❷ 钟：春秋时的量器。为古代的一种计量单位。

❸ 面面相觑：你看我，我看你，不知道如何是好。形容人们因惊惧或无可奈何而互相望着，都不说话。

很快，公子突顺利即位，是为郑厉公。郑昭公被废后逃往卫国；公子亹、公子仪两人虽然心里不服，却害怕郑厉公加害，于是也分别逃往蔡国和陈国去了。

郑厉公即位后，非常宠信祭足，朝廷中无论大小事务都交由他决定。但祭足内心一直是忠于昭公的，他悄悄给昭公写了一封密信，讲明自己在宋国时如何被捉住威胁以及宋军即将兵临城下的事情，劝昭公暂时躲避，等待时机，并表示自己一定会帮他重新夺回君位。

渐渐地，郑厉公发现，祭足对自己并没有那么忠心，反而处处牵制自己，甚至几次三番地令自己难堪，于是私下找来雍纠，和他商量怎样除掉祭足。

雍纠说："我虽是祭足的女婿，但那都是遵从宋庄公的安排才这么做的。如今主公需要我，我甘愿赴汤蹈火[1]！"

郑厉公以东郊长年战乱、老百姓居无定所为由，命司徒前去东郊修整房舍，祭足带上粮食衣物前去安抚百姓。暗地里，郑厉公吩咐雍纠在东郊摆下宴席，伺机毒杀祭足。

雍纠回到家中，见到妻子雍姬，不免表现出慌乱的神情。雍姬将雍纠灌醉，再三盘问，获悉了郑厉公的计划。她大吃一惊，连夜将此事告知了父亲。祭足得知此事后，表面上不动声色，暗地里加快了准备。

到了出行的当天，祭足让心腹护卫强鉏(chú)带了十余名勇士暗藏武器随自己同行，又让公子阏带领一百多名护院兵士在郊外接应。祭足来到东郊，雍纠尚未开口，就被强鉏和众勇士一拥而上，抓住砍了头。而郑厉公在郊外预先埋伏的兵士，也被公子阏搜查出来，杀了个落花流水。厉公得知这一消息后，连忙逃往蔡国去了。

祭足迎回了郑昭公，让他重新登上了君位。

然而，对于郑昭公的回国，有一个人却非常不高兴，那就是高渠弥。他总是害怕郑昭公会收拾他，于是暗地里网罗了一些死党，趁着祭足不在国内

---

[1] 赴汤蹈火：奔上煮沸的水，踏上火海。比喻勇往直前，奋不顾身的行为。

主事的时候，想办法暗杀了郑昭公，对外则宣称是强盗干的，然后另立公子亹为国君。

齐襄公与郑昭公的关系非常好，当他得知郑昭公被害的消息后，决定为他报仇。于是，他派人假意送信给公子亹约定结盟的事情。公子亹收到齐襄公的信后，顿时喜出望外，哪里会想到这是计策，当即宣高渠弥和祭足前去赴约。

祭足心想："齐襄公勇猛残忍，仗着自己是大国，一向不屑与人结盟。再说他与先王郑昭公关系密切，怎么可能掉转头来与公子亹结盟？这其中必定有诈。"于是，称病告假，没有前去。

公子亹如约前往，果然被齐襄公逮住砍掉了脑袋，而高渠弥也没能幸免，被施以**车裂**[1]的酷刑。

公子亹死后，郑国派使者前往陈国接回了公子仪，拥立他即位。公子仪封祭足为上大夫，把国家的军政全部交给他处理，同时加强战备、体恤百姓、又派出使臣前往别国结盟，郑国渐渐恢复了往日的安稳和繁荣。

知识链接

嫡长子继承制

嫡长子继承制是中国古代一夫一妻多妾制下实行的一种继承原则，是维系宗法制的核心制度之一。"嫡"即正妻、原配，其所生的长子称为"嫡长子"，爵位和财产都必须由嫡长子继承。

该制度起于商末，定于周初，具体规定为"立嫡以长不以贤，立子以贵不以长"。在奴隶制时代，主要适用于宗祧(tiāo)继承中，可涵盖王位继承、爵位继承、官位继承。进入封建时代，法律严格区别嫡庶，在王位继承、爵位继承、官位继承和宗祧继承中实行嫡长子继承制，在财产继承中诸子均有继承权，但嫡长子仍处于优势地位。

[1] 车裂：俗称"五马分尸"。把人的头和四肢分别绑在五辆马车上，朝着不同的方向拉，最终把人的身体硬撕裂为六块。这是上古时期的酷刑之一，仅次于凌迟、剥皮，位于腰斩之前。

嫡长子继承制不仅仅存在于中国，在日本和其他国家的封建时代，也存在类似的情况。欧洲的封建贵族会将自己爵位和土地传给长子，而其余的儿子因缺乏财产为谋生而沦为骑士。

评析

郑庄公时期是郑国历史上的分水岭。一方面，郑庄公本人几乎当上了春秋初年的霸主；另一方面，郑庄公驾崩后，郑国立刻陷入了持续近三十年的君位之争中。这一时期的郑国无暇顾及外事，因此图霸事业戛然而止。

郑国内乱结束后，大国争霸的时代到来，先是齐、楚，后是晋、楚，无论哪一方都把争夺郑国当作构建自己霸业的重要组成部分。郑国被迫沦为大国之争的主要对象，最终为求生存不得不首鼠两端、朝秦暮楚。由此可见，内乱比外来的强敌更能削弱一个国家的实力。

第八回

鲍叔牙义荐管仲

公元前 697 年，周桓王病逝，他的大儿子姬佗登上了王位，这是周庄王。这时候，齐国不断向外扩张，先后灭掉了纪国和卫国，逐渐成了北方的一个强国。然而，君位传到了齐襄公时，齐襄公荒淫无道、昏庸无能，逐渐引起了国内很多人的不满。

公元前 686 年，齐国大将连称、管至父发动政变，杀死了齐襄公，拥立齐襄公的堂弟公孙无知即位。大夫雍廪（lǐn）暗地里聚集了一帮死士，伺机铲除了公孙无知，处决了连称、管至父二人，打算扶持齐襄公的儿子即位。

齐襄公有两个儿子，长子纠，次子小白。齐襄公给纠请的老师是管夷吾，给小白请的老师是鲍叔牙。

管夷吾，字仲，身体魁梧，很有男子气概，具有经天纬地的才能和济世匡时[1]的谋略。管仲和鲍叔牙很早就认识了。最初他们在一起经商，每次分钱时，管仲总是多拿一倍的钱，这让鲍叔牙手下的人个个心里不平，但鲍叔牙说："管仲不是个贪财的小人，只因他家中贫寒，我心甘情愿让他多拿些。"后来，他们又一起带兵出征，每次打仗时，管仲总是躲在队伍的后面，但大军回营时，他又总是跑到前面。很多人都耻笑管仲胆小，鲍叔牙却说："管仲家有老母，活着是为了能回去侍候老母，怎么能他说胆小呢？"管仲每次同鲍叔牙商量事情时总是处处为自己打算，换做是其他人，早就不和他合作了。但鲍叔牙毫不在意，说："天有不测风

[1] 济世匡时：拯救人世，匡正时弊。

云，人有旦夕祸福。管仲精于算计，要是真遇到什么事时，他一定能**化险为夷**[1]的。”管仲听说了这些事后，感慨地说：“生我者父母，知我者鲍叔啊！”从此，两人结成至交。

公孙无知被杀的消息传开后，逃到鲁国的纠和管仲十分高兴，鲁庄公亲自带领三百辆战车，让曹沫做大将，秦子和梁子为左右护从，护送纠回国。

管仲对鲁庄公说：“小白现在莒（jǔ）国，从莒国到齐国比从鲁国到齐国近多了。如果让小白先回国，这齐国的君主之位必然落入他手。希望您能借我些人马，我先走一步，去拦截他们。”

鲁庄公问：“要多少人马？”

管仲说：“三十辆车足够了。”

几天后，管仲果然追上了小白和鲍叔公的队伍。管仲装作上前行礼，突然弯弓搭箭，以**迅雷不及掩耳**[2]之势，对准小白就是一箭。小白大叫一声，口吐鲜血，倒在车上。管仲趁乱逃跑了。

鲁国军队见小白被射死了，以为不再有人同纠争位，因而放心大胆地缓慢前进。所过之处，逢酒必喝，逢饭必吃。岂料，小白的命大，管仲那一箭只射中了他腰上系的带钩，当时小白担心管仲发现自己没死，可能再补一箭，急中生智，咬破自己的舌尖喷出一口血来，顺势倒下装死。直到管仲跑远后，他才坐起来。

❶ 化险为夷：化险阻为平易。亦指转危为安。

❷ 迅雷不及掩耳：雷声来得非常快，连捂耳朵都来不及。比喻来势凶猛，使人来不及防备。

鲍叔牙见小白没什么事，这才止住了哭。众人担心管仲会再来，于是让小白换了服装，坐上轻便的马车，抄小路快速赶往临淄（zī）[1]。快到临淄时，鲍叔牙单独乘车先进了城，拜见齐国众位大臣，对小白的贤才大加赞扬，说服众人拥立小白为齐国新君。

大臣们问："纠也快到了，怎么安排他呢？"

鲍叔牙说："齐国接连两位君主被弑，此时正需要一位雄才大略的君主，方可使国家安定下来。那鲁国送纠回国，为的就是能得到更多的回报，齐国多灾多难，能够经得起鲁国的索取吗？"

大臣们说："你说的有道理，但如今鲁国大军将至，如何让他们回去呢？"

鲍叔牙说："既然齐国已经有了君主，他们会自动退回去的。"

大臣们再无异议。众人迎接小白入城登基，这就是齐桓公。

齐桓公立刻派出三路大军迎战鲁国军队：王子成父为右路将军，宁越为副将；东郭牙为左路将军，仲孙湫（qiū）为副将；鲍叔牙为中路将军，雍廪为先锋。

齐鲁两军在乾时[2]相遇。鲍叔牙传令："抓住鲁庄公者赏万户的封地！"齐军士气倍增，将士们个个奋不顾身，英勇杀敌。鲁庄公见危在旦夕，慌忙跳下战车，乘上一辆小型轻便的马车，换上便衣逃跑了。他手下一名叫做梁子的人，将鲁庄公的绣字黄旗插到了自己的车上，假扮成鲁庄公，吸引齐军注意力，最终被俘斩首。齐军大获全胜，凯旋。

齐桓公上朝，百官都来祝贺。

鲍叔牙说："主公，纠现还在鲁国，有管夷吾和召忽辅佐着，我们的威胁还没有真正除去，现在就庆祝为时尚早呀！"

齐桓公问："依你之见，该怎么办呢？"

鲍叔牙说："乾时一战，鲁国上下都胆怯了。臣以为，应当再带三军人马，直逼鲁国边境，让鲁国交出纠，永绝后患。"

---

❶ 临淄：今山东省淄博市临淄区政府驻地东北七公里的齐都镇。

❷ 乾时：今山东青州。

齐桓公同意了，让鲍叔牙率领大军直奔汶（wèn）阳[1]。

鲁庄公迫于压力，派公子偃带兵前去杀了纠，将他的头颅交给了齐国。鲍叔牙爱惜管仲之才，一心想救出管仲，便悄悄嘱咐齐使，让他故意在鲁庄公面前提起管仲曾用箭射伤了齐桓公的事情。鲁庄公得知此事后，为了向齐国示好，立即下令将管仲活捉，与纠的头颅一起交给齐国。

管仲的囚车被押送出城时，鲍叔牙早已经等候在那里。见到管仲后，立即命令砍破囚车，放出管仲，并连声说道："管仲兄，幸亏你没有出事啊！"

管仲说："此次多谢兄台搭救了。"

鲍叔牙说："既然你没有受伤，我们马上动身回去，齐侯定会好好重用你的。"

管仲说："我受命辅佐纠，现在既没有让他登位，我也没有为他而捐躯，作为一名臣子，本身已失大节[2]，如何能再去效忠新君呢？"

---

[1] 汶阳：今泰山脚下，汶河之畔，在肥城、岱岳、宁阳三县（市、区）交界处。

[2] 大节：与"小节"相对，指一个人品德操守的主要方面。在封建社会里，忠君就是大节。

鲍叔牙说："凡做大事者，绝不能顾忌小的耻辱；凡要立大功者，绝不能拘于小节。你有治理天下的才能，只是没有遇到好的时机。齐桓公有远大的抱负，如果你能辅佐他治理好齐国，齐国必定能称霸诸侯。到那时，你功盖天下，谁还会在乎气节这些虚名，你又何必去做些没有益处的事呢？"

管仲被说得哑口无言。

两人回到了齐国。鲍叔牙将管仲接到了自己家中，每日谈经论道，讨论天下大事。

这天早朝，齐桓公提出要封鲍叔牙为齐国的丞相。

鲍叔牙说："作为一国之相，必须对内能安顿好百姓，对外能笼络住周围的国家，为王室的稳固建立功勋，将恩惠遍及所有诸侯，能使国家像泰山一样安稳，让君主享受无尽的快乐和幸福。这样的人一定是功垂千古、万世流芳的人物。以我的才干是不能够胜任的。"

齐桓公问："那谁能胜任？"

鲍叔牙说："管仲就是这样的人。相比管仲，我有五方面不如他：对待百姓宽宏大量，为百姓谋求幸福方面，我不行；治理国家不违背它的准则，我不行；与老百姓讲求信义并以诚相待方面，我不行；制定一些可使周围国家都尊敬而又切实可行的规则，我不行；身在军营，手执鼓槌使士兵勇猛冲杀、绝不后退，我也不行。普天之下，没有人比管仲更能胜任丞相一职了。"

齐桓公听得点点头说："既然如此，您把他找来，我就请教请教他。"

鲍叔牙说："贱不能临贵，贫不能役富，疏不能制亲。您要是想重用夷吾，必须让他做丞相，让他有丰厚的收入，并且以对待父辈兄长的隆重礼节迎接他，这样他才可以真心为您效力。丞相之位，仅次于君主，拜他为相却对他招之即来，则是轻视他。相位低微，则君主之位也就低微了。更何况对待非常之人，必须使用非常之礼，恳请主公占卜好吉日，亲自去迎接管仲。各国如果听说您不计前嫌，如此尊重人才，有志之士必定会趋之若鹜前来为您效力的。"

齐桓公听得连连点头，说："那就按你的意思去办！"于是命令大卜[1]选择好良辰吉日，亲自前去郊外迎接管仲。

知识链接

天有不测风云，人有旦夕祸福

三国时期，曹操屯兵赤壁欲进攻东吴。孙权和刘备结成了同盟，联合抗曹。庞统献连环计，诱曹操钉锁战船。然而当时正值隆冬，独缺东风，难将火势引向曹营，东吴主帅周瑜因此忧思成疾。蜀国诸葛亮前去探病，周瑜对诸葛亮说："人有旦夕祸福。"诸葛亮说："天有不测风云。"并送他"欲破曹公，宜用火攻，万事俱备，只欠东风"。后来，天上真的刮起了东风，孙、刘联军火烧赤壁大败曹军，自此三国鼎立的局面形成。

宋代吕蒙正在《破窑赋》中，将"天有不测风云，人有旦夕祸福"一句正式成文。这句话常用来比喻有些灾祸的发生事先是无法预料的。

评析

无论是齐桓公还是鲍叔牙，都有充分的理由憎恨管仲，但如果他们真的这样做了，历史上将少了一位旷世名相，也不能有后面齐国的强盛和齐桓公的称霸。

人与人的相处中难免有冲撞和恩怨，"不计前嫌"是一种美德，也是一种智慧。如果你与别人闹了点别扭就寻机报仇，其实不是在给别人难堪，而是在给自己制造麻烦。宰相肚里能撑船，唯有宽容的人才能成就大事业。正因为齐桓公有敏锐的政治头脑和不计前嫌的博大胸怀，因此最终成就了齐国的霸业。

---

[1] 大卜：官名，掌阴阳卜筮之法。大卜通过卜筮蓍龟，帮助天子辨别疑难的事并作出决定，在有事发生时观测国家的吉凶。

第九回

论治国管仲拜相

吉日当天，管仲一大早就起了床，依照礼制，三次沐浴，三次祭祀，然后穿袍戴冠，手握笏（hù）板[1]，俨然一副上大夫的派头。齐桓公亲自率领迎接的队伍来到郊外，接受管仲的朝拜，两人一起乘车回到朝中。

大殿之上，齐桓公命人给管仲赐坐，说道：“当年齐僖公在世时，齐国威震四方，然而自齐襄公登位以后，政令无常，朝令夕改，国内形势急转直下。如今，我刚刚登基，国内人心动荡不安，国外列强又虎视眈眈，压力十分大，您认为国家可以安定下来吗？”

管仲说：“如果您决心称霸诸侯，国家就可以安定富强；如果您安于现状，国家就不能安定富强。”

齐桓公问：“我想使国家富强、社稷[2]安定，要从什么地方做起呢？”

管仲说：“礼、义、廉、耻是一个国家的立国之本。如果这四个方面得不到弘扬，国家就必然会走下坡路，甚至会灭亡。主公想要制定新的国家政令，就必须对臣民们重新进行上述四方面的教育。只有这样，才有了立国之本，才能立法如山，国家才可能重振其威。”

---

❶ 笏板：又称手板、玉板或朝板，是古代臣下上殿面君时的工具。古时候文武大臣朝见君王时，双手执笏以记录君命或旨意，亦可以将要对君王上奏的话记在笏板上，防止遗忘。

❷ 社稷：原意是土神和谷神的总称，由于古时候君主都要祭祀社稷，后用这个词来指国家。

齐桓公问："如何才能得民心呢？"

管仲说："要得民心，应当先从爱惜百姓做起。国君能够爱惜百姓，百姓自然愿意为国家出力。**仓廪**（lǐn）[1]实而知礼节，衣食足而知荣辱。爱惜百姓就得先使百姓富足，百姓富足而后国家才能得到治理，那是不言而喻的道理。首先，国君治理好国家，族长治理好家族，人人互相帮助，国家按劳付酬，这样君臣之间、百姓之间才能有信任感。其次，对过去的犯人要尽量赦免，号召全国整修祖庙，使成不起家的人成家，这样人口的数量才能增加。第三，对刑法和处罚要慎之又慎，要少征官税，严禁**横征暴敛**[2]，这样百姓才能富庶。第四，在卿这一阶层建立'举贤'制度，让他们去教国人知书达理，这样百姓才会懂得礼节。最重要的是，国家颁布法令后不要轻易改动，老百姓才能相信朝廷。"

齐桓公："如何才能扩充国库？"

管仲说："首先炼矿石铸钱币，煮海水制盐；其次，将各地的生活用品，在贱的时候收购进来，到贵时再卖，规定商人的数量，不得随意增减，使商业安定；最后，商人按时买卖，各种物品聚集，按物抽税用作军费。如此一来，国库便能充盈。"

桓公问："如何提升军队的战斗力？"

管仲说："兵贵于精，而不在于多少。整顿军队、制造精良的兵器装备，普天之下的诸侯都能做到这点，而军队与军队之间最大的差别就在于军队的素质。"

桓公又问："兵强马壮之后，真可以征服天下吗？"

管仲说："这还不行，至少周王室现在还不会帮助我们，天下的诸侯也不会信服。主公要想征服天下诸侯，倒不如先尊敬周天子、亲近邻国。"

齐桓公道："这其中奥秘是什么？"

---

[1] 仓廪：储藏米谷之所。

[2] 横征暴敛：强征捐税，搜刮人民财富。

管仲说："知己知彼[1]才可百战百胜。主公可先派人去各国摸清底细，观察他们君主的喜好。对荒淫无度的君主就进攻他们,这样可以扩大我们的地盘；对弑君篡位的君主就杀了他们，扶正去邪，这样可以树立我们的威信。如此一来,天下诸侯都会来朝拜齐国了。然后我们就可带领各诸侯国去侍奉周天子，让诸侯们依照爵位的不同进贡，这样周王室就一定会站在我们这边了，您不就可以从此号令天下了吗？"

齐桓公问："我爱征战又爱美色，这会影响齐国成就霸业吗？"

管仲说："这些都是小问题，不足以影响霸业。"

齐桓公问："那什么会妨碍我的霸业呢？"

管仲说："不知道谁是贤能的人，不利于霸业；知道了而不重用，不利于霸业；重用了而不信任，不利于霸业；重用并且信任了，但有小人从中破坏，还是不利于霸业。"

齐桓公和管仲越聊越投机，两人一直聊了三天三夜，毫无倦怠之意。齐桓公彻底信服了管仲的才能，正式拜他为齐国的丞相，并尊称他为仲父[2]，对他所说的话言听计从。

管仲出任丞相后，在政治、经济、军事上提出了一系列的改革措施。

在政治上，将全国分了为二十一个乡：工匠、商人占六个；普通人占十五个。其中，工匠、商人负责国家经济建设，使国库充足；普通人则主要在家务农，使粮食充足，且在战时可作为兵源。同时，在全国设置五属大夫：负责国防要务的为大司行；负责掌管农务的为大司田；负责行军打仗的为大司马；掌管刑法的为大司理；负责言论的为大司谏。每年初，由五属大夫将属内情况向齐桓公汇报，齐桓公督察其功过，加以奖惩。于是全国形成统一的整体。

在经济上，管仲提出"相地而衰（cuī）征"的土地税收政策，根据土地的好坏不同来征收多少不等的赋税，极大地提高了百姓的生产积极性。

---

[1] 知己知彼：出自《孙子》。指对敌我双方的优劣短长均能透彻了解。

[2] 仲父：春秋时期，齐桓公对管仲的尊称。后被用于帝王对宰相重臣的尊称。

在军事上，管仲强调寓兵于农，规定每五家为一轨，每轨设一轨长；十轨为一里，每里设有里司；四里为一连，每连设一连长；十连为一乡，每乡设一乡良人。全国百姓不准随意迁徙。没有战事时，这些人都在家里种田耕地，每年春秋通过狩猎来训练军队。有战事时，每户出一人，二千人为一旅，由乡良人带领；一万人为一军，由元帅带领。齐桓公任中军元帅，国子、高傒两位上卿为左右元帅，是为三军。

在管仲的治理下，齐国开始繁荣起来，最终齐桓公成为“春秋五霸”第一人。管仲和鲍叔牙的友情也被后人传为佳话。

知识链接

礼义廉耻

春秋时期，齐国丞相管仲把“礼、义、廉、耻”称为国之“四维”。他认为“礼”就是不能越出应有的节度，即思想行为不能超出道德规范；“义”就是使自己的思想行为符合道德标准；“廉”就是不隐瞒自己的缺点错误，廉洁不贪；“耻”就是不与不正派的人在一起，即要知羞耻。

在管仲看来，这四点比法更为重要，是支撑国家大厦的四根重要支柱。这种思想对后世影响很深，成为封建社会的道德标准和行为规范。

评析

管仲是春秋时期著名的政治家、思想家，他的很多主张和治国之道都具有开创性，对后世影响深远，被誉为“春秋第一相”。尽管管仲的思想主张有很大的历史局限性，但这并不影响他的伟大。孔子就曾称赞管仲说：“管仲辅助齐桓公做诸侯霸主，九合诸侯，一匡天下。要是没有管仲，我们都会披散头发，左开衣襟，成为蛮人统治下的老百姓了。”这话是有一定道理的。

第十回

决长勺曹刿论战

鲁庄公听说齐国非但没有杀管仲，反而让他做了宰相，这才意识到上了大当，因而十分恼怒。公元前 684 年，鲁庄公整顿兵马，准备进军齐国。

消息传到齐国后，齐桓公找来管仲商量对策。管仲认为，目前齐国的政治军事力量还不稳定，不适合打仗。然而齐桓公认为他过于保守，封鲍叔牙做主帅，率先出兵，试图杀鲁国一个措手不及[1]。

在鲁国东平的乡下，有一个名叫曹刿（guì）的人听说了此事，当即收拾行装，准备去拜见鲁庄公，为国效力。

曹刿的同乡听说此事，劝阻道："所谓行军打仗都是国家大事，你一个小老百姓去掺和什么呢？"

曹刿说："当权者浅陋、无知，不能深谋远虑。眼见鲁国即将大难临头，我必须得出面了。"于是进入朝廷拜见鲁庄公。

曹刿问鲁庄公："主公凭借什么与齐国作战？"

鲁庄公说："锦衣玉食这类的东西，我从来不会独自专有，一定把它分给身边的大臣。"

曹刿说："这只是些小恩小惠，不能惠及老百姓，他们是不会因此而为您卖命的。"

---

[1] 措手不及：来不及动手应付。指事出意外，一时无法对付。

鲁庄公说："每逢祭祀，猪、牛、羊、玉器等祭品，我从不敢虚报夸大数目，一定对神说实话。"

曹刿回答："这只是些小信用，不能为神所信任，神是不会保佑您的。"

鲁庄公说："大大小小的诉讼案件，即使不能明察，也一定根据实情合理裁决。"

曹刿说："这确实是尽了本职，可以凭借这一点作战。主公如果要作战，就请允许我跟从您一起去。"

鲁庄公问："我们怎样才能打败齐军呢？"

曹刿说："战场上的形势瞬息万变，必须见机行事，无法事先谋划。希望主公能借我一辆战车，让我一边观察形势，一边考虑对策。"

鲁庄公听曹刿说得有道理，便邀请他和自己乘坐同一辆战车，率领大军直奔长勺[1]。

鲍叔牙曾在乾时一战中大败过鲁军，因此并没有将鲁军放在眼中，此时见鲁庄公带兵前来，便下令擂鼓进攻，并宣布先冲过去的有重赏。

鲁庄公听到鼓声震天，也准备下令让鲁国军队擂鼓迎战。

曹刿冷静地说："齐军现在锐不可当，我们应该冷静地等待时机。"说完，传令军中："有擅自大声喊叫者，杀无赦！"

齐军冲到鲁军阵前，鲁军纹丝不动，阵如铁桶，齐军攻不进去，只好后退。不一会儿，齐阵又擂响战鼓，发动了第二次进攻。可是曹刿仍然不让鲁军反击，只是牢牢守住阵地。齐军又一次退了下来。

鲍叔牙大笑道："看来这鲁军是胆怯了，只要再次击鼓，他们一定逃走。"说完，再次击鼓进军。

曹刿听到齐军的第三次鼓声时，看了看齐军的阵容，对庄公说："打败齐军的时候到了，主公请立即下令出击！"

---

[1] 长勺：今山东莱芜东北。

鲁军憋了大半天，一听军中擂响了战鼓，就像决堤的洪水一般涌了出去。齐军见前两次擂鼓鲁军都没有出击，以为这次也不会打，于是都掉以轻心，谁知鲁军突然杀出，刀砍箭射，势不可挡，齐军顿时被打得落花流水[1]。

鲁庄公要乘胜追击，曹刿连忙劝阻道："不着急，让我先下去观察一下也不晚。"说完跳下车，先仔细观察了齐军布阵的地方，又到车上站着向远处眺望，过了好一会儿才说："现在可以追了。"

鲁庄公带领鲁军一直追杀了三十多里路，方才停止。此战缴获齐军的武器装备不计其数。

大胜之后，鲁庄公返回京城，大摆宴席犒赏三军。酒席间，鲁庄公向曹刿询问战胜的原因。

曹刿说："行军打仗，关键靠的是士气。第一次击鼓能够振作士兵们的士气，第二次击鼓士气就减弱了，第三次击鼓士气就完了。齐军士气枯竭而我军士气旺盛，因此战胜了齐军。"

鲁庄公又问："那齐军撤退之后，为什么没有马上去追赶呢？"

曹刿说："齐军很狡猾，我们虽然取得了初步胜利，但是贸然追击，恐敌人会设有埋伏。我见他们逃跑时车轮碾过的痕迹混乱，就连军旗也倒下了，知道他们一定真的在急于逃命，所以才下令追击他们。"

鲁庄公赞叹道："你真是料事如神[2]啊！"于是下令，封曹刿做了鲁国的大夫。

---

[1] 落花流水：原形容暮春景色衰败。后常用来比喻被打得大败。

[2] 料事如神：预料事情像神仙一样准确。形容预料事情非常准确。

知识链接

古代战争中的指挥信号

在中国古代的战争中，指挥战争主要依靠三种东西：旗帜，战鼓和金。

首先，旗帜。古代没有扩音器和无线电，作战时要传达号令通常就是依靠“旗语”。全军的标示用旗在秦汉后称为“牙旗”，很多牙旗上都绣有主将的姓。牙旗是全军的象征，是主将位置的所在地，如果失去牙旗，将使全军失去指挥而失利。此外，军队每一部分都有自己的旗帜，这些旗帜各级的大小不同，同级之间由旗心、旗边和旗上带子的颜色来区别。旗帜除了指挥用旗外，还有一些另外用途的旗帜，如表示威严的旗帜等。

其次，战鼓。古代出击时一定是击鼓，相当于现在的指令枪。此外在战斗中，鼓声也有振奋士气的作用。

最后，金。有个成语叫做：“鸣金收兵”。这个金不是锣，而是钲（zhēng）。这是古代的一种铜制乐器，颜色似金。金为军中发布信号、约束步伐之用。

评析

长勺之战是中国历史上一次著名的以少胜多、以弱胜强的战役。原本默默无名的曹刿凭借着这一战成为了著名的军事家。在曹刿看来，作战最重要的是军队的士气，而战略防御的一个核心原则就是“后发制人”。在战争中，一个优秀的军事家虽然没有武将勇猛有力，也不会像士兵们那样冲锋陷阵，却能凭借超人的智慧以柔克刚，以弱胜强，以小取大，成为决定一场战役胜负的关键因素之一。长勺之战后，“一鼓作气，再而衰，三而竭”成为了千古名句。

第十一回

南宫长万怒弑君

长勺之战大败后，齐桓公十分懊恼，他接受了管仲的建议，派使者给宋国送去厚礼，请宋国出兵，一起讨伐鲁国。宋侯早就想与齐国修好，于是派南宫长万为主将，猛获为副将，带兵前往郎城[1]与齐军会合。

鲁庄公闻讯，连忙召集众臣商议对策。

大夫公子偃站出来说："南宫长万凭借武艺高强，自认为天下无敌，事实上他的军队如一盘散沙。臣愿率领一支人马从雩（yú）门偷偷溜出去，攻其不备，宋军必败无疑。宋军败了，齐军不会独自迎战，自然会撤军的。如此一来，鲁国的危机就解除了。"

鲁庄公摇摇头说："你不是南宫长万的对手。"

公子偃坚持说："主公为何要长他人志气灭自己威风？我坚决请求一战！"

鲁庄公被他逼得没有办法，只得同意。

公子偃命人弄来一百多张虎皮，将它们披在战马上，乘着朦胧的月光，悄悄地从雩门溜出来，摸到了宋军营地附近。宋军竟全然不知。公子偃命令手下点起火把，一齐冲入宋营。火光之下，宋营的士兵们突然看到一队猛虎咆哮而来，无不胆战心惊，吓得四处逃窜。

南宫长万不愧为当世名将，他手握长戟，径直杀入鲁军阵营中，鲁国士兵因害怕他的骁勇，竟没一个人敢上前迎战。正在这时，鲁庄公也率领大军赶到了，见此情景，对大将歂（chuǎn）孙生说："素闻你力大无穷，你敢不敢上前与南宫长万一战？"

[1] 郎城：今河南林州市临淇镇。

歇孙生领命，手握大戟直奔南宫长万而来。然而他哪里是南宫长万的对手，几招之后就招架不住了。鲁庄公看到这种情况，急命手下将自己的**金仆姑**[1]取来，拈弓搭箭，一箭正中南宫长万右肩，一直射进了骨头里。南宫长万吃痛，忙用手拔箭，歇孙生趁他稍微一放松，使尽全身力气，一戟刺透了南宫长万的左腿，南宫长万一下子跌倒在地。歇孙生见状，跳下战车，双手将其死死按住，众士兵一拥而上，把南宫长万捆了个结结实实。齐、宋联军见主将已经被生擒，再无战意，被鲁军杀得丢盔弃甲。

歇孙生押着南宫长万来见鲁庄公。南宫长万的伤势虽重，可依然面不改色，毫无痛苦的样子，鲁庄公欣赏他的勇敢，便厚礼对待他。

不久，齐、宋联军被迫退兵了。

几年后，齐国、鲁国、宋国逐渐恢复了邦交，鲁庄公释放了南宫长万，让他重回宋国。南宫长万回到宋国后，宋闵（mǐn）公一点儿也不重视他，反而在朝堂之上当众嘲笑他说："当年你自诩（xǔ）天下第一，人人敬重，如今只不过是一名鲁国的囚徒，你还奢望别人会像以前那般对你吗？"

---

[1] 金仆姑：当时鲁国最好、最硬的弓箭。

南宫长万羞愧难当，一言不发地退了出去。

大夫仇牧私下对宋闵公说："君臣之间应该讲究礼数，决不可随便开玩笑。开玩笑就会不尊敬，不尊敬就会傲慢，傲慢就会不讲礼仪，不讲礼仪就会使人受辱，受了辱人会滋生叛逆之心，请主公务必要警惕啊！"

宋闵公完全没当一回事，说："爱卿放心，我与南宫长万开玩笑惯了，不会出什么事的。"

后来，又有一次，宋闵公带着妻妾们在蒙泽[1]游玩，大家听说南宫长万有一个绝活，能把戟投到几丈高后用手接住，从不失手，因此都想亲眼看看。宋闵公就派人把南宫长万唤来，命他当众给大家表演。众人见南宫长万武艺高强，纷纷赞叹不已。

宋闵公不服气，便命人取来赌器与南宫长万一较高低，讲明输的人用大金斗盛酒罚喝。这赌博原是宋闵公的拿手好戏，南宫长万哪里是他的对手，一连输了五局，喝得已经有八九分醉了。南宫长万心里不服，还想再赌。宋闵公轻蔑地说："你这个阶下囚怎么如此好胜，输对你来说不是家常便饭吗？"

南宫长万只好不再作声。

正在这时，忽听宫中侍从报告："周王有使者带信到了。"宋闵公传来使者，问明来意，得知是报周庄王病逝和其子胡齐即位为周僖王的消息。

宋闵公说："我们应该马上派人去吊唁（yàn）[2]，并向新王表示祝贺。"

南宫长万上前请求说："臣还没见到过周朝的王都是什么样子，望主公能派我为宋使前往！"

宋闵公轻蔑地说："宋国即使再没有人，也不会派个囚犯去做使者吧？"

众人听罢，哄堂大笑。南宫长万羞得满脸通红，怒火中烧，借着酒劲，对宋闵公破口大骂："你个无道昏君！你可知道，囚徒也会杀人吗？"

宋闵公大怒，喝道："你这贼囚，竟敢无礼！"便上前去抢南宫长万的戟，想夺过来刺南宫长万。南宫长万也不躲避，反手抓起一旁的赌器就朝宋闵公的头上狠砸去，宋闵公当场毙命。

---

❶ 蒙泽：今河南商丘东北。

❷ 吊唁：祭奠死者或对遭到丧事的人家、团体给予慰问。

南宫长万杀了宋闵公后，凭借着自己高强的武艺和多年来在军中的威望，很快镇压了国内一切的反对势力，拥立宋闵公的弟弟公子游登基，作为宋国的新任国君。

宋闵公的几个儿子见状都逃到了萧邑[1]，公子御说逃到了亳(bó)邑[2]。南宫长万知道公子御说德才兼备，具有帝王之才，于是便让儿子南宫牛和部下猛获带兵前去斩草除根。萧邑的大夫们与宋国公子们得知这一消息后，立即前去救援，大败南宫牛，收编了宋国投降的士兵。猛获兵败后没脸回去，改投卫国去了。

公子御说命人举着南宫牛的帅旗返回宋国，谎称军队已攻克了亳邑，并抓住了公子御说。南宫长万丝毫没有疑心，命人打开城门放行。公子御说的军队一入城门立即拔出事先藏好的兵刃，进攻南宫长万，顿时杀声震天。南宫长万这才惊觉上了当，急忙奔回朝中，打算带着公子游杀出重围，岂料公子游早已死在了乱军之中。南宫长万见大势已去，只身带着母亲逃往陈国。

众人拥立公子御说即位，这就是宋桓公。宋桓公派使者给陈宣公送去重金，要求将南宫长万送回宋国，陈宣公同意了。考虑到南宫长万武艺高强，恐难以制服，陈宣公设下美人计，先将南宫长万灌醉，然后让大力士用犀牛皮将他裹起来，再用牛筋牢牢捆住，连同其母亲一起押还宋国。最终，南宫长万被罚施以醢(hǎi)刑[3]。

知识链接

古代的极刑

一、凌迟：也称陵迟，即民间所说的“千刀万剐”。最早出现在五代时期，正式定为刑名是在辽，此后金、元、明、清都将其定为法定刑。凌迟十分残忍，要求在犯人身上划三千六百刀后，才会在最后一刀处死犯人。历史上著名的凌迟是明朝宦官刘瑾，相传他被剐了 3357 刀才死。

---

[1] 萧邑：今安徽萧县西北。

[2] 亳邑：今山东曹县。

[3] 醢刑：中国古代的一种酷刑，指将尸体剁成肉酱。

二、腰斩：从腰部斩断。从春秋时期开始，腰斩的刑罚就常被使用。商鞅变法时，曾规定对百姓实行连坐法，一家犯罪，邻家不告发者要处以腰斩。

三、剥皮：明朝是剥皮之刑用得最多也是最狠的朝代。明太祖朱元璋曾发明了一种名为“剥皮揎（xuān）草”的刑罚，贪官污吏一经查出，就被处以死刑，杀头后不仅要枭（xiāo）首示众，还要将其剥皮填草，并把装满草的人皮袋置于衙门里，让人引以为戒。

四、炮烙：即火刑。相传商纣王为了讨宠妃妲己的欢心，就用铜制成方格，内置烧红的炭火，命令犯人踩在上面，最后因体力不支而被火烧死。

五、烹煮：即煮人肉。相传商朝末期，西伯侯被囚禁，纣王将西伯的儿子伯邑考煮了送去给西伯侯吃，西伯侯在不知情的状况下吃了自己儿子的肉，事后被纣王得意地拿这件事到处炫耀。

六、宫刑：古代割除男子生殖器的酷刑。历史学家司马迁就曾遭受过宫刑。

七、醢刑：即将人剁成肉酱。

唐代时，除了保留大逆之罪判凌迟外，其他几种酷刑都被废止，但到了明代，朱元璋又重拾剥皮的刑罚并加以发挥。

评析

南宫长万酒醉弑君固然不可饶恕，但我们应该看到这件事的背后是有原因的。对任何人来说，被击中痛处都不是件令人愉快的事，尤其是他人的缺陷和痛处，千万不能用侮辱性的语言加以攻击。中国自古就有所谓“逆鳞”之说，据说在龙的喉部下方有一处长有“逆鳞”，如果不小心触摸到这一部位，必定会被激怒的龙所杀。事实上，无论人格多么高尚伟大的人，身上都有“逆鳞”存在。在与人交往时，一定要心存善意，只要我们不触及对方的“逆鳞”，就不会惹祸上身。

第十二回

桓公破格用甯戚

齐国在管仲的治理下，逐渐强大。齐桓公在诸侯中的威望也越来越高，公元前 681 年，他邀请宋、陈、蔡、邾四国的国君在齐国北杏[1]举行会盟，齐桓公被大家推举为盟主。因为遂国没来参加会盟，齐桓公率大军直接灭了遂国。宋桓公虽然参加了会盟却半途离开了，齐桓公十分生气。

公元前 680 年，齐桓公兴兵攻打宋国，派管仲为先锋，率军先行。这一天，管仲来到了猺（náo）山[2]脚下，看见一个乡下男子，身穿一件粗布衣衫，光着脚，戴着破草帽，一边放牛，一边高声唱歌。管仲见此人气质不同于一般人，便传令让手下给他送去了些美酒和美食。

乡下男子泰然自若地接受了管仲的馈（kuì）赠，吃喝完毕后，对侍卫说："我想叩见相国仲父。"

侍卫说："相国的车已经走远了。"

男子说："我有一句话，望您能转给相国：'浩浩乎白水！'"

侍卫归队后，将乡下男子的话告诉了管仲。管仲百思不得其解。

管仲有一个爱妾，名叫婧，钟离人，饱读诗书又颇具见识，管仲出征时，常常将她带在身边。婧得知此事后，对管仲说："妾听说《诗经》中有一首《白

---

1. 北杏：今山东东阿。
2. 猺山：今山东临淄附近。

水》，其中有这样几句：‘浩浩白水，鯈鯈（tiáo）[1]之鱼，君来召我，我将安居？’这个人恐怕是想要做官呀。”

管仲马上命令停车，派人将那名男子招来。男子见到管仲后，只是拱手行礼却不叩头下拜。管仲问他姓名，男子回答道：“我姓甯（níng）名戚（qī），卫国人。久闻相国招贤纳士，故跋山涉水到此，却因无人引荐，只好在此替人放牛。”

管仲又问他所学的东西，甯戚皆对答如流。管仲感慨地说：“如此豪杰之人却受辱于泥涂之中，不被推荐，怎么能显露才华呢？主公的车队在后面，几天之内就会到此地，我给你写一封推荐信，你拿着它去拜见主公，他一定会重用你。”于是，管仲写了一封信交给甯戚，这才道别离去。

三天后，齐桓公的大军果然到了，甯戚仍旧那一身打扮，站在路旁，不回避也不害怕。当齐桓公的车走近时，甯戚一手给牛拌草喂食，一手敲着牛角唱歌：“南山灿，白石烂，中有鲤鱼长尺半。生不逢尧与舜禅，短褐（hè）单衣才至骭（gàn）[2]。从昏饭牛至夜半，长夜漫漫何时旦？”

齐桓公听后十分诧异，于是让左右人将甯戚带到车前，询问他的姓名和出身。甯戚一一作答。

齐桓公问道：“你一个放牛的，为什么要讽刺当前时局呢？”

甯戚回答：“我只是个小人物，怎么敢讥讽时局呢？”

桓公说：“寡人率领诸侯征战天下，百姓安居乐业，草木沾春，尧舜时期的天下也不过如此，你为何要说是‘不逢尧舜’，更何谈‘长夜不旦’？”

甯戚说：“我虽只是一介村夫，可我听说尧舜的时代，十日一场风，五日一场雨，百姓们种田吃饭，打井喝水，民风纯朴，秉承礼教，遵纪守法。可如今却世风日下，君主不像君主，臣子不像臣子，哪里还是尧舜时候的天下呢？我又听说，尧舜的时代，所有诸侯都安分守己，真心诚意地臣服于天子，可

[1] 鯈鯈：形容鱼游自如的样子。

[2] 骭：肋骨或小腿骨。

您代表周天子举行会盟，第一次开会就有宋国中途退出，第二次开会又出现鲁人要挟，天下连连战乱，百姓水深火热，经济每况愈下，何来春意呢？我还听说，当年尧曾经不让他的儿子丹朱即位而让舜上台，舜几番推辞，甚至跑到了黄河南边希望能借此躲过，谁知百姓们却一直追到南边，舜不得已这才登上了帝位。可主公您的宝座是因为杀兄而来的，如今又借天子的命令来调动诸侯，小人不知这天下会变成什么样子。”

齐桓公勃然大怒，喝道：“你胆敢出言不逊！”当即喝令左右将甯戚拖出去斩首。

甯戚全无惧色，仰天长叹道：“夏桀杀了**关龙逄**（páng）[1]，商纣杀了**比干**[2]，今天甯戚就要成为这因忠言而被杀的第三人了！”

大司行隰（xí）朋在一旁劝阻道：“此人见到有权势的人而不奉迎，见到君主的威仪而不害怕，绝非寻常放牛的人！”

齐桓公仔细一想，觉得隰朋的话非常有道理，于是强按下怒火，让人给甯戚松绑，说：“我只不过试一试你，看来你确实是条好汉！”

甯戚这时才将管仲的信呈给了齐桓公。

齐桓公问道：“你既然有仲父的信，为什么现在才呈上来呢？”

甯戚说：“臣听说‘贤君择人为佐，贤臣亦择主而辅。’您如果厌恶直言而喜欢听奉承之言，即便您刚才真要砍掉我的脑袋，我也不会拿出相国的信来。”

齐桓公转怒为喜，当场即拜甯戚为大夫，让他与管仲共同执掌国政。

数日之后，齐桓公的兵马到了宋国地界，受邀一同伐宋的陈宣公、曹庄公早已赶到，随后周天子的兵马也到了。众人在一起商量攻宋的计策。

甯戚主动**请缨**[3]说：“臣虽不才，愿以三寸不烂之舌前去宋国讲和。”

---

❶ 关龙逄：相传中国历史上第一位丞相，因为进谏忠言而被夏朝君主桀所杀，享年93岁。

❷ 比干：商朝贵族，商王太丁之子，20岁就出任商朝太师，因为进谏忠言被商朝君主纣赐死剖心，终年64岁。

❸ 请缨：请求被授予一根长缨，指主动要求承担重要的任务。

齐桓公同意了他的请求，传令大军在宋国边界上安营扎寨，让甯戚一人前去宋国交涉。于是，甯戚乘着一辆小车，只带着几个随从来到了睢阳，求见宋桓公。

宋桓公问大夫戴叔皮说："甯戚是什么人？"

戴叔皮说："听说是个放牛的村民，齐桓公刚刚才启用了他。想必此人口才一定很好，所以齐桓公派他来游说主公的。"

宋桓公问："那我要怎么对待他呢？"

戴叔皮说："主公可先让他进来，不要以礼相待，看他的动静和反应，只要他言行之间稍有不当，臣便拉衣带为号，您下令让侍卫们一举将他拿下，到时候齐桓公之计就不攻自破了。"宋桓公点头同意，命武士做好准备。

甯戚穿着宽大的衣服，拖着长长的带子，抬头挺胸地来见宋桓公。他向宋桓公作了**长揖**(yī)[1]，宋桓公端坐不理，甯戚仰头长叹道："宋国大难临头啊！"

宋桓公大吃一惊，开口问道："我身坐上公之位，位列诸侯之首，会有什么危险？"

甯戚说："您与**周公**[2]相比，谁更有本事？"

宋桓公说："周公是圣人，我怎敢和他比呢？"

甯戚说："当年周公平定五湖，归一四海，即便在国家最强盛时，还是广招天下众豪杰。可宋国身处群雄角逐之中，接连经历了两次弑君之乱，就是想仿效周公招贤纳士，他们还不一定来呢。可君上您现在狂妄自大，怠慢贤士，有志之士怎么可能来到您的身边，您又怎么能够听到治世良言呢？这不是非常危险吗！"

宋桓公听了这话，一下子从座上站了起来，说："我即位时间短，未听过先生的教诲，请千万不要怪罪！"戴叔皮在旁边看到宋桓公已被甯戚打动，

---

❶ 长揖：古代汉族交际礼仪风俗——拱手高举，自上而下行礼。上古时开始流行，多用于平辈之间。

❷ 周公：周文王姬昌第四子，姓姬名旦，是周武王姬发的弟弟，曾两次辅佐周武王东伐纣王，并制作礼乐。他是西周初期杰出的政治家、军事家、思想家、教育家，被尊为"元圣"。

赶忙不断拉衣带子，但宋桓公都假装没有看见。

宋桓公问："先生此次前来有什么指教？"

甯戚说："如果天子失去了权力，那么各诸侯国也就离散了，君和臣之间再没有差别，因此弑(shì)君之事才一再出现。齐桓公不忍心看着天下这样乱下去，如今奉天子之命，主持诸侯国之间的会盟。主公您被列入其中，原本正好可以趁此机会让您的君位名正言顺，可您却半路背盟，这不等于您的君位还没确定吗？现在天子大怒，特派齐桓公带领各路诸侯大军前来讨伐宋国。君上背叛王命于前，又抵抗天子军队于后，不用交手，臣就已经预料到谁胜谁负了。"

宋桓公忙问："那依先生之见又该怎样呢？"

甯戚说："依臣之愚见，君上应该尽快带着厚礼去和齐国结盟。这样对上不失做周天子之臣的礼仪，对下可博得盟主的欢心，贵国不动一兵一卒，就可安稳如泰山了。"

宋桓公说："都怪我一时失策，如今重兵压境，齐桓公又怎么会接受我的礼物呢？"

甯戚回答："齐桓公宽宏大量，从不计较他人之过，也不念以往的仇恨。北杏会盟时，鲁国去都没有去，齐桓公非但没有怪罪他们，反而与他们在柯地立了盟约，并把原来侵占的土地全部退给了鲁国。您虽然中途退走，但毕竟还是参加过会盟，齐桓公怎么可能不收你的礼物呢？"

宋桓公问："那要送什么礼物才好呢？"

甯戚说："齐桓公一向讲求与邻国和睦相处，总是给别人多，索取回来少，因此您的礼物贵在诚意，就是拿一点肉干做礼物，只要心意到了也就可以了，难道还非得让您拿出宋国全部的宝物吗？"

宋桓公闻言大喜，当即派使者随甯戚一起返回齐军中讲和，并献上白玉十块，黄金千镒(yì)，请求加入盟国。齐桓公接受了宋国的礼物，双方约定了再次会盟的时间和地点，齐国班师回朝。

知识链接

《诗经》

《诗经》是我国第一部诗歌总集，收集了自西周初年至春秋中叶五百多年的诗歌305篇。先秦称其为《诗》或《诗三百》《三百篇》，西汉时被尊为儒家经典，才称为《诗经》，并沿用至今。

《诗经》约成书于春秋时期，据说当时有三千首之多，后失传。《诗经》的作者并非一人，产生的地域也很广，除了周王朝乐官制作的乐歌，公卿列士进献的乐歌之外，还有许多原来流传于民间的歌谣。

“风”“雅”“颂”“赋”“比”“兴”被合称为《诗经》的“六义”。其中，“风”“雅”“颂”是诗经的体裁，也是诗经作品分类的主要依据；而“赋”“比”“兴”是诗经的表现手法，也就是现在所说的修辞方法。

评析

北杏会盟是春秋史上的一件大事，这是第一次由诸侯而非周天子主持的会盟，是齐桓公称霸的象征，也是“春秋五霸”的开端。

甯戚在历史上的影响是很大的。古有伯乐相马，也有甯戚相牛。甯戚出身贫寒，早年怀才不遇，后来获悉齐桓公重人才、有抱负，便决心投靠齐国，以图有一番作为。他击牛角高歌，引起了齐桓公和管仲的注意，虽然满腹才华，却也需要像齐桓公这样求贤若渴、慧眼识才的明君，才能不重出身，不论资历，不计较小节，力排众议，重用甯戚。最终，甯戚成为了齐国的大司田，分管齐国农业，与管仲、隰（xí）朋、宾胥（xū）无、鲍叔牙五人皆为齐桓公功臣，在齐桓公称霸中起到重要作用。

甯戚著有《相牛经》，这是中国最早的畜牧专著，对促进齐国农牧业发展产生了一定作用。

第十三回

卫懿公好鹤亡国

公元前660年，齐国西北边的狄族人兴兵侵犯邢国，又转道向卫国进攻。卫懿（yì）公抵挡不住，派人向齐国求援。桓公认为，前年齐国远道讨伐山戎，至今尚未恢复元气，想等到明年春天与各国诸侯会合，联兵救援卫国。

不久，卫懿公被狄族人杀死。桓公闻听大惊道："没有早点发兵救卫，这是我的大错。"虽说卫懿公之死与桓公没有及时发兵救援有直接关系，其实，往深里追究，这祸根也是卫懿公自己种下的。

卫懿公在位期间，纵情享乐，不理国政。他平生最喜爱体态优美的仙鹤，因此不论是苑囿（yòu）[1]还是宫廷里，都随处都可见仙鹤[2]。于是许多人投其所好，纷纷进献仙鹤，以求重赏。

卫懿公将鹤编队起名，由专人负责训练它们鸣叫和舞蹈，每只鹤都有品位官职，享受与大夫一样的俸禄。每次出行时，卫懿公就会让这些鹤分班陪驾，也乘坐大车排在自己的车仗前面充当仪仗，美其名曰："鹤将军"。为了供应仙鹤的食粮，卫懿公命人从民间大肆搜刮钱财，无数的百姓冻饿惨死，他却丝毫不加理会。

卫国大夫石祁（qí）子是贤臣石碏的后人，他为人忠义正直。宁庄子宁速也是卫国的股肱（gōng）之臣，二人多次向卫懿公劝谏，都被卫懿公驳回。

---

❶ 苑囿：圈养禽兽、种植林木的地方，多指帝王的花园。

❷ 仙鹤：即丹顶鹤。在中国历史上，仙鹤被公认为第一等的文禽。早在春秋战国时期，已有鹤体造型的青铜礼器。明朝和清朝又赋予了丹顶鹤忠贞清正、品德高尚的文化内涵，一品文官的朝服补子上就绣着丹顶鹤，因而人们也称鹤为"一品鸟"。

当初卫懿公的父亲卫惠公本来就是陷害了自己的哥哥前太子急才夺得王位的。如今，在卫国仅存的王室血脉中，唯有公子毁的名声最好。公子毁是卫惠公的异母兄弟，他见卫懿公沉迷养鹤，知道卫国必有亡国之难，于是寻了一个机会，逃亡到齐国，并娶了齐桓公家族的女子为妻。

当时在周的北方有许多少数民族，被统称为“北狄”。北狄早在周太王时期就逐渐兴盛起来，曾逼得周太王迁都于岐，直到周武王统一天下后，周公姬旦平定边疆，中原才得以安定。后来，周平王迁都洛邑，边境上的异族又再次强盛起来。

北狄的头领名叫瞍瞒（sǒu mán），手握精兵数万，一直就想进犯中原。公元前 660 年，他听说最近齐桓公出兵讨伐山戎族，不禁大怒道：“齐军竟然敢远伐山戎，未免太轻视我们了，我也应当给他们点颜色看看。”于是统领两万骑兵，准备讨伐邢国。听说齐国出兵救邢，于是转而兵临卫国边境。

这天，卫懿公正想带上仙鹤出外游玩，忽然有探子来报，说北狄已大兵**压境**[1]。卫懿公大吃一惊，急忙调集军队前去迎战。卫国的百姓们早就不满卫懿公的统治了，如今听说他征兵，纷纷逃往乡下。卫懿公命司徒搜捕逃亡百姓，询问他们为何逃离。百姓说：“你用一件物事就可抵御强敌，要我们何用？”

卫懿公问：“什么物事？”

百姓说：“仙鹤。”

卫懿公觉得很奇怪，问道：“仙鹤怎能抵御敌人？”

百姓答道：“仙鹤不能打仗，是无用之物；百姓可以打仗，是有用之人。你既然懂得这一点，为什么要损害有用之人的利益来饲养无用之物呢？所以我们不服。”

卫懿公大急，赶忙说道：“现在寡人已知错，我愿将鹤全部放掉。”于是命人将鹤放走。石祁子、宁速来到街市上，向百姓通告了卫懿公认错放鹤之事，众人这才安定下来。

此时，北狄兵马已逼近**荥（yíng）泽**[2]。

石祁子对卫懿公说：“北狄骁勇善战，不可轻敌，臣请求向齐国求援。”

卫懿公说：“齐国昔日曾率军攻打我国，后虽撤兵，但两国并未和解，现

---

❶ 压境：兵临城下，比喻时间紧迫。
❷ 荥泽：今河南浚（xùn）县西。

在未必肯来相救，我们不如独自与北狄决一死战。”

宁速说：“臣请求领兵一战，请主公驻守都城。”

卫懿公说：“我这次要亲自统兵，不打败北狄，决不回朝！”于是命令石祁子代理国政，宁速率军镇守都城。石祁子和宁速二人苦劝无果，只得垂泪送别。

卫懿公召集军马，任命渠孔为主将，于伯为副将，黄夷为先锋，孔婴齐为后援，统帅大军，浩浩荡荡地奔赴荥泽。

卫军抵达荥泽后，渠孔率兵前去查看，见狄人军纪不整、毫无秩序，顿时信心大增，说道：“人人都说狄人骁勇，我看只是**徒有虚名**[1]！”于是当即命令擂鼓出击。谁知，这些都是瞍瞒的计谋。狄军假装败退，将卫军引入包围圈后一举反击。最终卫军被切为数段，难以呼应联络，纷纷丢盔弃甲，落荒而逃。

卫懿公被狄人重重围住。渠孔劝卫懿公降下帅旗改装逃走，卫懿公叹道：“以帅旗为号，或许可将人马召集一处，若无法召集，降下帅旗也是无用。我愿以一死来向卫国百姓谢罪。”

乱军之中，卫国军队全线溃败，黄夷战死，于伯中箭，孔婴齐自刎而亡，卫懿公和渠孔被砍为了肉泥。卫军最终全军覆没。

北狄大军趁势一举攻入了卫都，将卫国府库和民间抢劫一空。石祁子和宁速保护着卫懿公的家眷，且战且退，一直逃到了黄河边上，幸得宋桓公派兵接应，众人**星夜**[2]渡河，这才得以活命。

卫国大夫弘演早些时候被卫懿公派去出使陈国，等他回来时，卫国已被狄兵荡平了。他听说卫懿公死在荥泽，便前去寻尸。可卫懿公的尸骨早已经面目全非，只有一副肝脏还完好。弘演向卫懿公的尸体叩拜，放声大哭，按照寻常的礼制，向尸体报告了自己出使陈国的经过，就像卫懿公仍然活着一样。做完这些事后，弘演对随从说道：“主公一世风光，如今无人收葬，连个棺木也没有，我要以我的身体做棺木，为他入葬。”说完，拔出佩刀，剖开腹部，将卫懿公肝脏放入。随从只好把弘演的尸体当作卫懿公的棺材，草草掩埋。

齐桓公得知这一消息后，立即派公子无亏率兵前来援助卫国，击退了北狄。

---

❶ 徒有虚名：空有某种名声，指名不副实。

❷ 星夜：即夜间。多用于连夜赶路。

石祁子和宁速从齐国迎回了公子毁，并在楚丘[1]新建卫都。公元前659年，公子毁正式即位，史称“卫文公”。

知识链接

古代的少数民族

在中国古代的黄河中下游地区，气候温和，土壤肥腴，故较早便进入了农耕社会，当地汉人自称为华夏。而边区自然条件较差，多为游猎畜牧之族所居，为了区别，便把华夏周围四方的人分别称为东夷、南蛮、西戎、北狄。《礼记·王制》曾记载：“东方曰夷，被发文身，有不火食者矣。南方曰蛮，雕题交趾，有不粒食者矣。西方曰戎，被发衣皮，有不粒食者矣。北方曰狄，有不火食者矣，衣羽毛穴居。”

中国古代历代政权皆以中原汉文化为本位，把周围四方称为“蛮夷”。现存最早地理著作《山海经》表明，两千多年前，“一点四方”的结构便已产生。这本书中，天下以中原为中心，被分作五个部分。而在《史记·夏本纪》中，更是仔细地描绘出了一个以中原“天子之国”为中心，再向东南西北分别以500里、300里、200里依次延伸划出若干等距离层次以别亲疏的画面。

评析

春秋时期，卫懿公好鹤而亡国，可以说是“玩物丧志”的典型。作为一国之君，其言行代表的不仅仅是个人意志，而是关系着整个国家。过于放纵自己的欲望，不愿接受约束是一件十分危险的事情。卫懿公整天以养殖仙鹤为乐，将仙鹤看得比人重要，这让大臣、将士、百姓们愤怒不已，最终这种积怨成为了国怨，卫懿公不但自己丢掉了性命，卫国也自此从大国成为了小国，失去了争霸的实力，此后再没有机会翻身。

---

[1] 楚丘：今河南滑县东。

第十四回

齐桓公伏楚称霸

齐桓公任用管仲为相后，国家繁荣富强，百姓安居乐业，渐渐奠定了建立霸业的雄厚基础，他开始有意识、有目的地帮助一些弱小的国家，目的是树立自己在诸侯国中的威信，进一步为自己称霸积累政治资本。

一次，齐桓公问管仲："我听从了你的建议，改革政策，富国强兵。现在百姓们遵从礼仪，国家物资充足，军队井然有序，我是不是可以称霸了呢？"

管仲说："诸侯国中比我们强大的不止一个，在南面有楚国，在西面有秦国和晋国。但他们都没有成就霸业，您知道是为什么吗？"

齐桓公表示不知。

管仲说："那是因为他们都自以为了不起。如果主公想称霸，就必须高举**尊王攘夷**[1]的大旗，借用周天子的名义，让诸侯各国臣服。"

齐桓公佩服管仲眼光高远，并按照他的意思去做，逐渐获得了许多诸侯国的尊重和拥戴。后来，齐国帮助邢国打退了狄人的入侵，又帮助卫国重建都城，国家形象得到了极大提升，许多诸侯国都主动前来依附于齐国。

与此同时，楚国历过几代君王的努力，逐渐统一了南方诸国。到了楚成王熊恽（yùn）统治时期，他任用令尹子文为相，励精图治，国势渐强，于是，就产生了与齐国一决高下之心。

---

[1] 尊王攘夷：原意是尊奉周王为中原之主，抵御北方游牧民族。后指面对外族入侵时，结成民族统一战线。

楚成王说："齐桓公到处布施恩德，深得各国拥戴。我远居汉水之东，至今**籍籍**[1]无名，这真让我感到羞愧啊！"

令尹子文说："齐桓公统治齐国已近三十年了，他作为中原各诸侯的领袖时日已久，我们去攻打齐国确实难以轻易取胜。郑国地处南北之间，是中原的屏障，主公若想夺取中原，非得先攻取郑国不可。"

楚成王采纳了他的建议，派大军接连攻打郑国，以此向齐国施压。齐桓公大怒，决定还以颜色。因蔡国与楚国结盟，又是齐国的宿敌，齐桓公便决定先攻打蔡国。

公元前 656 年，齐桓公任命管仲为帅，隰明、宾须无、鲍叔牙、公子开方、竖刁为将，率领鲁、宋、陈、卫、郑、许、曹七国兵马，共计战车三百辆、士卒万余人，讨伐蔡国。

蔡国溃败后，大军继续向楚国进发，数日之后，便来到了楚国边境。只见边境上早有一人等候，此人衣冠整洁、彬彬有礼，见大军到来，忙施礼道："听闻齐国国君大驾光临，楚国使臣已在此敬候多时了。"原来，这人是楚国贵族、官拜大夫的屈完。

桓公听说楚国使者到来，心中十分诧异，派管仲前去打探虚实。

管仲乘车出营，在车上向屈完拱手施礼。

屈完说："我们大王听说贵国兵临楚国边境，特派我来传话：'齐国位于北海之滨，楚国邻近南海之畔，各自是各自的国家，本是**风马牛不相及**[2]的。'故不知贵国此次兴兵前来，意欲何为？"

管仲说："过去周天子将齐地分封给我国国君的祖上姜太公，命齐国世代掌管征伐军事，以辅佐周朝王室；周平王东迁之后，又令我国国君担任诸侯盟主。楚国地处南荆，理应年年向周天子进贡苞茅，如今你们却拒绝进贡，致使周朝无法举办祭祀，我们只好派兵前来征收。再说，从前周昭王率兵南征，

---

❶ 籍籍：原意为众多、纷杂，后引申为众口喧腾，这里用来形容名声得到众人的称赞。

❷ 风马牛不相及：比喻事物彼此毫不相干。

至汉水却一去不返，你们能推卸罪责吗？”

屈完说：“没有向周室进贡苞茅是我们的错，但如今天下诸侯不再向周朝进贡的又何止我们楚国一个？至于说到周昭王南征不返，完全是因为王师的舟船搁浅所致，与我国有何相干？我的话已经传到，告辞了！”说完乘车而去。

管仲返回大营，向桓公报告说：“楚国人十分强横，无法用言语降服他们，看来只得一战了。”于是，齐桓公下令大军继续前进。

几天后，大军来到离汉水不远的陉(xíng)山，管仲命令安营扎寨。众人不解，纷纷问道：“军队既然已深入敌境，为何不乘机渡过汉水，与楚军一决雌雄？”

管仲说：“楚国既派使者前来，国内必有所准备，两军一经交战就再难以化解了。现在我们在这里屯兵扎寨、虚张声势，楚国害怕我们人多势众，一

定会再派使臣前来，我们就可以趁机逼他们订立城下之盟[1]。”很多人不信，依旧议论纷纷。

楚成王听说联军已深入楚地，就任命令尹子文为大将，率兵镇守汉南，准备乘联军渡河之际，攻其不备。谁知，联军达到陉山后，居然停止前进了。

令尹子文对楚成王说：“素闻管仲善于用兵，现在他既停兵不发，必定有什么诡计。大王应当再派使者前去，探看他们的虚实动静，然后再做打算。”

楚成王同意了，于是派屈完带着八车礼品去齐军大营交涉。管仲见楚国的口风有所松动，便劝齐桓公见好就收。为表达和谈诚意，齐桓公下令联军后撤，临时驻扎在召陵[2]。

齐桓公让诸侯国的军队摆开阵势，自己与屈完同乘一辆战车观看联军军容，只见八路大军各占一方，连绵数十里不绝，齐军中军一声鼓响，七路响应，鼓声惊天动地。

齐桓公不禁面露得意之色，说：“有这样一支强大的军队，怎能不百战百胜？”

屈完说：“您之所以能成为诸侯盟主，是因为您一心辅佐周室，爱护百姓。但如果硬要以武力征服天下，楚国虽小，可我们也有方城山的陡峭之固、汉水的天堑（qiàn）[3]之险，纵有百万大军来攻，也未必能使我们屈服。”

齐桓公闻听此言，便顺水推舟，说道：“屈大夫真是楚国的良臣啊！我愿与贵国结为友好盟邦，怎么样？”

屈完大喜，当夜即在齐营中留宿，齐桓公设宴款待。第二日，齐桓公命人搭起祭台，举行盟誓。齐桓公执牛耳[4]为盟主，管仲为司仪，屈完代表楚成王与各国定了盟书。

---

❶ 城下之盟：指在敌方兵临城下时被迫签订的屈服和约。

❷ 召陵：今河南省漯河市召陵区。

❸ 天堑：天然形成的隔断交通的大沟，形容其险要。

❹ 执牛耳：古代诸侯举行盟会，订立盟约要每人尝一点儿牲血，主盟的人亲手割牛耳取血，并饮或以血涂抹在嘴唇，以示诚意，所以用“执牛耳”指做盟主。后来也用来指在某一方面居领导地位。

齐桓公下令撤军。回去的路上，鲍叔牙问管仲道：“楚国的罪状本来以‘僭号称王’最为严重，而你却以其拒贡苞茅为借口，这究竟是为什么呢？”

管仲说：“楚国僭号称王已有三代，如果硬逼他们革除王号，他们势必不服，到那时我们只好交兵开战，而战争一起，齐、楚两国从此再无安宁。我以苞茅为借口，使他们更易于接受，而一旦楚国认了错，我们既可以因此向诸侯们夸耀，又可以向周天子交差，这样难道不比兵连祸结更好吗？”鲍叔牙听得连连点头。

公元前 652 年，周襄王即位，派太宰周公孔赴齐封赐齐桓公，以表彰他对周室做出的贡献。齐桓公闻讯，立即传书各位诸侯在葵邱[1]会盟。周公孔捧着周王所赐祭物，向东而立，宣读了新天子的诏令。

齐桓公走下台阶磕头谢恩，周公孔连忙阻止：“天子有令，桓公年迈有功，不需下拜领赏。”桓公正准备从命，管仲连忙在一旁低声劝道：“天子虽谦让，臣子可不能不敬。”于是，齐桓公还是遵从礼制，走下台阶，叩首再拜，然后才登台接受封赏。

齐桓公受封后，再次重申了八国的盟约，并带头起誓：“凡我友好盟邦，定当不计前怨，重归于好。”与会诸侯无不信服。

自此以后，周朝的势力持续衰弱，而齐、晋、楚、秦四国日渐强大。因晋国内乱，秦国偏远，楚王以蛮夷自居，齐桓公遂成了中原真正意义上的霸主。

知识链接

苞茅之贡

苞茅是南方的一种茅草，又叫菁茅，盛产于荆山山麓、南漳、保康、谷城一带，主要用于滤酒祭祀。

从远古以来，酒就是祭祀时的必备用品之一。古代的统治者认为：“国之大事，在祀在戎”。祭祀活动中，酒作为美好的东西，首先要奉献给上天、神

[1] 葵邱：今河南省商丘市民权县。

明和祖先享用；而战争决定一个部落或国家的生死存亡，因此勇士出征之前，都要用酒来激励斗志。酒与国家大事的关系由此可见一斑。《周礼》中对祭祀用酒有明确的规定。如祭祀时，用“五齐”“三酒”共八种酒。主持祭祀活动的人，在古代都是由权力很大的人担任。

制作祭酒时，先将酒曲和米饭搅拌在一起，使米饭发酵成酒，然后用苞茅过滤掉酒糟，把酒浆装进大瓦缸，沾过灵茅的酒就成了“神酒”。

评析

齐桓公之所以能够能为春秋五霸中的第一人，主要源于三个方面：首先，齐国盛产鱼盐，经济富庶；其次，任用管仲为相，改革内政、发展生产、整顿军制、组建军队，国力大增；最后，高举“尊王攘夷”的大旗，占据礼法和道德的制高点。

在春秋时期，周室虽然衰微，但各国至少在表面上还是敬重周天子的。齐桓公称霸后，北御戎狄，南制强楚，维护了周朝的邦国制度，保卫了当时比较进步的中原文化，也在一定程度上防止了诸侯国内部矛盾和危机的发生，这对于当时的社会来说是有进步意义的。

第十五回

荀息借道灭虞虢

齐桓公中原称霸后不久，远在卫国西边的晋国也蠢蠢欲动，开始向东扩张，预备有朝一日与齐国争霸中原。

在晋国的边境之上，有虞、虢两个国家，两国同姓相邻，唇齿相依。其中，虢国的君主名醜（chǒu），此人骄狂好战，曾多次骚扰晋国边境。

晋献公恼恨虢国无道，于是就想趁机灭掉虢国，扩张晋国领土。他问大臣荀息道：“虢国可攻吗？”

荀息说：“一直以来，虞、虢联盟，若攻虢，虞国必救；若攻虞，虢国必救。以一敌二，晋国的胜算不多。”

晋献公问：“那我们应该怎么办呢？”

荀息说：“臣听说虢公贪淫好色，主公可让人选征国中美女，教她们学习歌舞，然后献给虢公，假称两国交好，虢公必定欣然接受，从此**沉溺**[1]歌舞、荒废国政、疏远忠良。我们再向犬戎行贿，让他们不断侵扰虢国边境，到那时我们趁机举兵攻打，便可以将虢国灭掉。”

晋献公闻言大喜，连忙命人寻来美女若干，训练一番，然后送往虢国。

虢公大喜，马上就要接受，大夫舟之侨急忙劝阻道：“晋国这是将我们当鱼来钓，这些美女就是鱼饵，主公千万不要中计！”

---

❶ 沉溺：十分喜欢某人或某物，沉迷其中，无法自拔。

虢公哪里听得进去，命人将美女、乐师留下，并答应不再侵扰晋境。从此，虢公日夜寻欢作乐，再也不上朝听政。舟之侨多次出言劝谏，虢公大怒，将他贬出都城，派到下阳守关。与此同时，犬戎也收到了晋国送去的贿赂，于是派兵侵犯虢境，虢公亲率大军迎敌，两军在桑田**对峙**[1]，一时胜败难分。

晋献公闻讯，又将荀息召来商议对策。

荀息说："臣有一计，可使主公今日取虢，明日灭虞。"

晋献公大喜道："你有何计，快快讲来。"

荀息说："主公可派人向虞国行贿，借道伐虢。"

晋献公道："师出无名，虞人能相信我吗？"

荀息答道："主公可密令北边守将向虢国**寻衅**[2]，虢国必会责备我们，我们就可以此为名发兵攻虢。"

晋献公采纳了荀息之计。不久，虢国使者果然前来问罪，晋献公以此为借口，派出大军，两国随即开兵交战。

晋献公问道："现在攻打虢国已有借口，要如何去贿赂虞国呢？"

荀息说："虞公是一个目光短浅、贪图利益的人。但如果不用至宝，恐怕也难让他动心。有两样东西可用来行贿，只是怕主公舍不得。"

晋献公忙问何物。

荀息说："虞公生平最喜爱的莫过于玉璧和宝马，主公不是正好有**垂棘之璧**[3]和屈地出产的宝马吗？将这两件宝物拿去贿赂虞公，让他借道路给我军攻打虢国，他必落入我们圈套。"

---

[1] 对峙：相对而立，引申为对抗、抗衡。

[2] 寻衅：寻隙挑衅。

[3] 垂棘之璧：垂棘，春秋时地名，在晋国境内，详址不可考。垂棘出的美玉制成的玉璧是传说中比和氏璧还要古老的宝物。

晋献公果然舍不得，说：“这两物都是我的至宝，怎能送给他人？”

荀息笑道：“我就知道主公舍不得。可是，虞国收了我国的重宝，必定会答应借道攻虢。虢国没有虞国的支援，一定不是我们的对手。虢国既亡，虞国也不能单独存在，这玉璧、宝马不是又回到主公的手中了吗？现在我们这样做，只不过是暂将两样宝物寄放在他那里而已。”

晋献公听了大喜，当即将两件宝物交给了荀息，让他带去虞国行贿。

虞公早就听说了晋献公手上有两件至宝，如今一见，不由得心花怒放。他问荀息道：“这是晋国的国宝，天下罕有，晋献公为何要将它们送给我呢？”

荀息不慌不忙地答道：“我家主公敬慕您的贤能，畏惧您的强大，所以不敢独吞二宝，愿意将它们献出，以求得贵国上下欢心。”

虞公问道：“你们到底有何事相求？”

荀息说：“虢国屡次侵扰我国边境，我家主公以国家社稷为重，一再委屈求全，与他们签订和约。如今誓约还言犹在耳，可责骂又至，因此我家主公想借道贵国出兵向虢问罪。另外，这次出征我国若能侥幸战胜，所得战利品全归贵国所有，晋国愿与贵国永结盟好。”

虞公大喜，便欲应允。

大夫宫之奇急忙劝道：“主公不可答应。俗话说：‘**唇亡齿寒**[1]。’近年来，晋国四处吞并其他国家，可独独不敢侵犯虢、虞两国，是何缘故？就是因为我们两国有同盟之好、唇齿之助。今天，虢国如果被晋国灭掉了，那么明天大祸就会降临到我们虞国的头上。”

虞公毫不在乎地说：“晋国是大国，现在特意送来美玉宝马和咱们交朋友，难道咱们借条道路让他们走走都不行吗？再说晋国比虢国强大十倍，失去虢国而得到晋国的盟好，有何不好？你且退到一旁，不要再干预我的大事！”

宫之奇还想再劝，百里奚（xī）连忙将他拉住，推出了殿外。

宫之奇埋怨道：“你为何不帮我劝阻，反而将我拦住？”

---

[1] 唇亡齿寒：唇没有了，牙齿就会寒冷。比喻双方休戚相关，荣辱与共。

百里奚说："夏桀杀关龙逄，商纣杀比干，都是因为后者强进忠言。我刚才若再不拉住你，你也危险啊！"

宫之奇料定虞国大难临头，为了避祸，他率领着全族老幼连夜逃出了虞国。

晋献公听说虞国答应借道，十分高兴，当即派里克为主帅，荀息为副帅，率四百辆战车伐虢，并先派人将出征日期告诉了虞公。

虞公说："我接受贵国重宝，无以报答，愿与贵国联兵伐虢。"

荀息说："联兵倒不用了。虢国都城虽建在上阳，但其国家的门户却在下阳，下阳一破，虢国必亡。请将下阳关借给我军使用。"

虞公说："下阳关由虢国军马镇守，我怎能献出？"

荀息说："我听说虢公眼下正与犬戎在桑田大战，您借口前去助战，暗中将晋兵引入，便可轻而易举地夺取下阳关。"

虞公听从荀息之计，来到下阳，谎称要去增援虢国，虢军守将舟之侨信以为真，开关让虞公率战车进入。战车一进关门，车中藏着的晋军武士便一齐发难，里克趁势率领晋军一举夺得了下阳。

虢公在桑田得到晋军攻破下阳的消息，大吃一惊，急忙下令撤军。犬戎兵乘机追杀，大败虢军。虢公带着残部逃回都城上阳，被随后赶到的晋军包围。上阳被晋军一围数月，城中粮草尽绝，士卒疲惫不堪，百姓更是哭成一片。

虢公见大势已去，寻了一个机会，趁着夜色，率家眷逃往洛邑。晋军顺利进入上阳城。里克下令严禁骚扰百姓，大军军纪严明，秋毫无犯[1]，得到了上阳百姓的拥护。

里克将虢国的府库宝藏尽数装入车中，把其中十分之三连同所获美女、乐师赠给了虞公。虞公见晋人言而有信，心中也很欢喜。

做完这些事后，里克一面派人飞马报告献公，一面假托有病，将军队全部驻扎在上阳城下。

---

[1] 秋毫无犯：极细微的东西也不动，比喻丝毫不侵犯人民的利益。

一月之后，晋献公统率大军来到了虞国都城的郊外，谎称因晋军伐虢失利，特地亲自前来接应。虞公不疑有他，亲自出城迎接。两国国君一同前往箕山围猎。谁知就在这期间，里克率领大军一举攻占了虞国都城。当虞公得知此事时，为时已晚，不得不拱手投降。

第二天，晋献公入城安抚百姓，荀息赶来迎接，他左手托着玉璧，右手牵着宝马，对晋献公说："臣的计策已经实现，现在将玉璧宝马奉还主公。"晋献公大喜，下令犒赏三军。自此虢国和虞国便归入了晋国的版图中。

知识链接

古代十大宝马

一、周穆王八骏：传说中，周穆王驾车用的八匹骏马，能日行万里。八匹马的名字自具体说法不一。时人以马的毛色命名，分别是：赤骥（火红）、盗骊（纯黑）、白义（纯白）、逾轮（青紫）、山子（灰白）、渠黄（鹅黄）、华骝(liú)（黑鬃黑尾）、绿(lù)耳（青黄）。后世民间传统木雕、砖刻上常见有八骏图案。

二、乌骓马：楚汉争霸时，西楚霸王项羽的坐骑。此马通体像黑缎子一样，油光发亮，唯有四个马蹄子部位白得赛雪。

三、黄门四骏：这是一个汉代宝马家族的泛称，最早出自《汉书·西域》。四骏中汗血宝马赫赫有名。汉武帝曾为得汗血宝马而兴兵攻打大宛(yuān)。

四、赤兔马：中国历史上最出名的宝马。最早时为三国时吕布的坐骑，后吕布被曹操所擒，曹操将此马赠给了关羽。"赤"，是马的颜色，"兔"，是马的头型，即半兔头的马。

五、的(dí)卢：三国时期刘备的坐骑。很多人认为的卢会"妨主"，但刘备后来有一次被蔡瑁追杀，独自逃到檀溪，危急之时，此马突然从水中跃起，一跃三丈，飞上了对岸的高崖，刘备最终化险为夷。

六、绝影：三国曹操的坐骑。曹操征讨张绣时，兵败被追杀，此马身中三箭仍能奋蹄疾驰，且速度极快，最后被乱箭射中眼睛才倒了下去。

七、狮子骢（cōng）："狮子"，是马的鬃毛，看上去有狮子的威风，"骢"，青白杂毛的马。此马为隋末郎将裴（péi）仁基的坐骑。

八、忽雷驳：此马为唐初大将秦琼的坐骑，传闻此马声如虎、豹，能令在场其他马匹都倒地匍匐。在演义小说中，此马被描述为黄骠（biāo）马。

九、照夜玉狮子：三国名将赵云之马，此马通体上下一色雪白，没有半根杂毛。在长坂坡上，赵云骑此马七进七出，而落于不败。

十、飞越峰：明朝初，大夏国投降时将此马作为贡品献给明太祖朱元璋，传闻此马神骏异常，后人很多诗词都曾以此马为主题。

评析

虽然在历史上虞国和虢国都不是什么大国，但荀息用计一举攻下两国的事迹却千古流传。这个计策的成功，为晋国后来的称霸奠定了基础。

晋国的胜利，在于它能够做到"必胜之兵必隐"这一点，以借道的假象巧妙地掩盖自己分别攻破虢、虞的真实意图。晋国君臣深谙"兵不厌诈"的奥妙，针对虞公贪利好色的弱点，诱之以利，迷惑其心，使敌人由始至终都被牵着鼻子走，成为确保最终获胜的一大关键性因素。

虞国失败原因，首先是国力、军力远不如晋国。其次是最高统治者虞公昏聩庸劣，贪图小利，不惜破坏与虢国的同盟，最终引狼入室，实属咎由自取。最后是虞国对晋国灭虢国之后的战略新动向毫无察觉，以至于晋国发动突袭时被打得措手不及。

在这个故事中，除了我们平日里常用到的"唇亡齿寒"这个成语外，"假道伐虢"也被列为了《三十六计》中的一计，受到历代兵家的重视。

第十六回

秦穆公羊皮赎相

就在晋国大张旗鼓东征西讨的时候，远在边鄙之地的秦国也迎来了一位有作为的君主——秦穆公。秦穆公恼恨中原诸侯一向以蛮夷之礼对待秦国，日思夜想，希望能有一位贤臣来辅佐自己，使秦国尽快富强起来，以摆脱中原诸侯眼中的"蛮夷"形象。不过，只有等到百里奚出现在他面前的时候，他的这个愿望才最终达成。

百里奚，字井伯，虞国人，自幼家境贫寒，年近三十时才娶杜氏为妻，生下一子。他一直怀才不遇，几次想要出外游宦[1]，却担心妻儿孤苦无依，因而犹豫不决。

杜氏是一个很有见识的女子，她深知丈夫是一个少有的人才，于是劝道："我听人说'男儿志在四方'。你正当壮年，应该去谋自己的前程，难道非要守着妻儿坐困此地吗？我们母子能照顾自己，你就别担心了。"

百里奚出行那天，家里已经揭不开锅了。杜氏便将家里唯一的一只下蛋的老母鸡宰杀了，将门栓卸下当柴，将老母鸡炖了给百里奚饯行。百里奚饱餐一顿后，与妻儿告别。临行前，杜氏怀抱幼儿，紧紧拉住百里奚衣衫，泪流满面地说："得到富贵后，千万别忘了我们母子。"

百里奚最先到了齐国，想在齐襄公那里谋取个官职，可苦于无人举荐，

[1] 游宦：离开家乡，到远地去做官，称为"游宦"，也称"宦游"。

穷困潦倒，最后不得不沿街乞讨。百里奚流浪到铚（zhì）地[1]时，已年过四十了，当地有一个名叫蹇（jiǎn）叔的人，见百里奚相貌不俗，惊讶地说："你不应该是沿街乞讨的人啊！"于是便请百里奚到家中用饭，和他谈论天下时势。百里奚口若悬河，对答如流。蹇叔感叹道："你有如此的才干，却饱受颠沛流离之苦，这真是天意弄人啊！"

蹇叔将百里奚留在家中，两人结拜为兄弟。其实蹇叔家里也很贫穷，为了减轻蹇叔的负担，百里奚便在村中给人养牛。

百里奚听说齐国公孙无知杀死齐襄公自立为君，正派人四处张榜招贤，便想前往应招。蹇叔忙阻止道："先君齐襄公有亲子在外地，公孙无知弑君篡位，早晚必遭失败。"百里奚听从了劝阻，便没有去。

后来，百里奚又听说周王之子颓喜爱牛，为他养牛的人都能得到优厚的俸禄，便辞别了蹇叔，打算去周朝的国都。临行前，蹇叔再三叮嘱他说："大丈夫不能轻易地委身侍奉他人，做了人家的官半道离去就是不忠，不分情势地效忠于一个注定要失败的人就是不智。兄弟此行可千万要小心行事。"百里奚一一记下。

百里奚赶到周朝国都，拜见了王子颓，并向他进献了自己的养牛之技，王子颓大喜，便想收百里奚做家臣。正在此时，蹇叔赶到，他见过王子颓后对百里奚说："王子颓志大才疏，所亲近的又都是谗佞谄谀[2]之徒，早晚必会做出谋乱犯上的事，兄弟不如早点离去。"百里奚听从了他的建议，便离开了。

百里奚因久别妻儿，心中惦念，准备返回虞国。蹇叔说："虞国有个贤臣叫宫之奇，是我的朋友，我与他相别已久，正想前去拜访。兄弟若真想回虞国，我们可以同行。"于是两人便结伴来到虞国。

百里奚返回家中，此时杜氏因贫困所迫已流落他乡，不知去向，百里奚十分伤心。

---

[1] 铚地：今安徽省濉溪县临涣。

[2] 谗佞谄谀：趋炎附势，只会花言巧语，谄媚欺主。

蹇叔见到宫之奇，向宫之奇介绍了百里奚的才干品德，宫之奇便把百里奚举荐给了虞公，虞公封百里奚为中大夫。

过了几天，蹇叔准备回齐国去。临行前，蹇叔对百里奚说道：“我看虞公见识短浅而又刚愎（bì）自用[1]，不是一个有作为的明君。”

百里奚说：“小弟贫困已久，就如同鱼儿来到了陆地，如今急需一勺水来救命。”

蹇叔说：“兄弟因贫困而做官，我难以劝阻，日后若想见我，可到宋国的鸣鹿村去找。那个地方环境幽静雅致，我将去那里隐居。”说完便告辞离去。

自此，百里奚就待在了虞国。后来，虞公因贪宝亡国，被晋国扣留为质。百里奚不愿弃主逃离，他说：“我既已有不智之举，岂能再做不忠之人。”便一直留在晋国与虞公为伴。

晋献公久闻百里奚的大名，便让虢国降将舟之侨出面相请。百里奚拒绝说：“君子落难，居住于敌国已经是迫不得已，怎么还能在敌国做官？我就是想做官，也不会做晋国的官。”舟之侨闻听此言，知百里奚是在影射自己，不由心中恼恨，便暗中寻找机会打算除掉他。

此时，秦穆公已经即位六年了，夫人的位置却一直空着。他派大夫公子縶（zhí）为使向晋国求婚，想娶晋献公的长女伯姬为夫人。晋献公答应了这门亲事，与众臣商议派谁做媵（yìng）臣[2]。舟之侨怀恨百里奚，便趁机奏道：“百里奚不愿在晋国做官，心存异志，不如让他随同公主去秦国。”晋献公同意了。

百里奚听说晋国要把自己作为媵臣陪嫁到秦国，长叹道：“想我百里奚怀济世之才，却不遇明主，难展大志，临老又被作为奴仆陪嫁他人，晋君辱我太甚啊！”于是在赴秦途中寻了个机会逃掉了，一直逃到了楚国宛城[3]。

秦穆公见晋国陪嫁之人的名单中有百里奚的名字却没有见到这个人，十

[1] 刚愎自用：指固执己见、自以为是，听不进一点儿别人的意见。
[2] 媵臣：随着姐姐出嫁的妹妹或妾侍，或随着公主出嫁的臣仆。
[3] 宛城：今河南省南阳市宛城区一带。

分奇怪，公子縶连忙说道："此人本是虞国旧臣，现已逃亡。"

秦穆公问："他究竟是何等人？"

公孙縶说："此人真乃大贤之人。他知道虞公不可劝谏便住口不言，是其智；虞公失国后他在晋国伴君不食晋国之禄，是其忠。外界传闻他有安邦定国之才，只是没遇上机会罢了。"

秦穆公道："此人现在在何处？我一定要重用他！"

公孙縶说："臣听说他的妻儿流落楚国，想来他也一定是逃到楚国去了。"

秦穆公立即派人去楚国察访，得知百里奚如今正在东海为楚王养牛。秦穆公大喜，问公孙縶说："如果我用重礼去换，楚国能答应我吗？"

公孙縶说："主公千万不可这样做，否则百里奚一定来不了！楚君之所以让百里奚牧牛，就是因为还不了解他的才能。现在大王用重礼去换，等于是将百里奚有才的消息泄漏给楚国，楚君知道后自会加以重用，又怎肯将他送给我们呢？因此不如以捉拿逃亡媵臣之名，用低价将他赎回，想当年齐国管仲就是这样从鲁国脱身的。"

秦穆公同意了，派人将五张公羊皮送给楚王，声称要赎回私自逃到楚国的媵臣百里奚，加以严惩，以儆（jǐng）效尤。楚王担心与秦国闹僵，急忙派人赴东海将百里奚捉回交付秦国。

临行前，众人以为百里奚定会被处死，纷纷拉住他大哭，但百里奚笑道："我听说秦君有称霸天下之志，他何必为我一个逃奴大费周折。他向楚国要我，是为了重用我。我马上就要富贵了，你们又何必为我哭泣呢？"

百里奚坐着囚车刚到秦境，秦穆公就派公孙縶前来迎接，将他从囚车中请出。百里奚朝见秦穆公时，秦穆公见他白发苍苍，不免有些失望，问到："你有多大年纪？"

百里奚说："才七十岁。"

秦穆公叹道："可惜太老了！"

百里奚说："如果让我追逐飞鸟、搏击猛兽，我是老了；如果让我坐在庙堂上策划国事，我还算年轻。过去，姜太公八十岁还在**渭滨**[1]垂钓，后被周文王重用，拜为尚父，最终帮周朝一统天下。我现在与主公相遇，不是比他还早十年吗？"

秦穆公听了，不由得心生敬意，便问道："我国地处戎、狄两族之间，无法与中原诸侯结盟，先生有何良策可使我国不落后于中原呢？"

百里奚说："雍、岐之地本是周朝兴盛的根本，现在周室无法掌控，将它赠给秦国，这正是上天在帮助秦国。正因为地处戎狄蛮族之间，秦国的兵马才更加强壮；正因为无法与中原结盟，秦国上下才能万众一心。如今，西戎四分五裂，我们吞并其地可以耕种，征用其民可以作战，这是中原诸侯无法与主公竞争的。主公可以视情况用恩德安抚，或用武力征服，逐步占领整个西部边疆，然后凭借山川之险，雄视中原，寻机挺进，如此霸王之业就可水到渠成。"

秦穆公肃然起敬，连声赞叹道："我有了百里奚，就如齐国有了管夷吾！"

秦穆公一连与百里奚交谈三日，君臣心心相印。于是，秦穆公封百里奚为上卿，并将朝政全权托付于他。这件事很快就在秦国传开了，大家便称百里奚为"五羖（gǔ）大夫"。

在百里奚的推荐下，秦穆公用重礼请来了蹇叔，封蹇叔为右**庶长**[2]，百里奚为左庶长。两人一同居于上卿之位，被称为"二相"，共同执掌国政。百里奚又将蹇叔的两个儿子西乞术、白乙丙请来，一起辅佐秦穆公。百里奚的儿子孟明视得知父亲在秦国，也带着母亲来找他。西乞术、白乙丙和孟明视后来都成为了秦国三员很得力的大将。

---

❶ 渭滨：渭水河畔。

❷ 庶长：春秋战国时期，秦国官名，握有军政大权，地位相当其他各国的卿。

几十年颠沛流离的生活、艰难坎坷的经历，不仅使百里奚增长了才干，更使他深知百姓的疾苦。他为官清廉，出门不乘马车、出行不带随从，给百官树立了榜样，也深深感动了秦国的百姓。百里奚在担任相国期间，整修国政，注重教化，使秦国更加强大，为秦穆公建立霸业奠定了坚实的基础。

知识链接

秦朝二十级军功爵位制

秦孝公在位时，任用商鞅变法，制定了“二十级军功爵位制”，以赏有功之人。这二十级分别是：一公士，二上造，三簪袅（zān niǎo），四不更，五大夫，六官大夫，七公大夫，八公乘，九五大夫，十左庶长，十一右庶长，十二左更，十三中更，十四右更，十五少上造，十六大上造（大良造），十七驷车庶长，十八大庶长，十九关内侯，二十彻侯。

据有秦国特色的二十级军功爵位制度，其在鼓励秦军士气、提高军队战斗力等方面发挥了巨大作用，它是当时新兴的地主阶级为提高军队战斗力而采取的一项措施，为秦国霸业奠定了坚实的基础。

评析

秦穆公是“春秋五霸”中的第三位，在他统治时期，秦国内外俱安，国力渐强，成为诸侯争霸中举足轻重的一方势力。这些固然是穆公雄才大略、知人善任的结果，同时与百里奚的功劳也是密不可分的。

百里奚作为春秋战国时期杰出的政治家，直到七十岁才受到重用，此前一直颠沛流离，穷困潦倒，甚至几次三番都有生命危险。他遇到真正赏识他的秦穆公后，依靠出众的才智和超群的谋略，使僻处一隅的秦国逐渐强大起来，在秦国谋取霸主的道路上起了举足轻重的作用。百里奚深得秦国百姓的信赖，传说他去世时，秦国不论男女都痛哭流涕，连小孩子也不唱歌谣了。

第十七回

秦晋大战龙门山

就在秦国兢兢业业奋发图强的时候，晋国国内接连发生内乱，晋国快速称霸的梦想也彻底泡汤。而与此同时，秦国在百里奚、蹇叔的治理下，国力大盛，晋国很快被迎头赶上。于是这两个近邻之间的较量就不可避免地发生了。

当初，晋献公非常宠爱一名叫骊姬的妃子，骊姬给他生了一个儿子，名叫奚齐。奚齐刚满十一岁时，晋献公为了将他立为太子，尊骊姬为国母，并残忍地杀死了原太子申生。晋献公的另外两个儿子重耳和夷吾都感受到了危险，分别逃亡蒲城[1]和屈城避难去了。

公元前 651 年，晋献公病逝。奚齐即位后，封荀息为上卿，执掌全国政务。里克、郑父等人心中不服，打着“迎贤主”的大旗，发动了政变，接连杀死奚齐和公子卓子两位王子，并逼死了荀息。

里克派人前去翟国，打算接重耳归国即位。但重耳认为，尽管奚齐、卓子已死，但他们的党羽还未散去，此时回国会有危险，便拒绝了里克的提议。里克无法，只得从梁国迎回夷吾。

公元前 650 年，夷吾即位，也就是晋惠公。天公不作美，此后的几年里，晋国年年遭遇灾害，致使国库空虚，民间颗粒无存。晋惠公想到诸侯国中秦国离得较近，又有世代婚姻之好，便打算向秦国求粮，可转头又一想，自己

[1] 蒲城：今陕西关中平原东北部。

当年即位时秦国曾出了力，自己曾亲口答应要割让城池作为谢礼，却一直迟迟没有兑现，担心秦国这次不会再帮助自己。

大夫郤芮奏道："大王并没有毁约，只是暂缓割让的日期罢了。我们去向秦国求粮，如果秦国不肯借粮，那便是他们先与我们断绝情义，这样一来，我们违背割地之约也就名正言顺了。"

晋惠公说："大夫此话有理。"于是便派庆郑带着礼物去向秦国借粮。

秦穆公召集群臣商议此事。蹇叔、百里奚齐声说道："天灾人祸，任何一个国家都无法完全避免，主公应当顺天行事，救灾安民，如此必会受到上天的庇佑。"

秦穆公听从他们的建议，下令从粮仓中提取粮米数万担，经渭水转道黄河、汾（fén）水[1]，运往晋国各地以帮助赈灾。晋国百姓见秦国肯发粮救灾，无不感恩戴德，痛哭流涕。

转眼到了第二年，秦国遇上灾荒，晋国反而获得了大丰收。秦穆公派人去向晋国求粮，晋惠公却不愿借粮，秦穆公大怒。

公元前 645 年，秦穆公亲率大军，出动了四百辆战车前去讨伐晋国。

晋惠公闻听秦国来攻，急忙召集群臣商议道："秦国无故举兵攻打我国，我们应该怎样对付？"

庆郑奏道："秦国因主公违背信约，这才派兵前来讨伐，怎么说是无故举兵呢？依臣之见，我们只须认错求和，将原来答应割让的五城交出，就可使两国化干戈为玉帛，也可使百姓免遭战乱之苦。"

晋惠公大怒道："凭我晋国的国势军威，却向别人割地求和，我还能再有脸面执掌国家吗？"喝令手下将庆郑推出去斩首！

国舅虢射一旁劝道："兵马未动，却先斩大将，恐对我军不利。不如饶他一死，让他随军戴罪立功。"

晋惠公答应了，当日就检阅兵马，选出战车六百辆，命屠岸夷为先锋，

[1] 汾水：即汾河。在山西省中部，为黄河第二大支流。

自己和虢射镇守中军大营，离开绛城，一路向西杀去。

晋惠公车驾用的马名叫“小驷”，是从前郑国献给晋惠公的，这种马身材小巧，毛皮润泽，行走平稳，晋惠公平时十分喜爱。庆郑见惠公竟用这种马驾车出征，心中十分担忧，出言相劝道：“自古军队出征都要用本国的军马驾车，因其解人心意，熟悉道路，作战时能随意驾驭，不出差错。现在大战在即，主公却乘坐着别国之马，恐怕不太吉利。”

晋惠公不听，斥责庆郑说：“我一向乘坐此马，你不要多管闲事！”

秦、晋两军在**韩原**[1]相遇，各自扎寨安营。

晋惠公召集众将商议：“敌人已深入我国腹地，我军该当如何呢？”

庆郑在一旁插嘴说：“这都是主公自己招来的，问别人干什么？”

晋惠公大怒，命手下将庆郑赶了出去。晋惠公又命韩简去秦军探看虚实。不久，韩简回营报告说：“秦军人数虽然没有我军多，但士气比我军高出十倍。”

晋惠公问：“这是什么缘故？”

韩简说：“主公以前逃亡时依靠秦国，回国为君也是仰仗秦国，晋国遇到饥荒又吃的是秦国的粮食，秦国三次施恩却得不到报偿，所以才会来攻打我国。现在您又亲自率军迎击它，秦军上下没有不义愤填膺（yīng）的，因此士气高涨。”

惠公脸色不悦道：“这些都是庆郑的论调，你怎么也说出这种话？我有战车六百辆、士兵数万人，定要与秦军决一死战！”

第二日，秦、晋两军在龙门山下决战。晋将屠岸夷手持一根浑铁大枪，驾车杀入秦军阵中，秦将白乙丙迎上接战，大战五十回合，不分胜负。两人杀得性起，到后来竟然跳下战车，扭打成一团。

晋惠公命令韩简、梁繇（yóu）靡率军向左，自己与虢射等人率军向右，分两路进攻，秦穆公见晋军兵分两路杀来，也将秦军分为两队分别迎敌。晋惠公率右军冲来，正与公孙枝相遇，那公孙枝有**万夫不当**[2]之勇，横戟大喝道：

[1] 韩原：今陕西省韩城市境内。
[2] 万夫不当：一万个人也抵挡不住。形容极为勇猛，无人匹敌。

“能打仗的都一齐上吧！”那一声吼如晴天霹雳，直把虢射吓得魂飞天外，伏在车中不敢露头。晋惠公车前的“小驷”从未经过战阵，也被公孙枝的吼声吓惊，只顾四处乱窜，最终将车带入了泥沼之中，无论车夫怎么用力鞭打，“小驷”马小力微，都没法从泥中拔腿逃出。

正在这时，庆郑策马驾车赶来，惠公大声呼叫道：“庆郑快来救我！”

庆郑挖苦他说：“虢射在哪儿？主公为什么不求他来救你，现在叫我庆郑干什么？”

惠公无法，又只得叫道：“庆郑快来用车将我带走。”

庆郑答道：“主公先稳坐你的‘小驷’，臣这就去叫别人来用车带你。”说完掉转车头向左奔去。

战场的另一边，秦穆公也遇到了险情，韩简和蛾晰以二敌一，击退了秦将西乞术，韩简不去追杀西乞术，领兵扑向秦穆公所乘之车，打算活捉秦穆公。危急时刻，就见正西方冲出一队勇士，大约有三百余人，个个蓬头赤膊，手舞大刀，口中高喊道：“勿伤害我家恩主。”一路冲杀过来，势不可挡。

韩简正想召集人马迎敌，忽见庆郑从北面飞车赶到，口中高喊：“不要在此恋战，赶快回兵去救主公，主公现在已被秦兵围在龙门山下的泥沼之中。”韩简等人闻听此言，无心恋战，赶忙率兵奔向龙门山，但等他们赶到山前时，公孙枝早已将晋惠公、虢射等人俘获捆绑，赶回大营去了。

那三百勇士杀退了晋兵，救下了秦穆公和受伤的西乞术，秦兵乘胜追击，一举击溃晋军，龙门山下晋兵陈尸如山，六百辆战车也几乎全部落入秦军手中。庆郑听到惠公被擒的消息，偷偷留下来，在战场上救下受伤的蛾晰，一同返回晋国。

秦穆公回到秦军大寨，那三百多勇士，一齐在营前跪倒叩头。秦穆公问道：“你们是什么人，为何要舍命搭救我？”众人回答：“恩公不记得那年丢失御马的事了吗？我们就是那伙吃马肉的人。”

原来秦穆公有一次曾到梁山围猎，半夜有几匹御马被盗，秦穆公命人去寻找，侍卫寻到岐山下，看见有三百多山贼正围坐在一起大吃马肉，侍卫不敢声张，赶忙回来向秦穆公禀告：“主公若派兵马去围捕，可将他们一网打尽。”穆公不许，说道：“马已经死了，如果因此派人去将他们擒杀，百姓会认为寡人珍惜牲畜而轻视人命。”于是下令从军中取出美酒数十坛，派人送到岐山脚下，将它们赐给那些山贼，并让人传话说：“马肉吃多了，不饮酒会伤身体。”山贼们叩头谢恩，齐声赞叹道：“我们偷吃了马肉，国君不仅不怪罪，还为我们的身体着想，派人送来了美酒。这种大恩大德，我们来日必会报答！”因此，当他们听说穆公领兵攻晋，便一齐赶奔韩原，前来助战。恰逢今日穆公被围，三百勇士奋勇杀出，这才将穆公救下。

穆公清点三军人马，唯独不见白乙丙，当下便派人四处搜寻。搜寻的士兵们听到一个土井中有呻吟之声传来，下去探看，发现正是白乙丙和屠岸夷两人。二将在拼斗中摔入井中，都已力脱昏死，但仍紧紧扭在一起，不肯放松。军士用力将两人分开，抬到战车上，拉回秦军大营。

秦穆公迎上前去询问白乙丙，但白乙丙此时连说话的力气都没有了。秦穆公下令将屠岸夷斩首，然后解下自己的锦袍，亲手为白乙丙盖上，让百里奚先用**温车**[1]将他带回秦国医治。

几天之后，秦穆公下令班师回国，将晋惠公扣押在灵台山离宫，留下千人看守。

知识链接

化干戈为玉帛

出自《淮南子·原道训》。“玉”是美玉，“帛”为丝织品，二者皆为进贡之上品；“干戈”是兵器，指战争或者争斗。此句常用来表示重修于好，相互礼尚往来的意思。

从前夏部落的首领鲧(gǔn)建造了三仞(八尺为一仞)高的城池来保护国家、

---

❶ 温车：古代的一种卧车。

守卫百姓，但大家都想离开他，别的部落对夏也虎视眈眈。后来禹当了首领，发现这一情况，就拆毁了城墙，填平了护城河，把财产分给大家，并毁掉了兵器，用道德来教化人民。从此百姓们安居乐业，各尽其职，远近的部落纷纷主动前来归附。禹在涂山开首领大会时，来进献玉帛珍宝的部落首领有上万人，大家尊奉禹为天下之主。

评析

晋惠公在位期间，晋国在大国争霸中无所作为。晋惠公的主要活动都是围绕着国君的宝座展开的。他为了能回国即位，甘愿割让国土，更不用说封官许愿了，但登上宝座之后，就自食其言，一概反悔，遂造成背信弃义的坏声名。尤其是在秦国遭灾时，他以怨报德，企图依靠自然灾害打击秦国，再一次在道义上失败。

在韩原之战中，晋惠公的失败是一个典型的“得道者多助，失道者寡助”的例子。晋惠公被放回国后，将太子圉（yǔ）送往秦国作人质，并献出晋国黄河以西的土地，自此秦国的地盘向东正式扩展到了黄河流域。

第十八回

游列国重耳兴邦

当年晋献公杀死太子申生后，最不放心的就是重耳，于是派侍卫勃鞮(lóu)率兵赶赴蒲城捉拿公子重耳。晋国大夫狐突得知这一消息后，偷偷地将次子狐偃叫到跟前说："公子重耳连肋重瞳，天生奇相，为人又贤能精明，将来准会成就一番大事。现在你立刻动身赶往蒲城，帮助他逃亡别国，然后和你哥哥狐毛共同辅佐他，日后帮他伺机登上君位。"

狐偃赶到翟国，将晋献公派出杀手追杀一事告诉了重耳，重耳大吃一惊，连夜和狐毛、狐偃兄弟二人从后院逃走。正在这时，勃鞮率兵赶到了，狐毛、狐偃先翻墙逃出，重耳正在翻时，却被后面赶来的勃鞮拉住衣襟，他一剑斩断衣襟才得以逃脱。

三人连夜逃到了翟(dí)国。晋国的官员赵衰(cuī)、胥臣、魏犨(chōu)、狐射姑、颠颉(jié)、介子推、先轸(zhěn)等人，因仰慕重耳人品，也追随着他而来。

重耳在翟国一住就是十八年。这期间，晋国高层的矛盾日益尖锐。晋惠公一直嫉恨里克曾经先去翟国接过重耳，因而即位后不久，便寻了个由头先后将里克、郑父赐死了。晋惠公的儿子圉(yǔ)被立为太子。晋惠公重用亲信，将国政委任给冀芮(ruì)、吕省等人，他还大兴**党狱**[1]，一时间因连坐获罪的人非常之多。

晋惠公深知重耳在晋国人的心中有很强的号召力，是自己最大的威胁，于是派出杀手去翟国刺杀重耳。重耳被刺客一直追到了城门口，才惊险地跳

[1] 党狱：古代指监禁、诛杀党人。

上了一辆牛车逃走了。由于走得太过匆忙，行李和盘缠都没带。重耳一行人逃亡之路穷苦异常，历经千辛万苦，好不容易来到了卫国边境。然而，卫文公认为重耳只不过是一个逃亡在外的人，不是什么要紧的人物，便吩咐守门的关吏，不许放他们入城。重耳他们无法，只好绕城而行。

这天，重耳一行人来到了一个叫五鹿的地方，看见一伙农民正在地里吃饭，重耳又累又饿，便让狐偃前去向农民讨些饭吃。农民戏弄他们，从地上拾起一个土块，递给狐偃说："把这个拿去吃吧！"

魏犨忍耐不住，大声骂道："乡巴佬欺人太甚！"一把夺过农民们装饭用的碗具，扔到地上摔得粉碎。

重耳也大怒，要用鞭子抽打农民。狐偃连忙拦住说："得到一顿饭容易，得到土地却很难。土地是国家的根本，现在上天借这些农夫之手把土地送给公子，这便是要得到国家的吉兆。公子又何必发怒呢？还不快快下车接受土块，并感谢他们。"

重耳转怒为喜，立即下车拜谢。农民们不明所以，讥笑道："这人真是一个傻瓜。"

重耳一行人继续往前赶路，又走了十多里路，实在饿得走不动了，只好在一棵大树下休息。众人四处寻找来一些野菜，煮熟了端给重耳吃，但重耳着实难以下咽。正在这时，介子推却捧着一碗肉汤走来献给重耳，那汤香美异常，重耳顾不得说话，三下五除二就吃了个精光。

吃饱后，重耳问："这是哪里弄来的肉？"

介子推说："这是我大腿上的肉。我听说孝子自杀俸养他的双亲，忠臣自杀服侍他的君王。现在公子没有食物，我只好割下大腿上的肉让您填饱肚子。"

重耳感动得热泪盈眶，说："都怪我这逃亡的人连累你们了，我该怎么报答你们呢？"

介子推说："但愿公子能早日重返晋国，成全众人的一片忠义之心。"

就这样，重耳风餐露宿，靠着一路讨饭，终于来到了齐国。

齐桓公敬重重耳的人品，但也暗暗担心，若重耳他日回到晋国为君后会成为齐国最大的劲敌，于是从齐国宗室中挑选出了一个有姿色的女子姜氏，嫁给重耳做小妾，还派人每天不间断地送来美酒佳肴，供重耳享用。果然，这些年饱受苦难的重耳被迷得团团转，整日沉溺于**声色犬马**[1]之中，只知自己是齐桓公的女婿，而忘记了自己本来的志向。

一晃七年过去了，虽然狐偃、赵衰等人多次提醒，但重耳已不愿再去颠沛流离。这天重耳再次与手下们因回国一事起了争执，没想到却被姜氏听到了。姜氏是一个颇有见识的女子，她也不愿重耳就这么困死在齐国。当天晚上，姜氏摆下宴席，将重耳灌醉，让狐偃等人将重耳连被带桌一同拖上马车，离开了

[1] 声色犬马：泛指旧时统治阶级糜烂淫乐的生活方式。

临淄。等重耳一觉醒来，发觉已在路上，只能硬着头皮和狐偃等人一起走了。

此后，重耳到过曹国、宋国、郑国，一路南下，来到了楚国。

楚国正值强盛，在楚成王的经营下，打败了一心图霸的宋襄公。楚成王早听说重耳是当世贤人，特意亲自迎接重耳，并将他安置在郢都[1]居住，三日一小宴、五日一大宴，与重耳共论天下。

在一次宴会上，楚王问道："公子如果能回到晋国，怎么报答我呢？"

重耳说："如果有那一天，我愿意与楚国发展友好关系，使百姓安家乐业。倘若万不得已，晋、楚对战于中原，我愿意退避三舍，以报答君上的恩德。"

楚将成得臣劝楚成王说："重耳是当世之贤主，他的那些随从也都有将相之才，假如放他回到晋国，他日必成楚国的大患。倒不如趁他如今羽翼尚未丰满，大王果断斩草除根，以绝后患。"

楚成王不理，反而对重耳一行更加优厚。

公元前 637 年，晋惠公病重，不能理政，命亲信前往秦国，告知正在秦国为人质的圉。圉怕父亲死后，王位被夺，便不带妻室，独自偷偷溜回晋国。最后圉顺利继承父位，这就是晋怀公。

---

[1] 郢都：今湖北省荆州市荆州区西北。

晋怀公的才能远不及他的父亲，他非常害怕重耳回国会危及到自己的王位，便想从重耳身边的人开始下手。他下令让狐氏、赵氏、毕氏族人招狐偃、赵衰、魏犨等人回国，遭到拒绝后，晋怀公恼羞成怒，逼死狐突等人，又再度大兴党狱，朝野上下怨声载道。

秦穆公对公子圉私自逃回晋国一事十分震怒，于是便从楚国接来重耳，答应帮助他复国，并将自己最宠爱的女儿文嬴嫁给了重耳为妻。

公元前636年，秦穆亲自带着谋臣百里奚、繇（yáo）余，大将公子絷、公孙枝，率领四百辆战车，送公子重耳渡过黄河，向晋国进发。

重耳回国的消息传开后，栾氏、郤氏、狐氏、胥氏、先氏等族人积极响应，大军一路畅行无阻，一直打到了曲沃[1]。随后，重耳被众人拥立为君，这就是晋文公。想到自己四十三岁逃往翟国，五十五岁到齐国，六十一岁到秦国，等到回国为君时，已经六十二岁了，晋文公不禁心中感慨万千。

晋文公即位后，大肆犒赏有功之臣。他将群臣分为三等，论功行赏：第一等是跟随自己逃亡的人，其中赵衰、狐偃功劳最大，此后是狐毛、胥臣、魏犨、狐射姑、先轸、颠颉等。第二等是送情报、通消息的人，其中栾枝、郤溱（xì zhēn）功劳最大，此后是士会、舟之侨、孙伯纠、祁满等。第三等是投城迎接的人，其中郤步扬、韩简功劳最大，此后是梁繇靡、家仆徒、郤乞、先蔑、屠击等。

可惜晋文公遍赏群臣时偏偏遗忘了介子推，介子推生性高傲，事后也没有前去索要封赏。更何况在介子推看来，晋献公的九个儿子中，晋文公是最有贤德的，帮他夺回晋国乃是顺应天命，不存在什么功劳，于是便不辞而别，携老母隐居于绵山[2]。后来，晋文公亲自到绵山恭请介子推，但介子推坚决不愿为官，躲在山里不出来。晋文公一气之下下令放火焚山，原本是想逼介子推露面，结果介子推死也不肯出来，最后抱着母亲被烧死在一棵大柳树下。为了纪念这位忠臣义士，晋文公下令，以后每年在介子推死难之日，晋国上下不许生火做饭，要吃冷食，称为“寒食节”。

---

[1] 曲沃：今山西省临汾市。

[2] 绵山：今山西省介休城东南20公里处。

晋文公勤政爱民，举贤任能，省刑罚，薄税收，通商旅，广泛团结新旧贵族，救济孤寡、贫苦之人，晋国在他的统治下逐渐强盛起来。

知识链接

重瞳

重瞳就是一个眼睛里有两个瞳孔。在上古神话的记载中，有重瞳的人一般都是圣人。中国史书上记载有重瞳的只有八个人：仓颉、虞舜、重耳、项羽、吕光、高洋、鱼俱罗、李煜。仓颉是黄帝时代的造字圣人；虞舜是“三皇五帝”之一，禅让的圣人、孝顺的典范；重耳是春秋五霸之一；项羽是“西楚霸王”；吕光是十六国时期横扫西域的后凉国王；高洋是北齐建立者；鱼俱罗是用计杀死猛将李元霸的隋朝名将；李煜是五代十国时南唐后主，著名的词人，文学家。

现代医学认为，重瞳属于瞳孔发生了粘连畸变，又叫对子眼，属于早期白内障的现象。

评析

晋文公是“春秋五霸”中第二个称霸的霸主，与齐桓公并称“齐桓晋文”。他与秦国的婚姻，留下了“秦晋之好”这个成语，现专指两国或两姓联姻。孟子曾说，“天将降大任于斯人也，必先苦其心志，劳其筋骨，饿其体肤，行拂乱其所为，所以动心忍性，增益其所不能”。晋文公十九年的漂泊经历充分体现了这句话的含义。这个故事有两点值得我们借鉴：其一，当面临困境和困难时，不要气馁、不要难过、更不要自暴自弃，这是成功之前必须经历的考验。其二，交什么样的朋友，决定着你能做什么样的事情，所以提高朋友圈的含金量也是十分必要的。

第十九回

近小人桓公郁死

就在晋文公悉心治理晋国，意欲争霸中原之际，齐桓公的霸业也慢慢地走到了历史的尽头。公元前645年冬，管仲病危，齐桓公亲自前去探病。

齐桓公问：“仲父病得很重，万一此次一病不起，我想将齐国的政务交给鲍叔牙，你看如何？”

管仲说：“鲍叔牙是个正人君子，但却不是为相的材料。他为人爱憎太过分明，疾恶如仇，很难与他人相处，这是他的短处。与之相比，公孙隰朋更适合接掌相位，因为他虚怀若谷[1]，不耻下问，处处以国事为重。”

齐桓公点点头。

管仲又说道：“主公身边有三个人：易牙、竖刁和开方，您可千万要当心，臣认为他们不是真正地忠于齐国、忠于主公的。如果委以重任，必然会给齐国带来灾祸。”

齐桓公又点了点头。

几天后，管仲去世。齐桓公放声痛哭道：“老天夺走仲父，是要折断我的臂膀啊！”他依照管仲的遗言，拜公孙隰朋为相，然而不到一个月，公孙隰朋也得病去世，于是齐桓公任命鲍叔牙接任相位。

---

[1] 虚怀若谷：出自《老子》。意指胸怀像山谷那样深而且宽广，形容十分谦虚。

鲍叔牙上任后的第一件事，便将易牙、竖刁、开方三人逐出了朝廷。这三人原本是齐桓公的宠臣，但碍于管仲遗言叮嘱，齐桓公也不好说什么，可自从三人走后，少了人在跟前逗趣，齐桓公便觉得饭也吃不香、觉也睡不实，整天板着一张面孔，连笑都很少了。没过多久，齐桓公便又重新将三人召回了宫中，官复原职，让他们在自己左右服侍。鲍叔牙无可奈何，郁郁寡欢，不久就病死了。这三人少了这最大的障碍，更加如鱼得水，在齐国的地位如日中天。

郑国有位名医，姓秦名缓，字越人，一直寓居在齐国的卢村，大家都叫他“卢医”。

秦缓年轻时曾经营过一家旅店，遇到过一个名叫长桑君的住客。秦缓第一次见到长桑君时，便知道此人绝非常人，于是每次长桑君来住店，秦缓都热情款待，对他毕恭毕敬。转眼十多年过去了，两人成为了忘年之交[1]。

[1] 忘年之交：出自《后汉书》。指年辈不相当结交为友。

一天，长桑君叫过秦缓，让他和自己坐在一起，悄悄地对他说："我有一本秘藏的医方，现在我年纪大了，想传给你，你不要泄漏出去。"秦缓连忙答应，跟从长桑君学习，从此医术精进。

之后，秦缓周游天下，治好了无数病人，他往往通过望色、听声便能知病因，一时间声名大噪。因为古代轩辕黄帝的时候有个叫扁鹊的人精通医术，大家见秦缓医治的手段炉火纯青，便尊称他为"扁鹊"。渐渐地，人们习惯了"扁鹊"这个名字，反而忘了他原本叫什么。

有一天，扁鹊来到齐国，觐见齐桓公。他在齐桓公面前站着看了一会儿，说："您在肌肤纹理间有些小病，不医治恐怕会加重。"

齐桓公不信，说："我没有病。"于是，扁鹊便离开了。齐桓公摇着头对周围的人说："医生就喜欢给没有病的人治病，以此来捞取功劳。"

过了十天，扁鹊又觐见齐桓公，说："您的病在肌肉里，不及时医治将会更加严重。"齐桓公这次干脆不搭理他，但心里非常生气。

又过了十天，扁鹊再次去见齐桓公，说："您的病在肠胃里了，不及时治疗将要更加严重。"齐桓公还是不予理睬。

又过了十天，扁鹊远远地看见齐桓公便转身逃跑。齐桓公十分奇怪，派人去询问他。扁鹊说："病在皮肤纹理间时，通过热水焐（wù）和药物敷就可以治好；病到了肌肉时，用针灸可以治好；病到了肠胃时，用火剂汤[1]可以治好；病到了骨髓时，那已是掌管性命的神灵所负责的事情了，医生是没有办法医治的。如今，齐桓公的病已经深入骨髓，我已经束手无策了，因此只好一言不发就告辞。"

五天之后，齐桓公身体疼痛，派人寻找扁鹊，扁鹊早已经逃往秦国去了。齐桓公听到这个消息后，后悔不已。

[1] 火剂汤：一种清火、治肠胃病的汤药。

齐桓公的子嗣众多，他最喜欢的是公子昭，很早就立为了世子。其他几个儿子并不服气，但都惧于齐桓公的威信，暂时不敢做声。

齐桓公病重的消息传出后，易牙和竖刁二人便守住宫门，只留公子无亏住在宫中，每逢其他公子前来问安时，都不让入宫相见。他们在齐桓公卧室的周围筑起三丈高的围墙，使内外隔绝，只在墙下留出一个像狗洞一样的出入口，早晚派小内侍爬进去，看看齐桓公生死如何。另一方面，三人加紧整顿宫中卫队，防备众公子作乱。齐桓公躺在床上难以起身，呼唤左右，却听不见一个人答应，也没人给他送水送饭，很快就病死了。

齐桓公驾崩后，易牙和竖刁立即率领着数百名宫中卫士，杀向东宫，擒拿公子昭。公子昭慌忙逃往宋国。两人随后带兵来到朝堂之上，欲拥立公子无亏登基，但遭到文武百官的反对，于是两人下令血洗朝堂，百官死的死，伤的伤，逃的逃，场面惨不忍睹。

开方听说易牙和竖刁拥立公子无亏为君，于是也纠集了家丁和死士，拥立公子潘占领了右殿；齐桓公的另外两个儿子——公子商人和公子元也带人前来，公子元占领了左殿，公子商人占领了朝门，互成**掎角**[1]之势。

易牙和竖刁怕三位公子人多势众，紧紧守住正殿，不敢出兵进攻；三位公子也怕易牙、竖刁二人势力强大，各自坚守军营，小心防备。

转眼两个多月过去了，四位公子忙于争夺君位，却无人出面为齐桓公发丧，可怜齐桓公的尸首长时间无人照料，早已血肉狼藉，生出了许多虫蚁。最后，还是齐国的两位老臣国懿仲和高虎实在看不下去了，出面召集群臣，冒死一同入朝劝架。在群臣的推举之下，公子无亏出面主持丧事，齐桓公的尸骨这才得以入殓。丧事之后，群臣拥立公子无亏为齐国君主。经过这一场动荡，齐国逐渐走向衰败。齐桓公创下的霸业也一去不复返。

[1] 掎角：原指从两方面夹攻敌人。现比喻战争中互相配合、夹击敌人的态势，或分出一部分兵力以牵制敌人。

知识链接

望闻问切

望闻问切是中医诊断疾病的方法。“望”是观察病人的发育情况、面色、舌苔、表情等；“闻”是听病人的说话声音、咳嗽、喘息，并且嗅出病人的口臭、体臭等气味；“问”是询问病人自己所感到的症状，以前所患过的病等；“切”是用手诊脉或按腹部有没有痞块。它们被合称为“四诊”。

评析

一代霸主齐桓公死的时候竟如此凄凉，是很多人都没有想到的。齐桓公在位四十三年，终年七十三岁。他早年时确实是一位英明的君主，但做了多年的霸主后，不免滋生了骄傲自大的心理，老年时整日里沉迷酒色，周围大多是一些善于溜须拍马的奸佞小人，最终导致齐国走向了衰落。

本回书中有一个值得注意的问题，扁鹊是战国时期的名医，所以他和春秋时期的齐桓公是不可能有交集的。在《史记·扁鹊仓公列传》和《韩非子·喻老》中，扁鹊见的是战国时期的齐桓公，他是田氏代齐以后的第三位齐国国君，谥（shì）号为“齐桓公”，因与“春秋五霸”之一的齐桓公称谓相同，故史称“田齐桓公”或“蔡桓公”。《东周列国志》毕竟是一部演义小说，作者为增加小说的吸引力，此处采用了艺术加工，将战国的故事嫁接到齐桓公的身上，这是需要注意的。

第二十回

宋襄公假仁误国

再说公子无亏即位，公子昭见势不妙逃到宋国，见了宋襄公跪地大哭，控诉了易牙和竖刁作乱的恶行，请求宋襄公帮忙。宋襄公曾在齐桓公生前答应要照顾公子昭，便当场表示会全力帮助公子昭夺回君位。

公元前 642 年，宋襄公会同卫国、曹国、邾（zhū）国的军队，一起讨伐齐国。齐国负责守城的国懿仲和高虎本来就一心向着公子昭，于是用计杀死了公子无亏和竖刁，主动打开城门迎接公子昭入城。易牙见大势已去，逃往鲁国去了。

在宋襄公的帮助下，公子昭很快平定了内乱，顺利即位，是为齐孝公。

宋襄公自认为建立了不世奇功，开始整日幻想着自己能取代齐桓公做天下盟主，但又怕难以和大国对抗，于是公元前 641 年，他约滕、曹、邾、鄫（zēng）几个小国在曹国的南面会盟。他先是扣押了滕宣公，又以鄫国国君晚到了两日为由，命邾文公将其当作祭品押到睢（suī）水[1]郊外去祭祀，想借此来威胁东夷臣服。诸侯们怨声载道，很快曹国就脱离了联盟。

宋襄公大怒，命公子荡带战车三百辆征讨曹国。双方僵持了三个月，正在这时，郑文公投靠了楚国，召集鲁、齐、陈、蔡四国君主与楚成王一同在齐国境内会盟。宋襄公大吃一惊，担心腹背受敌，下令暂时收兵。

---

[1] 睢水：古代鸿沟支流，故道起始地在今河南开封境内。

公元前640年，宋国、齐国、楚国相约在鹿上会面。宋襄公以盟主自居，拿出召集会盟的文书，让楚成王和齐孝公签字。

楚成王早有称霸中原的野心，一直苦于找不到机会，此次宋襄公前来召集会盟，让楚成王看到了机会，于是他笑着签上自己的名字。齐孝公心中责怪宋襄公先让楚成王签字，重楚轻齐，因此坚决不愿签字。宋襄公自以为对齐国有恩，认为齐孝公一定唯自己马首是瞻，于是也不再坚持，便把文书收好。

楚成王回国后，将此事告诉了成得臣。成得臣深知楚成王的心思，为他献上一计："宋襄公喜欢虚名而不求实际，轻信别人而缺少谋略，如果在会盟当天事先埋伏兵士，定能一举活捉他。我们先向诸侯显示楚国的国威，然后再释放宋襄公，以表现楚国的恩德，到时候还担心诸侯们不归顺楚国吗？"

楚成王大喜，命成得臣、斗勃二人为将，各自选出五百名勇士，日夜操练，准备劫盟的计划。

宋襄公一直认为楚成王已经答应臣服于自己了，十分高兴。他的哥哥目夷劝谏说："楚国乃蛮夷之邦，其心深不可测。君侯只得到了楚王口头承诺，没有得到他的真心，我实在担心您被他欺骗。"

但宋襄公压根儿就听不进去，派人加紧在盂地修筑会盟所需的祭坛和配套设施：增加公馆的修建，仓库场院中都备满粮草，祭品、礼物都准备得十分丰厚，一一就绪。

转眼到了七月间，宋襄公兴致勃勃地准备前去参加大会，目夷又力劝他务必带着兵车前去，宋襄公却坚决不同意。

楚、陈、蔡、许、曹、郑六国的国君陆续到达了盂地，只有齐孝公和鲁僖公二人没到。宋襄公见楚成王所带的侍从虽多，但搭乘的都是便车，于是更加放了心。

到了约定会盟的当天，五鼓刚过，陈穆公谷、蔡庄公甲午、郑文公捷、许僖公业、曹共公襄五位诸侯陆续来到，等了许久，直到天快亮了，楚成王熊恽才姗姗而来。

众诸侯开始推选盟主。宋襄公本指望楚成王按照约定推荐自己的，谁知楚成王却一直低着头不说话，其余诸侯面面相觑，谁也不敢先开口。正在这时，楚成王身边的成得臣、斗勃脱去礼服，露出了里面的铠甲，腰间各插一面小红旗。只见两人把红旗向坛下一摇，跟随楚王来的一千余名随从，个个都脱去衣服，露出铠甲，亮出兵器，严阵以待。

诸侯们吓得魂飞魄散，齐声拥立楚成王为盟主。宋襄公这才后悔自己没有听目夷的话。楚成王抓住了宋襄公，众军兵将宋国准备的祭祀物品、犒劳的礼品和仓库中的粮食都洗劫一空，就连宋襄公带来的车辆也都归了楚国。

楚成王押着宋襄公，率领大军杀奔宋国。目夷与**司马**[1]公孙固急忙商议对策。

公孙固说："国家不能一天没有君主，更何况楚国人抓住君侯来征伐我国，其目的就是挟持君王而有所求。公子应该暂时代理君主，然后发号施令，赏罚分明，人心才能安定。"

公子目夷同意了，于是先到太庙祭告，然后称君摄政。

几天后，楚成王大军直逼**睢阳**[2]城下，斗勃上前喊话："你们国君已被我们活捉，速速献城投降，以保全他性命！"

公孙固在城楼上回答："宋国已推立新的国君了，我们是断不会投降的！"

楚成王大怒，一时之间却也无可奈何。

成得臣又献一计："齐、鲁一向交好，鲁君此次没来参加会盟，主公可以宋君的性命作为要挟，让鲁君前往亳（bó）地会面。那鲁君十分贤德，一定会赶来为宋君求情的。到时候我们再宣称因为鲁君的贤德而释放宋君，便可一举获得宋、鲁两国的好感。"

楚称王拍掌大笑，当即退兵，然后将军队驻扎在**亳都**[3]，派宜申为使节，带着俘获的车辆前往鲁国。鲁僖公看信后，大吃一惊，不免生出了兔死狐悲

---

❶ 司马：古代官名。殷商时代始置，位列三公，与司徒、司空、司士、司寇并称五官，掌军政和军赋。

❷ 睢阳：今河南商丘市中心南部。

❸ 亳都：今河南商丘。

之感。楚强鲁弱，又害怕楚国会移兵鲁国，于是当即乘车赶到了亳都。这时陈、蔡、郑、许、曹五位诸侯，也从盂(yú)地赶到了亳都。诸侯们歃血结盟，共同推举楚成王为盟主。楚成王的目的达到了，便释放了宋襄公。

宋襄公一心想成就霸业，不料反为楚国做了嫁衣，遭受奇耻大辱，内心愤怒不已，一直伺机报复。

公元前638年，宋襄公听说郑文公去楚国行朝聘之礼，便亲自举兵攻打郑国。郑国向楚国求救，楚成王派大将成得臣前去讨伐宋国。宋、楚大军在泓水[1]相遇。

大战之前，公孙固劝道："我们的盔甲不如楚国的坚固，兵器不如楚国的锋利，人马不如楚国的强壮，宋国人害怕楚人就像害怕蛇蝎一样，主公您要靠什么取胜呢？"

宋襄公说："楚国虽然兵甲有余，但仁义不足。我国兵甲不足，但仁义有余。从前武王只有三千猛士，却战胜了殷纣王的数万大军，靠的就是仁义。今天我也要以此来击退楚国。"于是命人制作了一面大旗插在自己的战车上，旗上写着"仁义"二个大字。

公孙固私下对乐仆伊说："战争本来就是厮杀，如今却说仁义，我不知道这对我们击退楚国有什么用处？此战我等务必要小心，不要因此而亡国便是万幸了。"

天亮以后，楚军开始渡河。公孙固请宋襄公下令出击，乘着楚军尚未渡完河，出其不意攻其无备，或可取胜。

宋襄公指着大旗说："你看见'仁义'两个字了吗？我堂堂正正之师，岂有乘敌军渡河渡到一半而出击的道理？"于是不予理睬。公孙固心中暗暗叫苦。

不一会儿工夫，楚兵全都渡过河。成得臣铠甲鲜明，气宇轩昂，旁若无人。公孙固又对宋襄公建议，趁楚军阵势未稳，立即击鼓进攻，楚军必败。宋襄公往他脸上吐了一口唾沫说："呸！你贪图一次冲锋获得的小利，就不顾千秋

[1] 泓水：古河流名，故道在今河南省柘城县西北。

万代的仁义之名吗？我堂堂正正之师，岂有乘敌人没列成阵就进攻的道理？”公孙固只得扼腕叹息[1]。

楚兵摆好阵势，兵强马壮，漫山遍野。宋兵见状，人人都面带惧色，一开始就在气势上输了一大截。两军正式交战，宋军很快就败下阵来，死伤者不计其数。乱军之中，宋襄公被流箭射中了大腿，幸亏被公孙固等人拼死救出，逃回了睢阳城。

宋襄公的箭伤十分严重，回到宋国后，已经奄奄一息。临终前，他嘱咐太子说：“都怪我不听公孙固的话，才导致了宋国被打败。你即位以后，应当把国家大事托付给他。楚国是我们最大的仇敌，世世代代不要与他们往来。”

公元前637年，宋襄公伤痛发作，不治而亡。次年公子王臣即位，是为宋成公。

知识链接

会盟

会盟是古代诸侯间会面和结盟的仪式。春秋时代，一些较小的诸侯国为了抵御大国侵略，一般采取联合作战，一些较大的国家利用自己的实力和影响，胁迫其他小国加入自己的阵线，通常的做法就是会盟。

古代会盟仪式的主要内容就是祭神和对天立誓。当时的人们相信神有巨大的力量，足以约束或监督会盟者的行动。据《礼记·曲礼下》记载，“先凿地为方坎，杀牲于坎上，割牲左耳，盛以珠盘，又取血盛以玉敦，用血为盟书，成，乃歃（shà）血而读书。”即在举行盟礼时，要蘸（zhàn）着牲畜的血，在玉片、竹片或帛上书写盟书，由盟主与会盟者一起饮血。或用手指蘸血涂在嘴上，再在盟主的带领下对神宣誓盟书。举行盟誓之后，盟书就作为会盟者共同遵守的原则和行动的准则。

---

[1] 扼腕叹息：握着手腕发出叹息的声音，现在一般表示惋惜的情绪，是书面语言。

盟主是会盟中的首领或会盟仪式的主持人。会盟之后，他实际上便获得了号令其他盟国的权力。春秋战国时期，会盟大多带有军事联盟的性质，因而盟主的地位和作用就显得尤为重要，时常在盟会上出现争做盟主的情况。

评析

在历史上，宋襄公是颇富争议的一个人物。他的“仁义之师”结束了宋国短暂的霸业，他的迂腐被人们当作笑谈。讲“仁义”当然是好的，但如果不分场合、不看对象，就未必正确了。东郭先生对狼讲仁义，结果差点被狼吃了，这就是教训。因此，面对虎狼之辈，只有以其人之道还治其人之身才是明智的。两军对垒，生死搏杀，当然要讲究一定的战略战术，不能光拿“仁义”说事。宋襄公没明白这个道理，所以吃了大亏。

但是，我们也不能因此就完全否定宋襄公的价值。司马迁在《史记》中曾这样评价说：“襄公之时，修行仁义，欲为盟主。其大夫正考父美之，故追道契、汤、高宗，殷所以兴，作《商颂》。襄公既败于泓，而君子或以为多。伤中国阙礼义，暱（luǒ，意为日无光）之也，宋襄之有礼让也。”这个评价并不低，大意是说宋襄公虽然在泓之战中失败，但君子依旧赞美他，原因就是当时中国已经缺少礼义之举很久了，而宋襄公仍然坚持原则，有“礼让”，这是非常可贵的。

第二十一回

晋楚城濮大交兵

公元前636年，周襄王与异母弟弟太叔因一名姬妾发生了矛盾。太叔联手翟国军队攻打周国，大败周军。周襄王逃至郑国的氾（sì）地，并向诸侯国求援。

当时，晋国在晋文公的统治下，任用狐偃对朝政进行了大刀阔斧的改革，晋国实力逐渐强大，跻身强国之列。

晋文公向狐偃征询意见。狐偃回答："想得到诸侯拥护，勤王是上上之选，如此足以取信诸侯，且合乎大义。当年齐桓公之所以能称霸，就是因为他奉行'尊王攘夷'的政策。何况晋国几次改换君主，老百姓都习以为常，很多人都忘记了还有君臣的礼仪。主公何不奉命前去征讨太叔的罪行，这样既可使百姓知道国无二君的道理，又继承了文侯辅佐周王的功勋，光大武公分封晋国的业绩。周天子是天下之大宗，有他的支持，主公必能奉天子以令不臣。"

晋文公听从了他的建议，遂分兵两路：派右路军将军郤溱等人包围温地[1]，攻打太叔；派左路军将军赵衰等人去氾地迎接襄王。晋国大军势如破竹，很快就击溃了太叔和翟国的军队。周襄王被迎回王都。

周襄王十分感动，亲自接见晋文公，并盛宴款待。毕竟周、晋同宗，皆为武王之后，姬姓很久没有这样扬眉吐气了，周襄王自然对晋国的崛起十分看重。为了让晋国更加方便地辅弼王室，周襄王将温、原、阳樊、攒茅四个农业发达

[1] 温地：今河南温县西。

的城池赐给了晋文公，自此晋国南部疆域扩展至太行山以南、黄河以北一带，为其日后图霸中原提供了有利条件。晋文公回国之时，都城的老百姓扶老携幼，挤满了街道，都来观看晋文公，大家齐声感叹说：“真是齐桓公再世啊！”

泓水之战后，楚国凭借强大的实力和声威，控制了中原地区鲁、宋、郑、陈、蔡、许等中小国家，大有囊括中原之势。为阻遏晋国势力的发展，楚国又与曹、卫通好结盟，使其成为楚国抗晋的前哨；又乘齐国内外交困之机，出兵占领齐国穀邑，令申公叔侯戍守，企图孤立晋国。晋、楚争霸决战呈一触即发之势。

公元前 633 年，宋国因见晋国日益强大，于是叛楚附晋。楚派令尹成得臣、司马子西率军攻打宋国。宋国派大司马公孙固赴晋求救。

晋文公召集群臣商量办法。狐偃献计说：“楚国刚刚得到曹国，并刚与卫国联姻，这两个国家都是主公的仇敌。如果派军队去进攻曹、卫两国，楚国一定会调部队来救援，那么宋、齐两国自然就没事了。”

晋文公称赞说：“好！”便把这个计策告诉公孙固，让他回报宋公，要坚守城池。晋文公挑选了一个好日子，在被庐集结军队，出其不意攻打卫国，不久占领全部卫地。随后，晋文公挥师南下，攻破曹都**陶丘**[1]，俘了曹共公。

楚成王识破了晋军的企图，下令加紧围攻宋国都城，以逼迫晋军继续南下，孤军与楚联军决战。这时，晋文公对战胜楚军也十分无把握，于是磨磨蹭蹭，停滞不前。

楚将成得臣见状，亲自率领西广的兵车和成家的亲兵为中军；令斗宜申率申邑的部队，同郑、许二国的兵将为左军；令斗勃率领息邑的部队，同陈、蔡两国的兵将为右军。三军如急风骤雨般逼近晋侯的大寨，分做三处扎营。

晋文公召集诸将，询问如何应敌。狐偃说：“主公当年在楚君面前曾经说：‘异日与主公在战场上相见，我**退避三舍**[2]，以示尊敬。’主公从前不失信普通人，现在马上要与楚军交战，难道要对楚王失信吗？”文公说：“子犯的话有理！”

---

❶ 陶丘：今山东定陶西北。

❷ 退避三舍：主动后退九十里。比喻主动退让和回避，避免冲突。舍，古代一舍合约今 30 里。

于是传令："三军全部后退！"一直退到城濮[1]，恰好三舍路程，方令安营扎寨。

楚军见晋军移师后退，都面露喜色，追了九十里，逼近晋军大营。成得臣察看地势，凭借山泽险阻，据地为营。

四月初二，晋、楚双方在城濮以南对阵。晋军按上、中、下三军部署：上军在右，狐毛为主将，狐偃为副将；下军在左，栾枝为主将，胥臣为副将；中军居中，先轸为元帅，郤溱为副将；晋文公亦在中军，三军统归先轸指挥。楚联军按右、中、左三军配置：实力较弱的陈、蔡两军编成右军，子上为将；战斗力较强的申、息之兵编成左军，子西为将；楚军精锐编成中军，成得臣为将。

战前，成得臣对楚军将士做了一次简短的演讲动员，说："今日必无晋矣！"楚军将士听得热血沸腾，个个摩拳擦掌，要与晋军决一死战。

针对楚军部署特点，先轸令下军副将胥臣给驾车之马蒙上虎皮，率部猛冲陈、蔡军，将其击溃。令狐毛在右翼树起两面指挥大旗，伪装晋上军主将后退，引诱当面楚左军追击；又令下军主将栾枝在阵后用车拖树枝以扬尘，佯示晋军后队亦退，给成得臣造成晋军体力不支的假象。

成得臣不察虚实，以为有机可乘，下令全军追击，子西所率楚左军急速推进，孤军突出，右侧暴露。先轸不失时机，迅即指挥晋中军侧击楚左军。晋上军亦停止后退，配合中军实施夹击，将楚左军大部歼灭，余则击溃。

成得臣自度左、右两军失利，大势已去，急忙收军停战，率残部退走，晋军也不追击。成得臣退至楚方城[2]外，因愧见申、息父老，畏罪自杀。

晋文公大获全胜，在有莘驻扎三天，然后诏令拔营回师。大军行到衡雍[3]安下营寨。晋文公一面派狐毛、狐偃率本部兵马，到践土[4]筑造王宫；一面令栾枝进郑城，与郑伯结盟。郑伯也亲自到衡雍，赠送粮食饲料，谢罪道歉。文公与他言归于好，两人重又歃血订约。

---

❶ 城濮：古地名。春秋属卫地。一说在今河南开封县陈留附近。

❷ 方城：起自今河南叶县西南，沿东南走向至泌阳东北的一条长城。

❸ 衡雍：古地名。春秋时属郑地。在今河南省原阳县西，践土东北。

❹ 践土：古地名。春秋时属郑地。在今河南省原阳县西。

仅用一个多月，工程就完毕。晋文公发函各国诸侯：“五月初一，都要到践土会盟。”

夏历五月丁未这一天，周襄王也亲自驾临践土。晋文公率各国诸侯在三十里外相迎。晋文公献上掳获的楚国战利品：上百乘披甲的战马，几千名步兵以及十几车器械衣甲。襄王大喜，亲自慰劳晋侯。

第二天，襄王设酒席宴请晋侯，命上卿尹武公、内史叔兴册封晋文公为“方伯”。同时宣布：“传使晋侯，专事征战讨伐，以消除王室的祸患。”晋侯谦让了一阵，方才接受任命。

晋、楚城濮一战，迫使楚国暂时放弃对中原的争夺。中原各国纷纷叛楚从晋，晋文公一跃而成为新的中原霸主。

知识链接

古代度量衡

度：为长度单位。度的概念产生最早，上古时人们常常以人身体的某个部分或某种动作来命名长度单位，如：寸、咫、尺、丈、寻、常、仞等都是。在这些名称中，尺是长度的基本单位。一尺的长度与一手的长相近，容易识别，所以古时就有“布手知尺”“尺者识也”等说法。

此外，仞是量深度和高度的单位，并且单独构成一个系统。在古代，仞与尺的比例关系，一向没有明确的定数，说一仞为四尺、五尺、六寸、七尺、八尺的都有，一般以八尺为一仞最为常见。

量：为容积单位。量器是封建社会计量农副产品多少的主要器具，因此容量单位产生也非常早，名称也非常复杂。在《左传》《周礼》《仪礼》《尔雅》等经典著作中都有关于容量单位的记载，其专用名称有升、斗、斛(hú)、豆、区(ōu)、釜、钟、溢、掬等。同长度一样，周代以前容量单位也是用人的身体计量，以一手所能盛的叫作“溢”，两手合盛的叫作“掬”，掬是最初的基本的容量单位。后来《汉书·律历志》对容量单位作了系统的整理，命名为龠(yuè)、合、升、斗、斛五量。

衡：为重量单位。我国古时对重量单位的说法也非常复杂，自《汉书·律历志》把铢、两、斤、钧、石这五个单位命名为“五权”之后，重量单位的名称就比较一致起来，直至唐代都没有改变。宋代对重量单位做了重新调整，由大到小依次为：石、钧、斤、两、钱、分、厘、毫、丝、忽，该衡量一直沿用至元、明、清，很少改易。

严格来说，本文中退避三舍的“舍”，在古代，并不是一个通行的长度单位，它与古代行军打仗有密切的关系。古代行军，为了使后勤部队的辎重、粮草能够跟上，一般大军日行30里即宿营，称“一舍”。舍，即宿营的意思。故“一舍”只是约30里的泛称，而不是准确的度量单位。

评析

城濮之战初期，晋军兵力劣于楚军，又渡过黄河在外线作战，故处于不利地位。但是晋文公能够善察战机，虚心采取先轸等人的正确建议，选择邻近晋国的曹、卫两国为突破口，先胜弱敌，以取得作战的前进基地；随后又运用高明的谋略争取齐、秦两大国与自己结成统一战线，解决了后顾之忧。

当城濮决战之时，晋文公采取后发制人的作战方针，主动“退避三舍”，避开楚军的锋芒，以争取军事道义上的优势；同时集中相对优势的兵力，并针对敌人的作战部署，乘隙蹈虚，灵活地选择主攻方向，先攻打敌人的薄弱环节，将敌各个击破，从而获得了这场战略决战的胜利，最终成就了晋文公中原霸主的地位。

第二十二回

保孤儿舍生取义

前628年冬天，晋文公患病，召诸臣入朝接受旨意，叫他们辅佐嫡长子驩（huān）即君位，不要废弃霸业；又担心另外几个儿子不能使国家安定，于是预先差遣公子雍到秦国供职，公子乐则在陈国做官。不久，文公去世，在位八年，享年六十八岁。

晋文公手下有五贤士：狐偃、赵衰、贾佗、先轸、魏犨，皆是当年追随着晋文公一路逃亡的人。其中，赵衰是晋文公最重要的谋臣。周襄王大赏封地之后，晋文公封赵衰为原邑大夫，兼管阳樊。

赵衰的妻子名叫叔隗（kuí）。当年晋文公在翟（dí）国时，翟人讨伐廧咎如（qiáng gāo rú）得到两个美貌女子，翟君就把年少的女子季隗给了重耳，年长的女子叔隗给了赵衰。赵衰和叔隗有一个儿子名叫赵盾，生得气宇轩昂，仪表堂堂，并精通诗书，善于骑射，赵衰非常喜欢他。

公元前622年，赵衰去世。也就在这一年，晋国功勋卓著的元老先且居、栾枝、胥臣相继去世，晋襄公不得不对晋国六卿进行新一轮的人事调整，提拔了一大批年轻的新人。

三十多岁的赵盾在晋襄公的老师阳处父的协助下，担任执政大夫兼中军元帅，集军政大权于一身，成为了在晋国一人之下万人之上的正卿[1]。

---

[1] 正卿：春秋时部分诸侯国的执政大臣兼军事最高指挥官，权利仅次于国君。

公元前621年，晋襄公病逝。太子夷皋即位，是为晋灵公。由于晋灵公年幼，赵盾出任相国，开始摄政。他作为晋灵公的全权代表，与齐昭公、宋成公、鲁文公、卫成公、陈共公、郑穆公、许僖公、曹共公在郑国扈（hù）地结盟，以臣子的身份行使只有霸主才能够拥有的权力。

一次，狐射姑奉命去潞国访问时，潞大夫酆（fēng）舒曾问狐射姑："赵盾和赵衰比，两人谁好？"狐射姑回答说："赵衰是冬天的太阳，赵盾是夏天的太阳。人们靠冬天的太阳取暖，但却害怕夏天太阳的炽热。"

此后的数年里，晋国和秦、楚国之间为了争夺霸权，爆发了多次战争。

晋灵公渐渐长大成人，他贪恋酒色，残暴不仁，大肆搜刮百姓的钱粮，还大兴土木，修建苑囿供他游戏玩乐。晋灵公十分宠幸一个大夫，名叫屠岸贾，此人是屠岸夷的孙子，擅长阿谀奉承，每天都想些新花样来讨好晋灵公，哄得晋灵公十分开心，对他言听计从。

一次，因为厨师没有把熊掌煮烂，晋灵公**大发雷霆**[1]，将厨师杀死，把他的尸体装在筐里，让宫女们抬出去丢掉。经过朝堂时，赵盾正好撞见，得知缘由后，严肃地批评了晋灵公。晋灵公口中答应改正，但心中暗暗怨恨赵盾。

在晋灵公的示意下，屠岸贾多次派人刺杀赵盾。赵盾被迫逃往国外，但还未出国境，赵盾的族弟赵穿率兵在桃园弑杀了晋灵公，并迎回赵盾。赵盾继续掌权后，拥立公子黑臀为君，是为晋成公。

屠岸贾失势，一直对赵氏怀恨在心，但惧于赵盾的权威，不敢作乱。晋成公和赵盾死后，屠岸贾又得宠于晋成公的儿子晋景公。屠岸贾见时机成熟，便煽动晋景公，大肆诛杀赵氏家族。

大将韩厥（jué）得知屠岸贾的阴谋后，连夜赶到赵家居住的下宫，将此事告诉了赵盾的儿子赵朔，让他逃走。赵朔不愿意走，说道："如今，我的妻子已有了身孕，快要临产了。如果是一个男孩子，希望将军能替我保存这一点骨血，延续赵氏一脉，我就死而无憾了。"

---

[1] 大发雷霆：大发脾气，大声斥责。

韩厥哭着说："我一定保护孩子的安全。以后公子长大了，一定会有报仇的时候。"

赵朔对夫人庄姬说："晋景公是你的哥哥，他不会忍心杀你。如果你生下女孩，就取名文；如果你生下男孩，就取名武。文人无用，武士可报仇。"赵朔只将这件事告诉了门客程婴，然后把庄姬送到宫中，躲进了她的母亲成夫人的寝宫里。

第二天，屠岸贾亲自率领兵士，将下宫团团围住。屠岸贾高举着晋景公所写的赵家的罪状，将赵朔一家男女老幼全部杀掉。只见尸横堂户，血浸庭阶[1]。查点人数时，屠岸贾发现庄姬不见了，一打听，才知道庄姬已经连夜进宫了。

屠岸贾害怕庄姬会生下一个男孩，于是日夜派人进宫探听消息。数日后，庄姬果然生下一个男孩。成夫人吩咐宫中人，对外谎称生的是一个女孩。屠岸贾不信，亲自率人前来搜宫。

危急时刻，庄姬将孩子藏在自己的裤子里，祷告说："天如果要灭绝赵氏，儿就啼哭；若赵氏还有一脉可以延续，儿就不要出声。"

结果这孩子果真没有哭。屠岸贾搜遍了整个屋子，一无所获，只得悻悻而回。但他仍不放心，下令宫门严加盘查，并放话："有谁第一个举报赵氏孤儿准确的消息的，赏给黄金一千两；知情不报者，与窝藏反贼同罪，全家处斩。"

赵朔的门客中有一个叫公孙杵臼（chǔ jiù）的人，与程婴是挚友。程婴将自己受赵朔临终之托的事情告诉了公孙杵臼。

公孙杵臼问："保卫婴儿与死，哪个更难？"

程婴说："死来得容易，拥立少主更难啊！"

公孙杵臼说："赵家对你恩重如山[2]，你来干难的事，我来干容易的事吧！"

程婴问："你有什么好计策吗？"

公司杵臼说："我打算寻一个别人家的婴儿诈说是赵氏的孤儿，我抱着他藏到首阳山中去，你去告发，说出孩子的藏身之处。屠贼得到假孩子，那么

---

❶ 庭阶：堂前的台阶。

❷ 恩重如山：恩情深厚，像山一样深重。形容恩德重大。

真孩子就可以免死了。”

程婴说：“我的儿子刚出生，与赵氏孤儿生日相近，正好可以代替。但你既有匿藏孤儿之罪，必当一起被杀。”说完流下泪来。

公孙杵臼说：“这是大事，也是美事，为什么哭呢？依我看，诸将中唯有韩厥受赵氏之恩最深，可以将偷婴儿一事托付他。”

于是，程婴找到屠岸贾说：“我知道赵氏孤儿在哪儿，你如果真能给我千两金子，我就告诉你他的下落。”

屠岸贾大喜，当即出动军队随程婴一同前去搜寻公孙杵臼。

程婴找到了公孙杵臼藏身的小屋，先去敲门，公孙杵臼出门相迎，见士兵已将屋子团团围住。公孙杵臼骂道：“程婴，你这个卑鄙小人！当年下宫之难没能随大王而死，与我共谋藏匿赵氏孤儿，如今却又出卖我。你即使不愿扶立少主，又怎么忍心出卖我们？”

众兵士一拥而入，见屋内有一间屋子锁得很严实，便破门而入，屋内十分昏暗，竹床上隐约传来了小孩的啼哭声。兵士抱出来一看，锦绷（bēng）[1]绣被，俨然是富贵人家的孩子。

公孙杵臼一见，便要去夺，但被绑得不能动弹，大哭道：“老天啊！老天！赵氏孤儿有什么罪啊？求你们让他活命，只杀我公孙杵臼就可以了！”

程婴羞愧满面。屠岸贾走上前去，抱起婴儿狠狠地摔向地面，只听得一声撕心裂肺的啼哭声，婴儿当场被摔死了。

与此同时，韩厥早已经派了一个心腹门客，假装是乡间的医生，进宫为庄姬看病。庄姬见此人药囊上贴着一个“武”字，于是会意，便把孩子装在了药囊之中。

突然，孩子大哭起来。庄姬流泪祈祷说：“赵武，我们赵氏一门百口冤仇都寄托在你身上了，现在要送你出宫去，你可千万不要再啼哭了！”说也奇怪，

[1] 锦绷：刺绣用具，通常有三种——大绷绣衣袍；中绷又称袖绷，绣衣裙袖缘；小绷又称手绷，绣童履女鞍等小件。

庄姬的话刚说完，孩子立刻就不哭了。

门客顺利地将赵氏孤儿带出了宫，韩厥见到孩子，如获至宝[1]，将其藏在僻静的屋子里，让乳娘喂养，就连家里人也没有告诉。

屠岸贾见“赵武”已死，自以为斩草除根了，很是高兴。程婴一直等到风头过去了，才去韩厥处将赵氏孤儿接出，暗中来到盂山隐居。

十五年后，赵武长成了一个气宇轩昂的青年。此时，晋景公已经死了，他的儿子晋悼公即位。晋悼公看重韩厥的才能，封他做了大官。韩厥感觉时机已到，就向晋悼公进谏说：“赵家的人为晋国立下了汗马功劳，可是屠岸贾嫉恨他们，将赵氏一族全部杀害了。这些年来，老百姓们都为赵家抱不平，渴望大王能还他们一个清白。”

晋悼王叹了口气，说：“事已至此，只能告慰赵氏一族的在天之灵了。”

韩厥说：“大王不必失望。当年，赵家还留有一个孩子，如今已长大成人，如果您召见他，并加封爵位，老百姓们都会赞扬您的仁义之心。”

晋悼公立即下令，将程婴和赵武接到宫里，并且杀掉了屠岸贾。晋国老百姓们纷纷拍手称快，同时也为公孙杵臼和程婴的忠义喝彩。

知识链接

门客

门客作为贵族地位和财富的象征最早出现于春秋时期。当时，养客之风盛行，每一个诸侯国的公族子弟都有着大批的门客，如楚国的春申君，赵国的平原君，魏国的信陵君，齐国的孟尝君等。

门客的身份和家奴不同，平时没有固定的工作，不必干杂役，主人供他们吃喝，还会给他们定期发放工资。这些人中，有的有真才实学，能在关键时刻替主人办事，但是也有一些是徒有虚名，骗吃骗喝的。他们通常是主人的谋士

[1] 如获至宝：表面上指好像得到极珍贵的宝物，实际上形容对所得到的东西非常珍视喜爱。

或保镖，必要的时候也可能发展成雇主的私人武装。门客按其能力不同分为若干等，最低一等只到温饱的程度，最高一等则食有鱼，出有车。

评析

晋文公称霸中原既是春秋以来诸侯斗争中晋国的胜利，也是对周天子权威的进一步削弱。晋文公之后，随着家臣势力的发展，卿大夫与晋公室的矛盾、卿大夫之间的矛盾日益尖锐，纷繁复杂，错综交织，积累到晋景公时期，就爆发了赵氏族诛事件。

“赵氏孤儿”是这个历史事件中受关注度最高、流传最广的一个故事，直到今天，还有电视和电影作品选择以它为题材。以程婴为首的一群古代仁人以国家利益为重，大忠大义、舍生取义、不屈不挠、敢于献身的精神令人敬佩，故事中蕴含的“道”和“义”价值观与美学观也值得我们深思。

第二十三回

楚庄王一鸣惊人

公元前613年，楚穆王驾崩了，世子旅即位，是为楚庄王。晋国见楚国忙于办丧事，又重新会盟诸侯，签订盟约，一些原本与楚结盟的诸侯国，或主动或被迫离开楚国，投奔了晋国。楚国的大臣纷纷上疏[1]，请求楚庄王拿出有效措施，与晋国一争雌雄。

然而，楚庄王对这一切充耳不闻。他即位三年了，没有发布一项政令，也没有做出一件像样的政绩，每天不是忙着外出打猎，就是在宫里饮酒作乐。为了避免大臣们的唠叨，楚庄王在朝堂门口悬挂了一条命令："胆敢谏劝者，杀无赦！"

一天，大夫申无畏入宫拜谒楚庄王，只见楚庄王正左右各搂一名美女，盘腿坐在钟鼓之间，喝酒玩乐。

楚庄王懒洋洋地问道："大夫前来找我什么事？是要喝酒呢，听乐呢，还是有话要说呢？"

申无畏说："刚才我走在郊外，有人跟我说了一条谜语，我猜不出来，想说给大王听听。"

楚庄王来了兴趣，问道："是什么谜语竟能难得倒大夫，快说来听听！"

申无畏说："有一只大鸟，身披五色羽毛，栖在楚国的高皋[2]，三年了看不见它飞，也听不见它叫，不知这鸟是什么鸟？"

---

❶ 上疏：朝廷官员专门上奏皇帝的一种文书形式。

❷ 高皋：高的土山。

楚庄王一听，便知道申无畏是在影射自己，于是不动声色地回答："我知道了！这不是一只普通的鸟。虽然它三年不飞，但一飞就能冲天；虽然它三年不鸣，一鸣就会惊人。你等着瞧吧！"

申无畏见楚庄王这么说，觉得自己劝谏奏效了，便叩头谢恩，退出来。

然而，接下来的一段时间，楚庄王还是和以前一样，整日里无所事事，照旧吃喝玩乐，并没有什么改变。

大夫苏从忍不住了，入宫求见，一见到楚庄王就放声大哭。

楚庄王十分奇怪，问道："有什么事情让你这么伤心？"

苏从说："我哭的是我马上就要死了，而楚国马上就要灭亡了！"

楚庄王问："你为什么这么说？"

苏从说："因为我想要谏劝大王，大王不听，必然会杀我；我死之后，楚国就再没有敢谏劝大王的人了。如果让大王继续这么无所作为，楚国的政治必然衰落；楚国的政治一衰落，楚国就离灭亡不远了。"

楚庄王**勃然**[1]大怒，说："你的胆子也太大了！我早就有命令：'胆敢谏劝者，杀无赦！'你明知道谏劝必然要死，却还要进宫来自寻死路，你也太愚蠢了！"

苏从说："我的确愚蠢，但大王比我更愚蠢！"

楚庄王喝道："胡说，我怎么比你更愚蠢？"

苏从不慌不忙地说："楚国地大物博，先王的时候，兵强马壮，国泰民安，四海诸侯无不敬服。然而，自从大王即位后却整日沉溺在酒色音乐之中，不理朝政，不亲近贤能的人才，致使晋国坐大，周边小国也在寻机反叛。大王只图眼前的安逸，却浑然不知大祸已经临头了，这不是愚蠢是什么？我的愚蠢，招来的不过是杀身之祸，大王杀了我，后人仍会夸我是忠臣；大王的愚蠢，却是因为贪图一时的安逸而放弃了千秋万代的利益。一旦灭国，您就是想做一个普通百姓也是不能够的！臣言尽于此，请借大王的佩剑一用，我愿以死谢罪，来维护您的尊严！"

---

[1] 勃然：因生气或惊慌等急变脸色的样子。

楚庄王**幡然悔悟**[1]，他站起来，上前扶起苏从，说道：“大夫的一番话全是肺腑之言啊！我是应该振作一下了！”

楚庄王命人将乐器、酒具都收起来，把美姬和宫女都打发走了。从此以后，他就像换了一个人一样，每天早饭过后，便开始处理政务。他一边着手改革政治，调整人事，重用蒍（wěi）贾、潘尪（wāng）、屈荡等大臣，一边整顿军队，训练兵马，增强国力。

等万事俱备，楚国先是征服了南方的许多部族，解除了与晋国争霸的后顾之忧；然后，楚庄王命令郑国大夫公子归生出兵伐宋，俘虏了宋国**右师**[2]华元。

[1] 幡然悔悟：迅速而彻底地改变，指思想完全转变、醒悟。

[2] 右师：春秋时宋国以右师、左师、司马、司徒、司城、司冠为六卿，右师为六卿之长。

当晋国讨伐郑国时，他又命令蔿贾率领军队去救援郑国，俘虏了晋国将军解扬。前 606 年，楚庄王兴兵讨伐聚集在伊水和洛水之间的戎国陆浑。事成之后，大军渡过洛水，陈兵在周国的疆界上。楚庄王举行了一场声势浩大的阅兵仪式，想以此来威胁周天子，与周分治天下。

周定王十分惊慌，当即派遣大夫王孙满前去慰问楚庄王。此时，楚庄王刚刚打了胜仗，不免得意忘形，问王孙满道："我听说大禹铸有九鼎，是夏、商、周三代的传国之宝，此鼎现在放在洛邑，不知这些鼎到底有多重啊？"

王孙满一听，立即意识到问题的严重：宝鼎是天下共主的象征，代表天子至高无上的权威，而楚庄王竟然问起鼎有多重，这分明是公然向周天子挑战。

王孙满想了一想，说："夏、商、周三朝的更替，起决定作用的是君主的德行，而不在于鼎的归宿。夏朝的桀无道，宝鼎就归了商朝；商朝的纣无道，宝鼎就归了周朝。天子有道，得了民心，就会拥有天下，此时宝鼎虽小，分量也很重；天子无道，失去民心，就会丢了天下，此时宝鼎虽大，分量也会很轻。如今周王朝虽然势力衰弱，但天命还没改，宝鼎的轻重不是谁都可以问的呀！"

这番话说得楚庄王羞愧难当，随即率领大军返回楚国，从此不敢再生窥视周王室之心。

正在这时，楚国发生了内乱。原来，因为楚庄王重用蔿贾等人，令尹斗越椒的权利被分走了大半，他

自觉才能超群，勇武无双，心里很不服气，于是渐渐产生了夺取王位的野心。这次他趁着楚庄王率兵远征，便觉得时机成熟了，于是发动手下人马，杀了负责留守的蔿贾，一举攻占了郢都。

楚庄王在回国的路上听说了斗越椒造反，而且还切断了自己的回国之路。他知道跟这位勇猛无敌的令尹硬碰硬是不行的，于是命令军队假装退兵，一小部分撤到清河桥以北安营扎寨，而自己则带领精锐部队埋伏于清河桥之南。斗越椒哪知是计，亲率大军追过清河桥，立即陷入了包围圈中，此时再想回撤，清河桥已经被楚庄王命人给拆掉了。

楚国大将乐伯手下有一个小军官名叫养繇（yáo）基，箭射得很好，便提出要和斗越椒较量射箭，两人约定各自站在河的一边，每人向对方射三箭，赌个输赢。

斗越椒对自己的射术非常自信，马上同意了："这个办法好，不过我要先射！"

养繇基胸有成竹，很痛快地说："那好，您就先动手吧！"

斗越椒拈弓搭箭，恶狠狠地对准养繇基嗖嗖嗖就是三箭。第一箭飞到养繇基面前时，被他用弓轻轻一拨，没射中；第二箭飞来时，养繇基把身子往下一蹲，又没射中；第三箭射来，养繇基干脆一伸手，就把箭接住了。

斗越椒见一连三箭没有射中，心里有点发慌了。这时轮到养繇基射了。只见他将手中的那支箭搭在弓上，用力拉了一下弓弦，斗越椒听见弓的响声，吓得赶紧向旁边躲了一下；养繇基见状，又把弓弦用力拉了一下，斗越椒以为这次箭真的射来了，又向旁边躲了一下；斗越椒刚刚站直身子，养繇基射出了第三箭，这是一支真箭，一箭射中了斗越椒的脑门儿，斗越椒当场毙命。

叛军见主将被射死，纷纷四散逃走了。

就这样，楚庄王平定了叛乱，顺利地回到了郢都。因养繇基一箭立功，楚庄王封他为**车右**[1]，掌管亲军；又从**梦泽**[2]请来了孙叔敖担任令尹，执掌朝政。此后，楚庄王继续南征北战，楚国的势力达到了空前的强盛。

---

❶ 车右：古人乘车时，左边是尊者，中间是御者，右边是陪乘，称为"车右"。而在行军打仗时，主帅居中自掌旗鼓，御者在左，车右都是有勇力之士，手持兵器，负责护驾驭敌。

❷ 梦泽：楚地有云、梦二泽，云泽在江北，梦泽在江南。今为洞庭湖一带。

知识链接

绝缨之会

平定了斗越椒之乱后，楚庄王举行了一次盛大的“太平宴”。君臣从中午一直宴饮到日落西山，仍然没有尽兴，楚庄王就下令点起蜡烛接着喝，还让他最宠爱的妃子许姬向百官敬酒。

正在这时，一阵风把蜡烛刮灭了，整个大厅陷入一片黑暗。席上有一个人被许姬的美貌迷住了，竟然暗中用手拉住了许姬的手。许姬用力挣脱，顺手把那个人的帽缨拽断了，然后向楚庄王告状。

楚庄王略一思忖，下了一道命令：不准点灯！所有人都把自己的帽缨弄断！蜡烛重新点亮后，楚庄王照样谈笑风生，始终没有追查那个冒犯宠姬的人。散席后，许姬埋怨楚庄王不给自己出气。楚庄王笑着说，庆功宴上，君臣尽欢，有人酒后失礼情有可原，如果因此而诛杀功臣，将会使将士感到心寒，不愿再为楚国尽力。许姬不由地赞叹楚王想得周到。

七年后，在一次大规模征讨郑国的行动中，那位逃脱罪责的将军勇敢地冲锋陷阵，立了大功，而且在乱军之中救出了被困的楚庄王，报答了君王的恩遇。

评析

楚庄王是春秋时期楚国最有成就的君主，也是“春秋五霸”中的第三位。楚庄王之前，楚国一直被排除在华夏文化之外，被认为是蛮夷之邦。楚庄王称霸中原后，不仅使楚国威名远扬，也为华夏文化的传播和民族精神的形成发挥了一定的作用。春秋末期，孔子曾到访楚国，称楚庄王的政治思想与儒家学派的“仁”的思想基本相符。

第二十四回

晏子巧辩挫楚焰

楚庄王死后，楚国又经过楚共王、楚康王、楚郏敖三代近50年的悉心经营，到楚灵王即位时，国力空前强盛，与晋国形成了分庭抗争之势。诸侯们畏惧楚国的强大，小国都来朝贡，大国也派使臣修好，每天来楚国进贡的使臣络绎不绝。

齐景公命大夫晏婴出使楚国修好。楚灵王得知这一消息后，对群臣说："我听说，晏婴身高不满五尺，贤名却是四海皆知。此次齐国派他作为使者使楚，我一定要羞辱他一番，以显示楚国的威风。各位爱卿有何妙计？"

太宰[1]薳（wěi）启疆说："传言晏婴善于应对，单凭一件事不足以羞辱他。臣有一计，定能成功！"

楚灵王听了薳启疆的计策后，大喜，下令依计行事。

薳启疆派人在郢都东城门的旁边开凿一个小洞，刚好五尺高，吩咐守门军士说："等齐国使臣到达时，把城门关闭，叫他从门洞中进城。"

几天后，晏子身穿破裘，轻车瘦马来到了郢都，见城门紧闭，就停车不动，让车夫叫门。

郢城的守军指着门洞对晏子说："大夫从这个洞出入，宽敞有余，哪里用开城门？"

---

❶ 太宰：西周时开始设置太宰，也叫大冢宰，或大宰。太宰是百官之首，相当于后来的宰相或丞相。

晏子说：“这明明是个狗门，不是供人出入的！出使狗国，从狗门进；出使人国的，还得从人门进。”

守军将晏子的话回报给了楚灵王。楚灵王无奈，只得下令打开东城门，让晏子进城。

晏子来到朝门外，见十余名楚国官员，一个个高冠宽带，济济楚楚，列成两行。晏子赶忙下车，与众官一一相见。

楚国郊尹[1]计成然开口说道：“我听说齐国是姜太公所封之国，军队与秦、楚匹敌，财物和鲁、卫流通，为什么自从齐桓公做霸主后，国内篡权夺位不断，宋国、晋国交相攻伐，到现在还得朝结晋国暮交楚国，君臣整日里想着做大国的臣仆，奔忙于路上，几乎没有安宁的岁月，这岂不是让齐国先祖们蒙羞？”

晏子扬声说：“识时务者为俊杰，通机变者为英豪。从周王室失去对天下的控制开始，霸主先后兴起，齐、晋称霸中原，秦国称霸西戎，楚国称霸南疆，虽说人才辈出，但也是气数造成的。晋文公雄才大略，他死后晋国却被秦兵攻打；秦穆公强盛，但他的子孙弱小；楚庄王之后，楚国也每每受到晋国、吴国的侮辱。由此可见，哪里仅仅是齐国这样呢？再说，今天我出使修好，完全是邻国之间的礼尚往来，这符合先王的制度，也是史书中有记载的，哪里是什么‘臣仆’？”计成然退在一旁不再做声。

上大夫[2]阳匄（gài）说：“齐国这些年里，尽节为义而死的无数。先生是齐国世家，上不能讨贼，下不能避位，中不能死节，为什么还要对职位恋恋不舍呢？”

晏子说：“但凡有远虑的人，哪里会只考虑眼下？晏婴不才，不敢用一死来沽名钓誉。在我看来，臣子遇到国家有难，能则图谋解决，不能则速速离开。我之所以没有离开，就是要为齐国的发展保驾护航，以保证国君宗族祭祀有人。如果国家有难，人人都想着自保，那国事还能靠谁？况且国君遇到变乱的事，哪一国没有发生过？楚国的臣子们有什么资格来评说别国？”

---

❶ 郊尹：楚国官名，指治理郊区的官吏。

❷ 上大夫：春秋时，诸侯国中的爵位分为卿、大夫、士三级。上大夫是大夫爵位中最为尊贵者。

晏子的这番话，暗指楚灵王现在的位置也是杀了自己的侄儿而得来的，楚国百官没有为先君报仇，也没有追随先君而死，反而拥戴楚灵王做了国君。晏子意在讽刺楚国的大臣们只知责人，不知责己。因此，阳匂也无话可说了。

薳启疆发话说："大丈夫匡正时势，得遇君主，有大才略，一定有大的抱负，但依在下愚见，先生不过是一个粗鄙、吝啬之人。"

晏子说："你为何这么说？"

薳启疆说："大丈夫为明主做官，出使他国，必然服饰华美，车马壮观，以显示国君的恩赏。可看看你现在，身上的衣服是破的，驾车的马也瘦骨嶙峋，难道是齐君给的俸禄不够用吗？我听说，你身上这件狐裘你从年少时就开始穿，三十年未曾换过，而且你家里举行祭祀时，上贡的猪腿比盛放它的器皿都还小，这不是粗鄙是什么？"

晏子拍掌大笑说："足下的见解，何其浮浅！晏婴自居相位以来，父亲一族都穿皮裘，母亲一族都有肉吃，至于妻子一族，也没有受冻挨饿的。我家虽然俭朴，但父、母、妻三族人衣食丰足。为官者清廉，但百姓安居乐业、丰衣足食，用这个来彰显齐国国君的恩赏，不是更为有力吗？"

话未说完，车右孙子囊又站出来说："商汤[1]身高九尺而作贤王，子桑力敌万人而成名将。古代的明君贤士，都因为状貌魁梧，雄勇冠世，才能立功当时，名传后代。先生身不满五尺，力量抓不到一只鸡，只会逞口舌之利，难道不觉可耻吗？"

晏子说："秤锤虽然小，却能压千斤；船桨虽长，却始终在水中服役。公孙侨身材高大却在鲁国被杀，南宫万力能拔山却在宋国身亡。晏婴自知无能，但有问必答，这怎么是逞口舌之利呢？"

正在这时，楚灵王到了，众人依次进入大殿拜见。楚灵王一见晏子便问道："齐国难道就没人了吗？"

晏子说："齐国都城中呼气成云，挥汗成雨，路上行人摩肩接踵[2]，怎么说无人？"

---

[1] 商汤：商朝的开国君主，姓子，名履。

[2] 摩肩接踵：指肩碰着肩，脚碰着脚，形容人多拥挤。

灵王说："那么为什么齐国会派一个小人来出使我国？"

晏子说："敝国派遣使者有固定规则：贤人奉命出使贤国，不贤的人奉命出使不贤的国家；大人就出使大国，小人就出使小国。臣是小人，又最不贤，所以被齐王派来出使楚国。"

楚灵王语塞，心中暗暗惊异。

这时，侍者端上了郊外刚上贡的合欢橘。楚灵王拿出一只，赏赐给晏子，晏子就带皮吃了。

楚灵王见状，大笑道："齐国人难道没有尝过橘子吗？为什么不剥开？"

晏子回答说："在我们齐国，接受君主的赏赐，瓜、桃不能削皮，橘柑不能剥开。今天蒙大王赏赐，我就如同对待我们齐国的国君一样，大王不曾下令叫我剥开，我怎么敢不整个儿吃呢？"

楚灵王不觉对晏子肃然起敬，便命他坐下，赏给酒食。

又过了一会儿，几名武士绑着一名犯人从殿下经过。楚灵王叫住他们，问道："犯人是哪里人？"

武士回答说："齐国人。"

楚灵王问："所犯何罪？"

武士说："盗窃。"

楚灵王回头对晏子说："齐国人习惯做盗贼吗？"

晏子回答道："江南有橘树，把它移栽到江北，就变化而成为枳树。之所以会这样，原因是土地不同。齐国人生活在齐国不做盗贼，到了楚国反做了盗贼，这完全是楚国的水土出了问题，和齐国有什么关系？"

楚灵王苦笑着说："圣人不是能同他开玩笑的，我反而自讨没趣了。"于是送给晏子很多贵重的礼物，便打发他回齐国去了。

齐景公赞赏晏子的功劳，尊其为**上相**[1]。

后来，有一天齐景公到晏子家，看见晏子的妻子又老又丑，便想将自己

[1] 上相：对宰相的尊称。

的爱女许配给他。晏子拒绝说："人凭年轻貌美服侍人，以求将来老丑时可相托。臣妻虽然老丑，可是从前我已受她托付，如今又怎么忍心背弃？"

齐景公叹息说："你连妻子都不肯背弃，更何况是国君呢？"于是深信晏子的忠诚，越发信任他。

知识链接

二桃杀三士

齐景公手下有三员大将：公孙接、田开疆、古冶子，他们战功彪炳，但也因此恃功自傲。晏子为避免三人未来可能造成的祸害，建议齐景公早日消除隐患。

晏子设了一个局：让齐景公把三位勇士请来，赏赐他们两个桃子，但三个人无法平分两个桃子，晏子便提议三人互相比功劳，功劳大的就可以取一个桃。三个人各持己见，争执不下，吵到最后还拔出了宝剑，先后自刎。就这样，晏子只靠着两个桃子，便兵不血刃地除掉了三个威胁。

评析

自古外交无小事，尤其在涉及国家尊严的时候，更是丝毫不可让步。面对楚成王的有意刁难，晏子作为外交官，采用"以子之矛攻子之盾"的方式，维护了国格，也维护了个人尊严。晏子是聪明机智、能言善辩、勇敢大胆、不畏强权的化身。西汉刘向非常推崇晏子，将他比为"管仲第二"。

从这个故事中我们也应该看到，人不可相貌，海水不可斗量，如果仅凭外貌或者片面的印象就贸然对人无礼，往往只会自讨没趣。

第二十五回

伍子胥微服过关

公元前528年，楚国发生内乱，楚灵王被杀。灵王的弟弟蔡公弃疾回国即位，是为楚平王。平王任命伍奢为太师[1]、费无极为少师[2]，费无极嫉妒伍奢的才能，经常背地里在楚平王的面前说伍奢的坏话，楚平王渐渐开始讨厌伍奢。后来，楚平王想废掉太子建，伍奢是太子建的老师，楚平王想让伍奢诬陷太子建意图谋反，伍奢死也不肯，最终被楚平王下令杀掉。

伍奢的小儿子名叫伍子胥，身高一丈，生得膀大腰圆，浓眉如墨，目光如电，有扛鼎拔山之勇，经天纬地之才。楚平王担心他逃到国外成为楚国的祸患，于是命画师画了伍子胥的头像，在全国范围内通缉他。

伍子胥打听到太子建已经逃往宋国，于是便星夜赶往宋国。两人相见，抱头痛哭。太子建原本打算向宋元公借兵回国报仇，无奈宋元公不肯，于是两人只得继续往西，去投奔郑国。

郑定公早就听说伍子胥是三代忠臣之后，英雄无比，更何况当时郑国一直与楚国不合，于是便收留了太子建和伍子胥。太子建深知，如今能与楚国抗衡的唯有晋国，于是便托人向晋顷公求援。晋顷公提出条件，让太子建做内应，助自己灭掉郑国后，才愿意出手相助。太子建报仇心切，便答应了。

伍子胥劝道："想当年秦国让杞子、杨孙图谋郑国，谁知道机密泄漏，事

[1] 太师：古时三公之首，周置，为辅弼国君之官。
[2] 少师：春秋时楚国设置，为辅弼（bì）国君之官。

情非但没有办成，最终连个容身之处也找不到了。再说，郑定公以忠信对待我们，我们怎么能反去打人家的主意？这种事一定不能干！”

太子建哪里肯听，暗地里招募了一批勇士，又结交郑定公的侍从，想让他们做内应。世上没有不透风的墙，郑定公很快就知道了太子建的意图，派兵抓住太子建后当即处死。伍子胥闻讯后，连夜带着太子建的儿子公子胜逃出了郑国。

伍子胥带着胜一路上昼伏夜行，历经千辛万苦，终于来到了吴、楚交界的昭关。此关位于小岘（xiàn）山[1]的西面，两边高山耸立，只有中间一条小道，出了这座关口，就是长江，可以从水路直下吴国。然而，楚平王为了捉拿伍子胥，特意派了右司马薳越，带领大军在此盘查。

伍子胥无法通行，只得躲到一处树林里暂作休息。这时，一位老人拄着拐杖走了过来，一直走到伍子胥的面前，拱手见礼。

老人问："大人是不是姓伍？"

伍子胥吃了一惊，说："您问这干什么？"

老人说："我是扁鹊的弟子东皋（gāo）公，从小便依靠着医术遍游列国，现在老了，就在此地隐居。前几天，薳将军得了点儿小病，请我去医治，我曾见到关上挂着伍子胥的画像，那画中的人和您十分相似，故而相问。您放心，我没有恶意。老朽的寒舍就在山后，若不介意，请移步到那儿坐坐。"

伍子胥见他气度非凡，知他不是凡夫俗子，就和公子胜一起跟随东皋公前行。走了几里山路，见到一座茅屋。三人穿过草堂，一直往西，走进一个小小的篱笆门，这里是一座竹园，里面有三间土屋，屋内摆着床铺茶几，左右有小窗户透光。

伍子胥一进屋便双膝跪地，恳切地说："我确实就是伍子胥，请先生救我，日后定当重谢！"

东皋公说，"我这里荒僻无人，公子请放心住下。容我寻思个办法，好送

---

1 小岘山：今安徽省合肥市肥东县境内。

你们过关。”

于是，伍子胥便在东皋公家中住下。一连住了七天，东皋公每日都以好酒好饭款待，并不提起过关的事。伍子胥内心煎熬，每夜都在床上**辗转反侧**[1]，压根儿睡不着觉。

这天大清早，东皋公来敲门，见了伍子胥，大惊失色道：“公子的胡子和头发怎么变成这样了？”

伍子胥不明所以，拿过镜子一照，只见白须飘飘，两鬓如霜！伍子胥用力将镜子摔在地下，失声痛哭道：“我眼下一事无成，却落得个须发斑白，上天怎么待我如此不公啊！”

东皋公连忙劝慰他说：“依我看，这倒是好事！公子相貌雄健伟岸，很容易被人认出来，如今你的须发变白，反倒可以蒙混过关。我今天过来就是要告诉你，我的朋友已经到了，通关的计策可以实施了！”

原来，东皋公有一个朋友复姓皇甫，名讷，住在离此处西南七十里的龙洞山中。这人和伍子胥的身形极为相似，东皋公便请他来假扮伍子胥，帮助他们脱身。

[1] 辗转反侧：翻来覆去，睡不着觉。形容心里有所思念或心事重重。

等到了黄昏，东皋公让伍子胥把白袍脱下来，给皇甫讷穿上，另外找来一件紧身的褐色衣服，给伍子胥换上，又用药汤给伍子胥洗脸，改变了他的肤色。公子胜也换了衣服，扮作农家小孩的模样。打扮停当，众人连夜向昭关进发。

黎明时分，伍子胥一行人来到了昭关前，正好赶上开关时间。关门前果然悬挂着伍子胥的画像，守关的军士逐个仔细查看来往行人。皇甫讷先行一步，刚到关门，便被守城的军士一拥而上，捆了个结结实实。皇甫讷装作不知道是怎么回事，连声喊冤。四周的百姓们纷纷挤上前来看热闹。伍子胥和公子胜乘机混入人群，出了关门。

薳越抓到皇甫讷，正要拷打，忽听人来报东皋公求见。皇甫讷一见东皋公，急得大叫："说好了一起出关，你为什么不早点儿来，害得我受罪！"

东皋公大笑，对薳越说："将军错啦！这位是我的老友皇甫讷。他约我一块儿出门东游，说好在关前相会，没想到他先来一步。您要不信，老夫这里有过关的证明文书。他可不是什么伍子胥。”说罢，就从袖子里取出文书，递给薳越看。

薳越早就听闻伍子胥目光如电，声如洪钟。眼前此人的身形虽然像他，但眼睛不大，声音也小，原本就心存疑虑，此时听东皋公如此说，又有文书为证，当下给皇甫讷解了绑绳，说：“这都是手下这些人有眼无珠，千万别见怪！”

东皋公说：“将军为朝廷执行公务，我怎么会怪您呢。”

薳越又叫人拿出黄金绸缎，送给他们做东游的盘费[1]。二人道谢后出关。薳越命令军士更加仔细地盘查过关行人。

伍子胥出了昭关，不敢停歇，不久便来到了长江边上。只见江水浩浩荡荡，一眼望不到尽头，伍子胥心里十分焦急，不知该如何渡江。正在这时，有一个渔翁摇着船从下游逆流而上。

伍子胥喜出望外：“天不让我死啊！”于是大声呼喊，招呼渔翁过来。正在这时，有一堆巡逻兵从远处赶来了，渔翁用歌声示意伍子胥躲起来，自己划着船离开了。天色渐渐暗了，伍子胥和公子胜躲在芦苇丛中正不知道该怎么办，谁知那个渔翁又划船回来了，他将伍子胥二人渡到了对岸，还从家里拿来了饭菜给他们吃。

伍子胥解下身上的佩剑送给渔翁，说：“这把剑是先王赏赐的，我家已经传了三代了。这把剑上镶嵌着七颗宝珠，价值百金，用它来答谢您的恩惠吧。”

渔翁说：“我知道您是谁，我听说楚平王有令：‘捉到伍子胥的，赏小米五万石，封上大夫的官职。’这么重的奖赏我都不图，难道会图你这把值百金的剑吗？何况‘君子无剑不游’，这东西是你非用不可的，我拿了也没用。”

伍子胥再三拜谢，没走几步，又回身嘱咐渔翁，千万不要暴露了自己的行踪。渔翁仰天长叹，说：“我冒险救了你，你为什么还不放心呢？罢了，罢了！”说完，把船摇到江心，用桨捣穿船底，沉江而死。

伍子胥悲叹了很长时间，愧疚地说：“我因你而活，你却因我而死，让我怎么能不伤心呢？”

这以后，伍子胥带着公子胜继续东躲西藏，几经艰难，终于来到了吴国。

---

[1] 盘费：路费、旅费，也作盘缠。

知识链接

一夜白头

“一夜白头”这个说法在武侠小说里经常出现，往往指一个人在经历了极端恐惧、失望、担心、害怕等情绪后，头发突然间变白的现象。那么，“一夜白头”有科学证据吗？这种事情真的会发生吗？

有内科专家中指出，压力与头发之间的确存在深刻的关联性。当人压力大时，头皮的毛细血管会持续处于收缩状态，这导致毛母细胞功能低下，黑色素细胞制造黑色素的能力也随之下降。黑色素的减少直接导致白发生成，这也是为什么操心的人容易长白发的原因。

但这是一个循序渐进的过程，且头发会从发根开始变白，因此不可能有已经长出来的头发一夜变白的事情发生。

评析

伍奢有两个儿子，他被囚禁后，楚庄王下令让他把两个儿子招回郢都来。长子伍尚不愿逃跑，与父亲一起被楚平王杀害；而伍子胥没有盲目送命，他选择了暂时逃亡，这才能有机会在日后为父兄报仇。费无极为了一时争宠，却为楚国培养了一个劲敌，致使多年后，楚国差点因此而惨遭灭国。

历史上，伍子胥之所以会选择吴国作为他的依靠，有他精心的考虑：其一，楚国是大国，必须得找到一个实力相当的国家才能复仇；其二，伍子胥原本是楚臣，要想在他国占据重要地位甚至能调动国家军事力量，就必须有克定祸乱，辅佐新君之功。换句话说，他必须找一个内部混乱的国家建立奇功，成为新君主信任和不可或缺的肱股之臣。最终，吴国进入了他的视野。

第二十六回

刺吴王专诸献鱼

当初，吴王寿梦生了四个儿子：诸樊、馀（yú）祭、馀眛（mò）和季札。兄弟四人中，季札最有德行，又才华横溢。寿梦想将王位传给季札。可是季札拒不接受。寿梦死后，王位传给了大儿子诸樊；诸樊没多久就死了，又传位给二弟馀祭；馀祭遭刺杀身亡，传位给了馀眛；馀眛突然得了重病，让大臣们去请季札，但季札早就回到自己的封地延陵[1]去了。

馀眛死后，吴国的大臣们拥立馀眛的儿子继承了王位，就是吴王僚。然而诸樊的儿子公子光却认为，季札不肯当王，那理应轮到自己当，吴王僚即位根本不符合礼法。公子光的手上掌握着兵权，他一边在外作战，扩大吴国的地盘，一边暗地里结交有才能的人，想通过他们的帮助，找机会除掉吴王僚，夺回王位。

伍子胥投奔吴国后，受到了公子光的隆重接待。伍子胥见公子光态度诚恳，胸有大志，决心帮助他夺取王位，再依靠吴国的力量，为自己的父兄复仇。

一天，伍子胥在大街上遇到了两个人打架，其中一个壮汉，模样长得像老虎，说话嗓音像雷鸣，任凭旁人怎么拉也拉不住。这时，壮汉身后的门开了，一个老妇人出来叫住了他，壮汉立马就住了手，乖乖地跟着老妇人回家去了。

伍子胥觉得好奇，向旁人打听，得知此人名叫专诸，屠夫出身，为人豪爽，好打抱不平，是个大孝子。伍子胥很奇怪，一个如此粗鲁的人，怎么会惧怕一个女人？于是，他专门来到专诸家中拜访，询问原因。专诸回答道："能屈

[1] 延陵：今常州、江阴、丹阳等吴地沿江一带地区。

服在一个女人手下的人，必能伸展在万人之上。”伍子胥认为专诸是一个真正的大丈夫，便和他结拜为兄弟。公子光听说了此事后，也亲自到专诸的家中拜访，并将他接回了自己的府上。

专诸对公子光说：“我是个村野百姓，承蒙公子的青睐，没什么可报答的。如果有什么事需要我请尽管吩咐，我万死不辞。”公子光就叫侍从们退出去，对他说了想刺杀吴王僚的打算。专诸知道了公子光的意图，就问他：“先王去世了，他的儿子继承王位，这是理所当然，您为什么想要杀掉他呢？”

公子光把自己的身世告诉了专诸，专诸说：“为什么不让近臣好好对王僚说，把前王的遗命告诉他，让他自己退位？何必非要暗地派人刺杀他，败坏先王的声誉？”

公子光说：“王僚贪婪成性，不愿退让。倘若和他说了，反会激起他害我的心思啊。”

专诸有些犹豫，说：“我愿意帮助你，可我家里还有老母亲，不敢以性命相许。”

公子光说：“这件大事只有您才能做到。您放心去，您的母亲就是我的母亲，我一定尽心奉养，绝不会辜负您。”

专诸说：“好！这我就放心了。现在就下手吗？”

公子光摇摇头，说：“吴王僚知道王位来之不易，所以他的周围戒备森严，外人很难接近。”

专诸问：“吴王僚有什么嗜好[1]吗？”

公子光说：“他最爱吃红烧鲈鱼。”

专诸想了想，说：“我有办法了！我现在就去太湖边学习做红烧鱼的手艺。”

转眼三个月后，专诸学艺归来，公子光和伍子胥觉得时机已到。

这时，楚平王刚好去世，楚国正办丧事，伍子胥让公子光怂恿吴王僚攻打楚国。吴王僚不知是计，就派兵伐楚。吴国此举立即遭到各国诸侯的谴责，也激怒了楚国臣民，他们上下一心，将吴国军队围困了起来。

---

[1] 嗜好：特别爱好，多用于贬义。

公子光见时机已到，派人叫来专诸说：“机不可失！如今，吴王僚的身边没有多少可以调遣的人，我们下手一定会成功。”

专诸说:“的确如此！即便援军得到消息,也不能马上赶回来。我们放手干吧！”

公子光见专诸信心十足，就将家传的珍宝——鱼腹剑交给了专诸。这把剑长约一尺，宽约二寸，削铁如泥，锋利无比。

这天，吴王僚正在为前方战事发愁，公子光突然来邀请吴王僚赴宴，称自己找到了一个好厨子，能做一手天下少有的美味佳肴，尤其拿手的一道菜就是红烧鲈鱼。

吴王僚一听有美味可尝，顿时馋涎欲滴，当即同意赴宴。

第二天一早，吴王僚让侍卫们从宫门口一直排到了公子光的府上，他自己在丝袍里穿上了铠甲，并派了一百名甲士贴身保护，便兴致勃勃地前来赴宴了。

公子光将吴王僚请到上座，吩咐仆人开始上菜。酒过三巡，菜过五味[1]。吴王僚赞叹道：“厨子的手艺果然高超。快，把红烧鲈鱼呈上来吧！”

公子光说：“承蒙大王夸奖，我亲自去厨房催厨师将鱼献上来。”说完，他站起身，可刚迈出一步，就“啊”一声跌到了。

吴王僚忙问他怎么了，公子光谎称自己脚疼的老毛病又犯了，要去涂些药。吴王僚见他面色苍白，冷汗直流，便不疑心，让他去了。

过了一会，专诸捧着一个二尺来长的大食盒走了上来，卫士们搜完身，就放他过去了。专诸的目光炯炯有神[2]，镇定自若地来到了吴王僚的座位前，将食盒慢慢放下。吴王僚闻到了鲈鱼的香味，身子不由自主地向前探了探。说时迟，那时快，专诸一伸手抓住鱼头，把鱼腹剑抽了出来，用力刺向吴王僚的胸膛。他的力气大得吓人，短剑竟然穿透了三层铠甲，一下子就将吴王僚刺死了。

厅堂里一片大乱，吴王僚的侍卫蜂拥而上，将专诸乱剑砍死。这时，公子光带着大批士兵杀了进来，很快就将吴王僚的侍卫镇压了。伍子胥带着士

---

❶ 酒过三巡，菜过五味：指饭局到了尾声。

❷ 炯炯有神：形容人或动物的眼睛明亮，很有精神。

兵来到朝堂之上，召集群臣，宣布了吴王僚的罪行。公子光登上了王位，就是吴王阖闾（hé lǘ）。

知识链接

四大刺客

司马迁在《史记·刺客列传》里记载了好多刺客侠士的事迹，其中有四位特别突出，常被人称为“四大刺客”。除了本文所提到的刺杀吴王僚的专诸和后文将要提到的刺杀秦王的荆轲外，还有两位是聂政和豫让。

聂政，春秋时期魏国轵（zhǐ）邑人。韩国大夫严仲子受丞相侠累的迫害流亡他国，四处寻找侠士为自己报仇，后与聂政结交。聂政为报严仲子葬母嫁姊之恩，只身前往韩国刺杀侠累，侠累当场毙命。聂政被捕后，怕被人认出，自挖双目，捣毁面容。韩王下令将聂政暴尸于市，他的姐姐毅然前去认尸，自杀于聂政的尸体旁。

豫让，春秋时期晋国人，晋国正卿智伯瑶的家臣。公元前453年，赵、韩、魏三家灭了智氏并瓜分其土地。豫让为了给主人报仇，不惜把漆涂在身上使皮肤溃烂，吞下炭火弄哑嗓子，乔装成乞丐沿街讨饭，就连妻子也不认识他了。后来，豫让得知赵襄子外出，便潜伏桥下，意图谋刺，未遂，被捕。临死时，豫让求得赵襄子衣服，拔剑击斩其衣，以示为主复仇，然后伏剑自杀。

评析

在古代，类似专诸的侠客们都信奉一个原则：“士为知己者死。”他们除了具有“以国士遇臣，臣故国士报之”的情结外，还试图以自己的行动证明人世间的道义、气节和忠义。这种精神，即便在今天也是非常难能可贵的，它与“人为财死，鸟为食亡”的行为形成了鲜明对比。

第二十七回

杀美姬孙武练兵

公子光密谋刺杀吴王僚的时候，吴王僚的儿子庆忌正率领吴国军队攻打楚国。他听说公子光设计杀死了自己的父亲，不禁勃然大怒，当即从楚国撤军，准备回国为吴王僚报仇。庆忌生得虎背熊腰，膂力过人，是吴国一等一的勇士。公子光非常忌惮他。伍子胥又向公子光推荐了勇士要离，在中途刺杀了庆忌，要离也被杀死。

吴王阖闾大喜，按照上卿的礼节安葬要离，然后大宴群臣。伍子胥流着眼泪说："大王的祸患都除掉了，我的仇恨什么时候才能报呢？"吴王阖闾说："爱卿不必悲伤。假以时日，孤家定与你报仇。"吴王阖闾早有伐楚的想法，但一直顾虑着楚国兵多将广，因此主将人选一直犹豫未决。

伍子胥说："我推荐一个人，保证能打胜仗。"吴王阖闾大喜，问道："你推荐的是哪位？"伍子胥说："此人姓孙名武，是吴国人。他精通韬（tāo）略[1]，有鬼神不测之机，天地包藏之妙，著有《兵法》十三篇。因世上少有人知道他的才能，所以他现在隐居在罗浮山东面。大王如果真的能将他找来做主将，定能一统天下，区区一个楚国算什么！"

吴王阖闾说："那你去替我把他找来。"伍子胥："此人乃当世高人，不能像对待平常人那样，必须带着厚礼，诚心诚意地去邀请，他才有可能来。"

吴王阖闾于是命人取出黄金二百两，白璧一对，让伍子胥驾着四匹马拉

[1] 韬略：本指《六韬》《三略》，均为古代兵书。引申为战斗用兵的计谋。

的车，去罗浮山请孙武出山。孙武来到吴宫，吴王阖闾亲自走下台阶迎接，并在朝堂上专门摆设坐席请孙武入座。

吴王阖闾向孙武讨教用兵之道，孙武便将自己著述的《兵法十三篇》呈了上来。十三篇依次是：一《始计》篇，二《作战》篇，三《谋攻》篇，四《军形》篇，五《兵势》篇，六《虚实》篇，七《军争》篇，八《九变》篇，九《行军》篇，十《地形》篇，十一《就地》篇，十二《火攻》篇，十三《用间》篇。

吴王阖闾一边看，一边啧啧称奇，叹道："此《兵法》能**通天彻地**[1]，只恨吴国国小兵微，不知能不能派上用场？"

孙武回答说："臣写的《兵法》不但可以用来训练士兵，就是妇人女子，只要听从我的军令，也可以上阵打仗。"

吴王阖闾拍手大笑道："先生这话说得可有点儿玄乎！天底下哪有妇人女子能够舞枪弄棒出征打仗的？"

孙武说："大王要是不相信，请把您宫中的宫女交给我训练。如果训练不好，情愿承担欺君之罪。"吴王阖闾当即叫来三百名宫女，让孙武带着训练。

孙武又说："希望大王能再派两位宠爱的妃子当队长，以便于统一号令。"

吴王阖闾应允，又找来两名宠妃，一个叫左姬，一个叫右姬，交给孙武。

孙武说："行军打仗，首要的就是严格执行命令，其次要赏罚分明。此次虽然只是操兵演武，也不能**废弛**[2]军纪。我还需派一人当执法官，派两人当中军传达命令，派两个人敲战鼓，再派几个人当牙将，拿着刀枪斧戟，排列在将台上，以壮军容。"吴王阖闾一一应允，准他任意挑选。

人选敲定后，孙武将宫女们分成了左右两队，让两名妃子一人负责一队。孙武当众宣布了三条军法：一、不许队伍混乱；二、不许言语喧哗；三、不许故意违反命令。最后通知第二天一早都到校场集合，听候命令操练。

第二天，宫女们来到了校场，一个个顶盔束甲，右手持剑，左手握盾。两名妃子作为将官，分别站在左右两边，伺候孙武升帐。

---

❶ 通天彻地：形容本领十分高强。

❷ 废弛：荒废懈怠；败坏。

孙武亲自拿绳墨画好了阵形，又命传令官将两面小黄旗分别交给两个妃子，让她们举着旗子当前导，命宫女们五个人一排、十个人一组跟在后面，依照鼓点进退，左右转动，不许错步。

孙武下令说："听到第一通鼓响，两队一齐起立；听到第二通鼓响，左队往右转，右队往左转；听到第三通鼓响，人人举起盾牌，准备迎敌；听见锣响，才能收拢队伍往后退。"宫女们哪里见过这种阵仗，都纷纷捂着嘴偷笑。

孙武说完，命令擂响第一通鼓。

宫女们有的站着，有的坐着，参差（cēn cī）[1]不齐，打打闹闹。

孙武站起身来，严肃地自责说："约束不明，令出不行，是将军的责任，是我没把规矩讲清楚。"于是命中军重申军令。

第二通鼓后，宫女们站是站起来了，但依然笑声不断，推推搡搡，根本没把孙武的话放在心上。吴王阖闾对伍子胥说："这回，孙武恐怕要出丑了。"

---

[1] 参差：长短、高低不齐的样子。

孙武再次命令中军重申军令，然后卷起袖子，亲自抡起鼓槌敲响了第三通鼓。

第三通鼓后，宫女们依然各做各的事情，两个妃子甚至还拿着宝剑互相打闹。孙武厉声喝道：“执法官在哪儿？”执法官急忙跪在孙武面前。孙武说：“三令五申之后，士兵们仍不能遵令而行，就是士兵们的过错了！按照军法应该怎么办？”执法官说：“当斩！”

孙武说：“士兵众多，难以全部斩首，就斩两名队长以示惩戒吧！”

手下见孙武怒气冲冲，不敢违令，只得把两位妃子给捆了。吴王阖闾在**望云台**[1]上见此情景，连忙叫人拿着自己的令箭传话给孙武说：“我已经知道了将军用兵的才能，但这两个妃子我十分喜欢，请赦免了她们吧！”

孙武说：“军中无戏言。我既然奉命领军，将在军中，君命有所不受。如果听君王讲情放走罪犯，还以后拿什么来服众？”当即喝令手下：“速速将二人斩首！”

很快，二名妃子的人头被放在了队伍前面。宫女们见状，心惊胆战，两腿发抖。孙武又从队伍里挑出两个宫女当队长，再次重申军令。这一回，三通鼓敲下来，宫女们起身立正，秩序井然，按照画好的阵形分毫不差，自始至终鸦雀无声。

看到这里，孙武便向吴王阖闾报告说：“队伍已经训练好，请大王检阅。现在她们任您调遣，就算是赴汤蹈火，也会服从您的命令。”

吴王阖闾因两位爱妃死了，十分悲痛，决定以后再也不用孙武了。

伍子胥劝谏道：“‘兵者，凶器也。’行军打仗可不是闹着玩儿的事，诛杀要是不果断，军令就会行不通。大王想要讨伐楚国争霸天下，就一定要启用良将，而良将的标准之一就是坚毅和果断。美色易得，良将难求。如果为了两个妃子就放弃了一员良将，实在是吴国天大的损失啊！”

吴王阖闾顿时醒悟，于是封孙武为上将军，称为“军师”，责成他全权处理讨伐楚国的事。

---

[1] 望云台：用土垒起的高台，供地位很高的人站在上面观望远处。望云，是形容其高。

知识链接

十大兵书

在中国历史上，很多人都曾写过兵书，但其中最著名的有十本。本回书中提到的春秋末年孙武所著的《孙子兵法》是世界上最早的一本兵书，被誉为“兵学圣典”。除此之外的九本依次是：

一、《孙膑兵法》：又名《齐孙子》，战国时期孙膑所著。相传孙膑是孙武的后代。

二、《吴子》：总结了战国时期的实战经验，与《孙子》一起并称“孙吴兵法”。

三、《六韬》：集先秦军事思想之大成的著作。全书以姜太公与文王、武王对话的方式编成，对后代的军事思想有很大的影响，被誉为兵家权谋类的始祖。

四、《尉缭子》：是战国晚期论述军事、政治的一部著作，该书反对迷信鬼神，主张依靠人的智慧和力量来获取战争的胜利。

五、《司马法》：相传是春秋时期齐国大司马穰苴所著。该书包含了古代用兵与治兵的原则，保存了大量夏、商、周三代的出师礼仪、兵器、徽章、赏罚、警戒等方面的重要史料。

六、《太白阴经》：唐朝李荃著。中国古人认为，太白星主杀伐，因此多用来比喻军事。《太白阴经》的名称由此而来。

七、《虎钤（qián）经》：北宋许洞著。该书上言人谋，中言地利，下言天时，兼及风角占候、人马医护等内容。

八、《纪效新书》：是戚继光在东南沿海平倭战争期间练兵和治军经验的总结。

九、《练兵实纪》：戚继光在蓟（jì）镇练兵时所著。

评析

孙武被称为“兵圣”，他不仅写出了流传后世的《孙子兵法》，也是促使吴国称霸的一个重要人物。他之所以能战无不胜攻无不克，一个很重要的原因就是能训练出纪律严明的军队。孙武斩吴王宠姬，虽然坚决，但绝不轻松。坚决是因为军纪不可废，这是军队之魂；不轻松是因为这样做必定会触怒吴王，颇有置生死于度外的悲壮。孙武视军令如山、军纪如铁，绝不因个人前途乃至身家性命而放弃原则，此种精神值得后人敬重。

第二十八回

吴楚争霸初显威

公元前506年，吴王阖闾联合蔡国和唐国兵马，一起讨伐楚国。吴、楚两军对峙于汉水[1]。

吴王阖闾派弟弟夫概为先锋。夫概挑选了三百名勇士，每人手里都拿着一根硬木头做的大棒，每次与楚兵交锋，就用大棒没头没脑地一阵猛抡。楚兵从来没见过这样打仗的，被杀得措手不及，大败而逃。

孙武料定，楚军的主帅囊瓦见识浅薄，贪功侥幸，白天的这场仗楚兵的实际损失并不大，因此夜里必然会再来偷袭吴军大营。于是命夫概、专毅带着各自的人马埋伏在大别山的左右，等到号角一响，立刻出击，唐侯、蔡侯分两路接应；命伍子胥领兵五千，出小别山，反劫囊瓦的营寨，伯嚭（pǐ）带兵接应；命公子山率兵保护吴王转移到汉阴山；命令吴军大营虚设旌旗，只留几百名老弱残兵守卫。

到了半夜，囊瓦果然带兵悄悄从山后杀出，见吴军大营中寂静无声，一点儿防备也没有，于是率众人一路呼喊着杀入营寨，才发现原来是座空营，囊瓦心说不好，赶忙调头回撤。忽听四面号角齐鸣，夫概、专毅两支人马突然冲出，左右夹攻，杀得囊瓦手下士兵死伤大半。危急时刻，楚国大将武城黑领兵来到，一通厮杀，救出了囊瓦。囊瓦欲撤回大营，才知伍子胥早已带兵占领了楚营，吓得心惊胆战，逃奔郑国躲难去了。楚将薳射领着败兵且战

[1] 汉水：今汉江，是长江最大的一条支流，其干流发源于陕西省秦岭南麓。

且退，一直逃到了**清发**[1]附近。

薳射命令手下收集船只，准备渡江。夫概赶到后，非但不追击，反而下令吴军收兵，并后退二十里安营下寨。属下不解，询问缘故，夫概说："俗语说：'困兽犹斗。'更何况是人？要是把楚军逼急了，他们一定会和咱们拼命；倒不如先暂停追击，等吴兵渡过一半，我军再突然发起进攻，便能一举击破它！"

薳射眼见吴兵追来了，正要列阵迎敌，却听说吴军撤退了二十里，不由心头大喜，说："我早就知道吴国人胆小，不敢穷追。"于是下令全军，第二天一早吃饱饭后开始渡江。吴军的部队刚刚渡过去十分之三，夫概的兵马就杀过来了，吴国士兵们纷纷争夺渡船，一时队伍大乱。薳射见大势已去，只好跳上车逃跑。吴军一路追杀，一直杀到了楚国都城郢都城下。

楚昭王闻讯，准备弃城逃走。他的两位哥哥子西、子期坚决劝阻："楚国的社稷和宗庙都在郢都，大王要是弃城而去，再想回来可就难了！"

楚昭王说："楚国能拒敌的只有汉水天险，如今吴军已渡过汉水，很快就会杀到郢都，咱们继续待在这里不是等死吗？"

子西和子期商量，决定派大将斗巢领兵五千，助守麦城，以防北路；派大将宋木领兵五千，据守纪南城，以防西北；子西自己领精兵一万，在鲁洑(fú)江扎营，以防东路；子期则留守郢都，保护都城安全。

吴王阖闾召集众将，商议如何攻打郢都。伍子胥说："楚军虽然屡战屡败，但毕竟实力仍在，不可小视。如今，那郢都、麦城、纪南城三座城池互为掎角之势，很不容易攻破。东边的鲁洑江一线，是进攻郢都的近路，一定有重兵把守。我军可分兵三路：一路攻麦城，一路攻纪南城，大王再亲率一路直捣郢都，届时楚国一定会**顾此失彼**[2]，等到麦城、纪南城被攻破后，郢都也就守不住了。"

吴王阖闾同意了，于是下令伍子胥和公子山领兵一万，攻打麦城，由蔡侯协助；派孙武和夫概领兵一万，攻打纪南城，由唐侯协助；自己则带着伯嚭，

---

❶ 清发：古代的河流名。

❷ 顾此失彼：顾了这个，丢了那个。形容不能全面顾及。

亲率大军攻打郢都。

几天后，伍子胥的部队来到了麦城附近。伍子胥换上便服，带着两个小兵出营观察地形。他们来到一个村子，只见村里人正在牵着驴磨麦子，驴走磨转，麦屑纷纷落下。伍子胥见此情景，心有所悟，大叫道："我知道怎么破麦城了！"

伍子胥回营后，命令每个士兵在明天天亮前都要找到一个布口袋，里边盛上砂土，此外再背上一捆草；命令所有的战车上都要带上一堆石头，违者军法处置！众将领命，分头动手准备。

第二天一早，伍子胥把兵马分成了两队：蔡侯带一队往麦城东面，公子乾带一队往麦城西面。伍子胥让大家用带来的石头、砂土和茅草修筑城池，当作吴军的营垒。他还亲自设计了城池的规模形状，督促士兵日夜加紧施工。没多久，两座城池就修好了。东边一座狭长，形状像驴，叫"驴城"；西边一座正圆，形状像磨，叫"磨城"。

驻扎麦城的斗巢坐不住了，他亲自率领大军前来夺城。楚军来到驴城，只见城上旌旗[1]招展，刀枪林立，蔡侯的儿子姬乾打开城门，领兵来战。斗巢大怒，舞动画戟直取姬乾，姬乾举戈迎战，两人一连打了二十多个回合不分胜负。正在这时，突然传来急报："吴兵正在攻打麦城，请将军火速返回！"斗巢怕麦城有什么闪失，急忙鸣金收兵。姬乾趁势掩杀了一阵，不敢穷追就退回去了。

斗巢回到麦城，正碰上伍子胥指挥着人马攻城，两人约定明日决一胜负，斗巢领兵返回城中。谁知到了半夜，突然听见有人高喊："吴兵已经进城了！"原来伍子胥的队伍里有不少楚国的降兵，伍子胥故意放斗巢进城，却让降兵混在楚军队伍里溜进去，潜伏在僻静的地方，等到半夜，就从城上放下长索，把吴兵吊上去。等楚军发觉，城上已经有了上百名吴兵。此时，城内城外的吴兵齐声呐喊，一时间喊声震天。斗巢见大势已去，只得乘车逃出城去。伍子胥乘机占领了麦城。

[1] 旌旗：旗帜的总称。

与此同时，孙武也在加紧攻打纪南城。纪南城地势低平，西边有个赤湖，湖水通过纪南城直抵郢都城下。孙武心生一计，命令吴军驻扎在高坡上，各自准备铁锹簸箕（bò ji）[1]，限一夜之间，要挖开一道深壕，把漳江的水引到赤湖；同时又在赤湖边垒起一道长堤，堵住江水去路。漳江水流进赤湖无处可去，顿时水面涨起了两三丈高。

孙武见时机已到，下令破坝放水，滚滚江水直灌入纪南城内。宋木慌忙带着城中百姓都逃到郢都避难。漳江水一直淹到了郢都城下。孙武派人到山上砍竹造筏，吴军坐着竹筏逼近郢都，楚人这才知道江水是吴兵放的，城内人心惶惶[2]。楚昭王见郢都守不住了，慌忙逃往随国。郢都无人把守，不攻自破。

孙武迎接吴王阖闾进入郢都后，就派人放水归江，合兵守城。此时伍子胥也从麦城来到郢都。吴王阖闾登上楚昭王的宫殿，接受百官的拜贺，并下令大摆酒宴，款待群臣。

吴军攻占郢都后，伍子胥想尽办法寻找楚平王的坟墓，后来真被他找到了。楚平王的尸身因为用水银殓过，竟一直没有腐烂。伍子胥一见楚平王，怒火中烧，当即举起九节铜鞭，一直鞭打了三百下，直打得楚平王肉烂骨折这才住手，最后他又把楚平王的脑袋砍下来，毁了棺木，和尸骨一起抛至荒野，这才泄了恨。

知识链接

古代宗庙制度

宗庙制度简称“庙制”，是古人为已故祖先建立的灵魂依归之所，并按一定规范祭祀的制度。

---

[1] 簸箕：铲状器具，用竹篾或柳条编成，用以收运土石或垃圾。

[2] 人心惶惶：形容众人惶恐不安。

《周礼》规定，天子立七庙，诸侯立五庙，大夫立三庙，士立一庙，庶人无庙，以此区分亲疏贵贱。庙中供奉牌位的排列次序是:始祖居中，左昭右穆。父居左为昭，子居右为穆。一世为昭，二世为穆；三世为昭，四世为穆；五世为昭，六世为穆；双数世为昭，单数世为穆；先世为昭，后世为穆；长为昭，幼为穆；嫡为昭，庶为穆。

天子、诸侯的宗庙设于门中左侧，大夫庙左而寝右，庶民则是在寝室中或灶膛旁设祖宗神位。

庙中的神主是一个长方形的木条，祭祀时才摆放，祭品不能直呼其名。祭祀时根据情况的不同行九拜礼:“稽首”“顿首”“空首”“振动”“吉拜”“凶拜”“奇拜”“褒拜”“肃拜”。宗庙祭祀还有对前代帝王的祭祀，据《礼记·曲礼》记述，凡于民有功的前代帝王如黄帝、帝喾、尧、舜、禹、文王、武王等都要祭祀。

评析

吴王阖闾即位后，任用伍子胥和孙武，吴国很快成为新兴军事强国，急欲向外扩张，春秋争霸战争正式由晋、楚之争转为吴、楚之争。郢都之战让吴国创下了春秋时期攻占大国都城的先例，但值得注意的是，楚国仍保有大量兵力及广阔土地，吴国兼并楚国的企图未能实现。很快，楚国在秦国的援助下进行了反击。双方的这场较量一直持续了十六年，后吴国再次大败楚国，楚国唯恐都城再次被吴军占领，便将国都暂迁到了鄀(ruò)(今湖北宜城东南)。

第二十九回

越勾践卧薪尝胆

吴国的近邻越国地处欧余山之南，国君姓姒，相传立国的先祖是大禹的后裔。吴国比越国开化略早，故国力比越国强大，所以经常骚扰越国的边界。当初，楚灵王联合中原盟国攻打吴国的时候，越国也参与其中，因此吴、越之间宿仇极深。公元前 496 年，越王允常驾崩，其子勾践即位。吴王阖闾趁着越国国丧期间，准备派兵攻打越国。

伍子胥觉得乘人之危兴兵讨伐不合乎道义，屡次劝谏，但吴王阖闾却不以为然。他说："我年事已高，趁着还有一些能力，得帮助我的太孙夫差消灭越国这个潜在的敌人。"于是留伍子胥守国，带着伯嚭（pǐ）、王孙骆、专毅等人，率领精兵三万，浩浩荡荡杀奔越国。

越王勾践见吴兵来伐，亲自率领大军迎敌，封诸稽郢为大将，灵姑浮为先锋，畴（chóu）无余、胥犴（àn）为左右军统领。吴越两军在槜（zuì）李[1]相遇，相距十里，各自安营下寨。

双方交战了几场，不分胜负。吴王阖闾大怒，率领全部人马排列在五台山下，只等越军稍有懈怠，便乘机攻杀。诸稽郢率敢死队几番冲杀，也没能撼动吴军的阵脚。

勾践密传军令，把军中携带的已被判处死刑的罪犯全部集中起来，总共有三百人，分为三行，全脱了上衣，脖子下挂着剑，一步步走向吴军。

---

[1] 槜李：今浙江嘉兴南。

领头的在前面说：“我们越王不自量力，得罪了贵国，以至于贵国这次派兵前来讨伐。我们愿意以死来替越王谢罪。”说完，一个挨一个用剑猛地一割脖子，鲜血喷涌，倒地身亡。吴兵从来没见过这阵势，感到十分纳闷，都睁大眼睛一边看，一边交头接耳。

忽听越军中鼓声大振，畴无余、胥犴率领两支敢死队，手持刀剑盾牌，呼啸着杀过来。吴兵措手不及，一下子就被冲乱了阵脚。灵姑浮举着大刀左冲右突，迎面撞上了吴王阖闾。他抡起大刀，一刀砍到了吴王阖闾的右脚上，将吴王阖闾的大脚趾砍了下来，鞋也掉在地上。危急时刻，专毅带兵赶到，救出了吴王阖闾。吴军狼狈后撤，但吴王阖闾伤势严重，在半路上就驾崩了。

夫差安葬祖父后，即位为吴王，立长子友为太子。为了提醒自己不忘复仇，吴王夫差派了十几个人，每天轮流站在院子里，放开嗓门，指名道姓地大骂：“夫差！你忘了越王杀死了你的祖父吗？”吴王夫差总是垂泪答道：“我一刻也不敢忘！”

从那时起，吴王夫差就命伍子胥、伯嚭在太湖上加紧训练水军，并在灵岩山搭起射棚训练弓箭手。三年守孝期满后，吴王夫差调集全国的兵马，派伍子胥为大将，伯嚭为副将，从太湖顺水路进攻越国。消息传来，越王勾践赶紧调集军队，准备先发制人，攻打吴国。

越王勾践手下有两个非常能干的大夫，一个叫文种，一个叫范蠡。他们认为吴国练兵三年了，这一次决心报仇，来势必然凶猛，于是劝阻道：“大王应坚守城池，不能主动出兵与吴军交战。”但越王勾践听不进去，坚持下令发兵。

吴、越在椒山爆发了一场大规模的激战，越军大败，越王勾践只带了五千残兵逃到了**会稽**[1]。他万分懊恼：“越国三十年来从没打过这样的败仗！我当初要是听从了范蠡和文种的劝告，哪里会落到今天这种地步！”

范蠡说：“为了东山再起，大王现在只能卑躬屈膝，用尽一切手段向吴王求和。”越王勾践万般无奈，只好点头答应。文种献计说：“传言吴国伯嚭贪财好色，嫉贤妒能，虽然和伍子胥同朝为官，但二人**貌合神离**[2]。如今，吴王虽然重用

❶ 会稽：今浙江绍兴会稽山。

❷ 貌合神离：外表看上去关系很亲密，实际上内心却不一致，各有各的打算和想法。

伍子胥，但敬畏的成分居多。伯嚭颇受吴王宠信，要是能派人偷偷到伯嚭营中，投其所好送上礼物，请他帮忙讲和，吴王一定会同意的。到时候即便伍子胥知道了要想阻拦，也来不及了。”越王勾践当即派文种携带厚礼去贿赂伯嚭。

文种来到伯嚭营中，对他说：“只要大人能促成和谈，越国将永远不会忘记您的恩德，今后凡有进贡的物品，先送您，然后再送吴王。”伯嚭闻言大喜，当即收下了越国的礼物，前去游说吴王夫差。吴王夫差听信了伯嚭的话，不顾伍子胥的反对，答应了求和的请求，但又附加了一个条件，就是让越王勾践夫妇来吴国做自己的奴仆。伍子胥连连摇头叹息：“吴国将要大难临头了！”

越王勾践将国事托付给文种，只让范蠡一个人随行，带着夫人来到了吴国。吴王夫差命人在吴王阖闾的墓旁修了一个石室，让越王勾践夫妇住在里面，脱去朝服，换上脏衣裳，负责养马。吴王夫差每次驾车出游时，都会让越王勾践都拿着马鞭子在车前牵马步行。周围的人指指点点地说：“看，这就是越王！”可越王勾践却连表情都不曾变，没有一丝怨恨的情绪。吴王夫差几次偷偷打量，所见到的情形都是一样的。两年后，吴王夫差以为越王勾践真心归服了自己，便放他回国去了。

勾践回到越国后，立志报仇雪恨。他搬进简陋的房子，用柴草当褥子，还在吃饭的地方挂一个苦胆，每顿饭前都要先尝一尝苦胆，以提醒自己不要忘记了为奴之辱。

为了使越国富强起来，越王勾践亲自参加耕种，让夫人和普通妇女一起织布，以鼓励生产；他制定了奖励生育的制度，以提高越国的人口数量；他任用文种管理政事，任用范蠡训练兵马；他虚心听从别人的意见，救济贫苦的百姓。在他的带领下，越国上下万众一心，很快就重新崛起。

为了削弱吴王夫差的斗志，越王勾践命人在国内遍寻美女，最终找到了西施。西施原本是苎萝山下樵夫之女，她经常到江边浣纱，相传就连江中的鱼儿见到她的容貌都会忘了游泳而沉入河底。越王勾践亲自将西施和另一美女郑旦送到离宫[1]土城，让老乐师教二人学习歌舞和宫中礼仪，学艺期满后，便将她们献给了吴王夫差。

[1] 离宫：在国都之外为君王修建的永久性居住的宫殿，君王一般会在固定的时间去住一住。

吴王夫差一见西施，立即被迷得神魂颠倒，每天都和西施在后宫中嬉戏，对朝政也不关心了。越王勾践又派文种出使吴国，称越国闹灾荒，想向吴国借一百石粮食，来年加倍归还。西施在一旁帮着说话，吴王夫差很爽快地就答应了。第二年，越国获得了大丰收，文种亲自押运把粮食还给了吴国。

吴王夫差非常高兴，抓一把粮食看了看，发现颗粒饱满，就说：“越国的粮食比我们的好，把这一百石粮食分给老百姓做种子吧。”

谁知，这竟是文种的一条计策。这一百石粮食是越国蒸熟后又晒干的，种到地里怎么可能会发芽呢？结果当年吴国颗粒无收。

越王勾践听说吴国闹饥荒，便想趁机发兵。文种说：“吴国的国力还在，不能轻举妄动。另外，吴国还有伍子胥在，得想办法除掉他。”

吴王夫差打算攻打齐国，伍子胥极力劝阻，吴王夫差不听，领兵伐齐，结果大胜而归。众臣都来道贺，只有伍子胥不但不贺，反而批评说：“越国才是吴国的**心腹大患**[1]，而齐国只不过是身上的一片癣疥（jiè），大王出动十万兵马千里迢迢去抹除这片小疥，却忘掉了心腹之患，实在不是明智之举。”吴王夫差听了十分生气。伯嚭收了越国的贿赂，趁机在一旁煽风点火，吴王夫差对伍子胥深恶痛绝，派人给他送去了一把宝剑，让他自杀谢罪。

伍子胥拔出宝剑，哈哈大笑，说：“我死后，一定要挖出我的眼睛，放在姑苏城的东门上，我要亲眼看着越国的军队是怎样打进来的！”

❶ 心腹大患：指严重隐患或危及要害的大患

伍子胥死后，吴王夫差没了约束，一心想北上争霸。公元前 482 年，吴王夫差率大军沿水路北上，与晋定公在黄池[1]会盟，欲争中原霸主之位。越王勾践趁着吴国国内空虚之际，一举攻下了姑苏城。吴王夫差率兵远道赶回来，勉强与越军打了一仗，结果大败，他不得不派人向越王勾践求和。

公元前 473 年，越王勾践再次兴兵伐吴，最终灭掉了吴国。吴王夫差痛哭流涕，说：“我真后悔杀了伍子胥，不然怎么会落到如此下场呢？我死后，一定要用三层绢帕蒙住我的脸，我已经没脸去见伍子胥了！”说完自刎而亡，时年五十五岁。

知识链接

四大美人

中国古代四大美人为西施、王昭君、貂蝉、杨玉环，被誉为“沉鱼落雁之容，闭月羞花之貌”。本回书中提到的西施，是四大美人之首。王昭君，西汉时期南郡秭归（今湖北省兴山县）人。她原本是汉元帝的妃子，但常年未能见到皇帝，后被指派嫁给匈奴和亲。貂蝉，三国时期山西忻州人。东汉末年，司徒王允眼看董卓篡权，用歌女貂蝉设下连环计，挑拨吕布将董卓杀死。杨玉环，唐朝蒲州永乐人（今山西永济）。她善歌舞，通音律，被唐玄宗李隆基封为贵妃。后安禄山之乱中，随唐玄宗西逃四川途中，被赐死于马嵬（wéi）驿。

评析

越王勾践卧薪尝胆，养精蓄锐，听取谋臣文种、范蠡之言，极力经营越国，最终取得了吴、越争霸的胜利。他采用的“亲齐、结晋、联楚”的外交策略，在战争中也发挥了重要作用。反观吴王夫差，骄傲自大，不听忠言，放虎归山，最终导致了亡国。“卧薪尝胆”这个成语现多用来形容人刻苦自励，发奋图强。

“黄池会盟”是吴国由盛转衰的转折点，它既标志着吴国实现了北伐称霸的目的，但也标志着吴国霸业的终结。至此，春秋时代即将结束，诸侯争霸大战趋于尾声，越王勾践成了春秋时期最后一位霸主。

---

[1] 黄池：今河南封丘县南。

第三十回

韩赵魏三家分晋

勾践灭掉了吴国后，就出兵向北渡过淮河，在徐州与齐、晋诸侯会合，向周王室进献贡品。周元王派人赏赐祭肉给勾践，称他为“伯”。勾践离开徐州，渡过淮河南下，把淮河流域送给楚国，把吴国侵占宋国的土地归还给宋国，把泗水以东方圆百里的土地给了鲁国。当时，越军在长江、淮河以东畅行无阻，诸侯们都来庆贺，越王号称“霸王”。

这时候，远在西边的晋国内乱不断，渐渐衰落，国家的权力逐渐落到了卿大夫的手中，卿大夫中势力最大的是韩氏、赵氏、魏氏、智氏、范氏、中行氏六大家族。他们各有各的地盘和武装，谁也不服谁，相互斗来斗去。后来，赵襄子赶走了范氏和中行氏，遂形成了四卿执政的局面。

公元前 457 年，晋出公恼恨四卿专权，私下派人去向齐国、鲁国请兵，欲讨伐四卿。谁知消息走漏，四卿联合出兵讨伐晋出公，晋出公被迫逃亡齐国。四卿扶立晋昭公的曾孙骄即位为君，就是晋哀公。

四卿之中，以智氏的势力最大。智伯瑶就是智氏的掌门人，他利用晋哀公操控了晋国大局，并想进一步取而代之。为了达到这一目的，就必须要削弱其他三家的力量，于是智伯瑶找来三家的大夫——赵襄子、魏桓子和韩康子，对他们说：“晋国原本是中原霸主，只不过这些年被吴、越两国夺去了霸主地位。为了复兴晋国的霸业，我建议每家都拿出一百里土地和户口来充实公家的领地。”

三家大夫都知道智伯瑶居心叵(pǒ)测[1]，想以公家的名义来迫使他们交出土地，但韩康子和魏桓子不愿得罪智伯瑶，先后交出了土地，唯独赵襄子迟迟没有动静。

---

[1] 居心叵测：内心十分险恶，常人无法猜测。

赵襄子是赵氏孤儿赵武的后代，和智伯瑶早有积怨。智伯瑶向赵襄子索要土地，赵襄子说："土地是先辈们留下来的产业，怎么能随便送人呢？"

智伯瑶气得火冒三丈，马上联合韩、魏两家一起发兵攻打赵氏，约定灭掉赵氏之后，三家平分赵氏的封地。

赵襄子明知寡不敌众，于是便与门客张孟谈、高赫等人率家兵退守晋阳[1]。智伯瑶率兵紧追，将晋阳城团团围住。赵襄子吩咐将士们坚守城池，不许交战。就这样，一直相持了两年多，三家兵马始终没有能把晋阳攻下来。

一天，智伯瑶到城外察看地形，看到晋阳城东北的那条晋水，忽然想出了一个主意：要是把晋水引到西南边来，晋阳城不就淹了吗？于是他立即吩咐兵士在晋水旁边另外挖一条河，一直通到晋阳，又筑起堤坝，拦住晋水上游的水。

此时正逢雨季，水流量十分丰富，堤坝中的水很快就积满了。智伯瑶下令破堤放水，一时间，大水汹涌而至，将晋阳城中的房子尽数淹没，老百姓们不得不爬到房顶上去避难。由于家家的炉灶都被河水淹了，人们不得不把锅挂起来做饭。家破人亡的晋阳百姓们恨透了智伯瑶，大家表示，宁可淹死，也不投降。

智伯瑶约韩康子、魏桓子一起看决堤放水，他指着被水淹没的晋阳城，得意地对两人说："你们看，晋阳不是就快完了吗？原本我以为晋水只有守城防御的作用，如今看来，原来也能灭掉一个国家呢。"

韩康子和魏桓子表面上应和着，心里却暗暗吃惊。原来他们两家封地的旁边也各有一条河道。智伯瑶的话正好提醒了他们，晋水既能淹晋阳，说不定哪一天自己的封地也会遭到晋阳同样的命运呢。

晋阳被淹后，城里的情况越来越困难了。赵襄子非常着急，找到张孟谈商量对策："如今，城内的民心固然没变，可要是水势再涨起来，整个城都保不住了。"

张孟谈说："依我之间，韩家和魏家把土地割让给智伯瑶，也不是心甘情愿[2]的，我想办法找他们两家说说去。"

---

❶ 晋阳：今山西太原市。

❷ 心甘情愿：形容完全出于自愿，一点儿也不勉强。

当天晚上，张孟谈偷偷地溜出了城，找到了韩康子和魏桓子，对他们说："晋国如今只剩智、韩、魏、赵四卿，本应该互相扶持才对。智伯瑶无故侵夺赵氏封地，我家主公顾念封地是先辈所传，不忍心将它们割让给他人，但智伯瑶仗势欺人，联合你们两家来攻打赵氏，可你们想过没有，赵氏一亡，智伯瑶会放过你们吗？"

这话正好说到了韩康子和魏桓子的痛处。韩康子问道："那你说该怎么办？"张孟谈说："如今之计，只有韩、魏两家与我家主公联合，反攻智伯，三家平分智氏的土地。都知道那智氏的土地可比赵家多了数倍，而且这样还可以一举除掉心头大患。以后韩、魏、赵三家同心同德，和睦相处，岂不是两全其美吗？"三人一拍即合，接着讨论了**举事**[1]的相关细节。

第二天深夜，过了三更，智伯瑶正在自己的营里睡着，猛然间听见外面一片喊杀的声音。他连忙从卧榻上爬起来，发现自己的衣裳和被子全湿了，再定睛一看，兵营里全是水。起初，他还以为是堤坝决口，大水灌到自己营里来了，赶紧叫兵士们去抢修，然而水势越来越大，竟然把兵营全淹了。智伯瑶正在惊慌不定，四面八方突然响起了战鼓声，赵、韩、魏三家的士兵驾着小船、木筏一齐冲杀过来，将智伯瑶杀死于乱军之中。

赵、韩、魏三家灭了智氏后，将智氏的土地平分了，自此三家鼎足而立。

公元前 437 年，晋哀公驾崩，儿子柳即位，就是晋幽公。晋幽公软弱无能，毫无权威，面对赵、韩、魏三家，不但不能号令，反而得亲自去朝见。不久三家明目张胆地瓜分了公家的领地，只给晋幽公保留了两座城池。

赵襄子、魏桓子、韩康子相继去世后，他们的后人赵籍、魏斯、韩虔野心更大。公元前 403 年，三家打发使者前往洛邑去见周威烈王，要求周天子把他们三家封为诸侯。此时的周天子早已没有能力驾驭诸侯了。周威烈王眼见三家分晋已是既成事实，不承认也没有用，于是顺水推舟，就把三家正式封为诸侯。于是，中原大地上诞生了三个新的国家：韩国、赵国、魏国。

春秋后期的十几个国家，经过激烈的角逐和兼并，最终只有齐、楚、燕、韩、赵、魏、秦七国保存了雄厚的势力，从此历史进入了战国时代。

---

[1] 举事：发动武装暴动。

知识链接

晋国六卿

“六卿”是春秋时期晋文公建立的军事政治制度。他将军队分为中、上、下三军，每军各设一名将、一名佐。将佐各称为“卿”，因此称“六卿”。六卿按地位高低依次是：中军将、中军佐、上军将、上军佐、下军将、下军佐。六卿按照“长逝次补”的规则轮流执政，对内协助国君管理国家军事、政治，对外“尊王攘夷”，维护晋国霸业。晋文公、晋襄公时，狐、赵、先、郤、胥等氏颇有权势，后来韩、魏、栾、范、荀等氏也相继加入。这些大家族之间的斗争非常激烈，到晋出公时，就只剩下赵、魏、韩、范、智、中行氏六家，称为“六卿”。晋哀公时，范氏、中行氏衰落，国家取消中军，六卿改为四卿。后赵氏、韩氏、魏氏三家联手打败智氏，最终实现“三家分晋”。

评析

“三家分晋”是中国古代历史上具有划时代意义的重大事件，史学界以此作为东周时期春秋与战国的分界点。西周初期号称有八百诸侯，到了春秋末期只剩下二十几个，中国开始由大分裂走向局部统一。而在这一时期，诸侯国内部也在发生急剧变化。由于推行分封制，一些诸侯国国君的权力被某些大夫慢慢架空了，就和周天子的权力被诸侯们架空一样。这种现象在晋国尤其明显。

晋献公时，为了避免诸公子争位引起国家大乱，晋献公对公室宗亲进行了一次大清洗。后来，晋国的历代国君就不再立公子、公孙为贵族了。但正是因为“晋国无公族”，才最终导致了“三家分晋”的局面出现。由于一个国家绝对不可能仅仅依靠国君一个人来治理，晋成公时开始推行“宦卿之适子而为之田，以为公族”，后来赵盾又将各家异姓大夫代为公族，异姓大夫的崛起，使得晋国公室的力量由此衰微，并最终走向灭亡。一个新的时代——战国时代已经来临。

第三十一回

西门豹除陋治邺

战国时代，顾名思义，就是相互攻战的时代。这时候，各国诸侯们就撕下春秋时代温情脉脉的“仁义”的假面，赤裸裸地玩起“一统天下”和“救亡图存”角力的游戏。

由于魏国地处中央四战之地，深切的忧患意识和勃勃雄心使魏文侯成为战国最早推行变法图强的君主。他任用翟璜为相，改革弊政；任用乐羊为将，攻掠中山国；任用李悝变法，依法治国；任用西门豹等人加强地方治理，使魏国呈现出蒸蒸日上的勃勃生机。

魏国的**邺城**[1]位于上党和邯郸之间，与赵、韩两国相邻，地理位置十分重要。魏文侯便派西门豹担任此处的郡守。

西门豹走马上任后，发现邺城街市萧条，田地荒芜，人烟稀少，满眼荒凉，便派人将附近的几位老人请来，询问缘由。老人们说：“邺城原来丰衣足食，如今这个样子，全都是因为给河伯娶新娘闹的。”西门豹感到十分奇怪，问：“这究竟是怎么一回事？”

老人们说：“河伯就是漳水的河神。这漳水自沾岭而来，由沙城向东流去，经过邺城。河伯喜欢美貌女子，每年都必须给他送去一个年轻的女孩子做夫人，这样才可确保风调雨顺，五谷丰登；否则河伯发怒，就会使河水泛滥，将我们的土地淹没。”

---

[1] 邺城：今河北临漳县西、河南安阳市北郊一带。

西门豹问："这是谁说的？"老人们说："是一个名叫觋（xí）的巫婆说的，百姓们害怕水患，也不得不听从。此事每年都由乡里富户、乡吏和巫婆共同出面，从民间搜刮上百万的钱财，他们只用其中一部分为河伯娶妻，其余的就私下分了。"西门豹怒道："这也太过分了！"

老人们说："这还不是最过分的。最过分的是，每到春天播种时，巫婆就到处寻访民间女子，见到有几分姿色的人，就说这女孩子适合给河伯做新娘。有钱的人家可以花钱免灾，另找别的女子代替；没钱的人家就倒霉了，只能眼睁睁地看着自己的孩子被带走。到了河伯娶妻那天，巫婆派人为新娘沐浴更衣，然后用苇秆编成小舟，让新娘坐上去，顺水而下，漂流几十里后就没入水中了，从此再也没了踪迹。所以，有闺女的人家都跑到外地去了，这里的人口就越来越少，也越来越穷了。"

西门豹又问："那这些年你们这里遭过水灾吗？"老人们说："水灾是没有了，但又常有旱灾发生。巫婆说，幸亏每年给河伯送媳妇，要不漳水发起大水来，大家连落脚之地都没有了。"西门豹冷笑道："河伯既然如此灵验，等下一次为他娶妻时，烦劳您提前告诉我一声，我也去送送新娘。"

转眼之间，为河伯娶亲的日子到了，乡中老人们果然派人来禀告西门豹。西门豹衣冠整齐地来到河边，只见河边早已经站满了人，当地的乡吏、富户和其他重要人物也已经到了。见西门豹来了，一众人等赶紧前来拜见。西门豹抬眼一看，见那巫婆是个七十多岁的老妇人，身后跟着十来个浓妆艳抹的女徒弟。

西门豹对巫婆说："麻烦你将河伯的新娘叫来，我想看一看。"巫婆不敢违抗，让弟子去将新娘带来。那女孩早已是满脸泪水。西门豹只看了一眼，就摇头对众人说："河伯是尊贵之神，必须有绝色女子才能与他相配。这个女子相貌平平，哪里配得上河伯大人？请大巫师为我去报告河伯，就说我会另外寻找貌美女子，择日再给他送去。"说完便命令手下士兵将巫婆抬起，抛入水中。众人看得瞠目结舌，乡吏和富户们也个个心惊肉跳。

西门豹静静地站在河边，等了很久，这才说道："巫婆怎么还不回来？难道是年岁太大，不中用了？让她的徒弟们去催一催吧。"说完命士兵抬起巫婆的一个弟子扔到水中。

又过了一会儿，还是没有动静，西门豹又让士兵将另一个弟子扔入水中，还是没有动静，于是西门豹下令将巫婆所有的弟子全部扔入了水中。西门豹鞠躬行礼，恭恭敬敬地等在河边。

一个时辰过去了，西门豹开口说道：“这些女人们怎么去了都不回来，要不请各位乡吏、富户们为我走一趟吧。”乡吏、富户们吓得面如土色，纷纷跪在地上不住磕头，就像捣蒜一样，把头都磕破了。

西门豹大声喝道：“河水滔滔，一去不返，河伯在哪里？你们竟然枉杀[1]良家女子，该当何罪？”众人又磕头哀求说：“我们也是被巫婆欺骗，请郡守饶命！”

西门豹说：“老巫婆已死，今后谁再敢提为河伯娶亲，我就让他做媒人，先去报告河伯。”随后，西门豹下令查抄乡吏、富户的财产，将他们搜刮来的钱财全部退还给百姓。从此，邺城再也没有人敢提给河伯娶亲的事情了，逃难在外的百姓们听到这一消息后，也纷纷返回了故里。

西门豹为人清廉，不谋私利，对魏文侯身边的近臣从来不假以辞色[2]，因此一些小人就联合起来，专门在魏文侯面前说他的坏话。他们指责邺城在西门豹的治理下，官仓无存粮，钱库无金银，部队缺少装备，都是因为西门豹治理无方。渐渐地，魏文侯也开始对西门豹产生了怀疑，决定亲自到邺城视察。

西门豹听了魏文侯的质疑，不慌不忙地说：“王者使人民富裕，霸者使军队强盛，亡国之君使国库充盈。邺城官仓无粮，因为粮食积储在百姓手中；金库无银，因为银钱都在百姓衣兜里；武库无兵器，因为人人皆兵，武器都在百姓手中。主公若不信，让我上城楼击鼓，看看邺城的钱粮兵器如何？”

于是，西门豹登上城楼。第一阵鼓声之后，邺县百姓披盔带甲，手执兵器，迅速集合到城楼下；第二阵鼓声之后，另一批百姓用车装着粮草集合到城楼下。

魏文侯见状，十分高兴，请西门豹停止演习。然而，西门豹却不同意，他说：“民可信不可欺。好不容易与他们建立了信约，今天既然把他们集合起来了，如果随意解散，老百姓就会有受骗的感觉。燕王经常侵犯我国的疆土，掠夺

[1] 枉杀：无罪而乱加杀害。
[2] 假以辞色：好言好语、和颜悦色地对待。

我国的百姓，主公不如让我带领着这支部队去攻打燕国。”魏文侯同意了。于是西门豹发兵攻燕，收回了许多失地。

后来，西门豹考察了漳河的地形，带领百姓开凿了**十二道渠**[1]，既削弱了漳水的流势，又使沿岸庄稼得到灌溉，从此邺城年年丰收，百姓安居乐业，过上了幸福的生活。邺城民富兵强，成了战国时期魏国的东北重镇。

知识链接

五谷

古时的“五谷”是指火谷、悬谷、金谷、水谷和土谷。火谷，包括小麦、大米、小米、高粱等粮食作物；悬谷，包括梨、柿子、李子、板栗等众多的悬挂在树上的水果；金谷，包括南瓜、豆角等藤蔓植物上的果实；水谷，包括莲藕、海带、菱角、海菜等水生植物；土谷，包括白菜、萝卜等众多的蔬菜。到了现代，通常我们说的“五谷”就仅仅是“火谷”，指五种谷物（稻、麦、黄米、小米、豆类）。而成语“五谷丰登”就是指年成好，粮食丰收的意思。

评析

西门豹“取信于民”的思想和行为在今天对我们仍有深刻的启迪作用。作为邺城的父母官，西门豹深知言而有信，才能赢得百姓的信任和支持；言而无信、朝令夕改，就会使百姓无所适从，产生被欺诈的反感和埋怨心理。

当今的社会，不讲诚信、欺骗欺诈已成为制约中国社会经济健康发展的一大障碍，而诚信是构建和谐社会关系的基石，是现代社会最基本的道德准则和行为规范，它是一个人的立身之本，一个企业的立业之本，一个国家的立国之本。因此，诚信不仅仅是个人的事情，加强诚信建设已经成了全社会的共同责任。

---

[1] 十二道渠：这里指引漳十二渠，也称西门豹渠。以十二个渠道引水，以解决漳水泥沙淤积的问题，这是战国时期非常有名的人工引水灌溉系统。

第三十二回

邹忌讽齐王纳谏

魏国富国强兵，对周围邻国虎视眈眈。但它的近邻齐国却像睡着了一般，始终无动于衷。公元前356年，齐威王即位。他整日里纵情声色，不问国政，尤其迷恋弹琴，经常独自关在后宫里抚琴自娱。一晃几年过去了，齐国日渐衰败，百姓贫困不堪，韩、魏、鲁、赵四国纷纷发兵来攻，齐国总是输多胜少。

齐威王仗着家大业大，根本不把这些放在心上。见此情形，大臣们纷纷上疏劝谏，但都被齐威王当成了耳旁风。后来，齐威王觉得劝谏的大臣妨碍了自己的雅兴，索性下令严禁进谏的人进宫。

这天，一个名叫邹忌的人前来求见，自称是高明的琴师。齐威王一听，很高兴，立即就召见了他，命他当场演奏一曲。邹忌坐在琴前，熟练地调弦定音之后，却将两手放在琴弦之上，并不弹奏。

齐威王感到惊奇，问道："先生抚弦不弹，究竟是为什么呢？"

邹忌将琴推开，正色说道："对一个乐师来说，弹一手好琴很容易，但是懂得弹琴的道理却很难。"

齐威王好奇地说："弹琴还有什么道理呀？"

邹忌说："琴就是'禁'，指禁止过分沉溺。古时候，伏羲造琴，琴长三尺六寸六分，象征一年三百六十日；宽六寸，象征上、下、东、西、南、北六合[1]；前宽后窄，上有五弦，象征金、木、水、火、土五行。弹琴本来为陶冶性情，杜绝淫邪之念，乃修身养性之乐事。"

齐威王若有所悟地点了点头。

[1] 六合：指上下和四方，后泛指天地或宇宙。

邹忌接着说："这大弦象征君王，小弦象征臣子。琴音因缓急而分为清浊，浊音宽厚而不松弛，是为君之道；清音高亮而不乱上，是为臣之道。首弦是宫，次弦为商，第三为角，第四为徵（zhǐ），第五为羽。到了文王、武王时期，又各加一弦，文弦为少宫，武弦为少商，表示君臣相合。君臣相合无间，政令才能得到顺利实施。治理国家的道理也是如此。"

齐威王说："说得好，先生既通琴理，也定精于琴技，请先生为我试弹一曲。"

邹忌微微一笑，两手轻抚，做出弹琴的姿势，却并不触动琴弦。

齐威王有些恼怒，问道："先生这又是为何？"

邹忌说："臣以琴为业，理应精通弹琴之道；主公以治国为业，怎能不了解治国之道？如今主公掌国而不治国，与臣抚琴而不弹琴又有什么不同？臣抚琴不弹，主公心中便不满足；但主公掌国九年却不治，万民心中又怎能满足？"

齐威王闻言，心头一震，这才意识到邹忌的来意不寻常，连忙问道："先生莫非另外有见教？"

邹忌躬身再拜，说："我只是知道，琴不弹则不鸣，国不治则不强。"

齐威王感慨地说："先生说得对！但我已经九年未理朝政，积重难返，我该怎么做呢？"

邹忌说："这个说难也不难。主公应该像每天勤于弹琴那样，每天把国家大事管理起来，选贤任能，兴利除弊，不近声色，整顿军马，关心百姓。只要主公能做好上述五个方面，何愁齐国这架大琴奏不出美妙的曲子呢？"

齐威王大喜，当即便将邹忌拜为相国。此后，他又选择了一批贤能之士，到各城去担任大夫；让檀子镇守南城抵御楚国，让田肸（xī）镇守高唐抵御赵国，让黔夫镇守徐州抵御吴国；封种首为司寇，田忌为司马……在齐威王的治理下，齐国渐渐开始复苏。

邹忌身高八尺多，是个公认的美男子。一天早晨，邹忌穿戴好衣帽，照着镜子，对妻子说："听说那城北的徐公风流倜傥（tì tǎng）[1]，俊美异常，我和他相比，谁更美丽呢？"他的妻子说："您美极了，徐公怎么能比得上您呢！"邹忌不信，晚上的时候，他又问小妾："你说我徐公相比，谁更美丽？"小妾说："徐公怎

---

[1] 倜傥：洒脱，不拘束。

么能比得上您呢？”第二天，家里来了客人，邹忌和他坐着谈话，他又问客人：“我和徐公相比，谁更美？”客人说：“徐公当然不如您美啊。”邹忌于是便相信了。

几天之后，徐公前来拜访，邹忌仔细地端详一番，觉得自己远远不如徐公美。夜里，邹忌在床上辗转反侧，思考这件事，说：“我的妻子认为我美，是偏爱我；我的小妾认为我美，是惧怕我；客人认为我美，是有求于我。”

于是邹忌上朝拜见齐威王，讲述了此事的经过，说：“我确实不如徐公美，可是我的妻子偏爱我，我的妾惧怕我，我的客人对我有所求，他们都告诉我说，我比徐公美，于是我就信了，幸好后来我有机会看到徐公本人，才有机会了解事实的真相。”

邹忌继续说道：“如今的齐国，土地方圆[1]千里，有一百二十座城池，宫中的妃子、近臣没有不偏爱主公的，朝中的大臣没有不惧怕主公的，国内的百姓没有不对主公有所求的，由此看来，主公所受的蒙蔽一定比我更厉害了。”

齐威王认为邹忌分析得非常正确，于是就下了一道命令：“无论是谁，能够当面批评我过错的，可得上等奖赏；能够上书劝谏我的，得中等奖赏；能够在众人集聚的公共场所指责、议论我的过失，并能传到我耳朵里的，得下等奖赏。”

命令刚一下达，齐国许多大臣都来进谏，宫门庭院的人多得就像集市一样；几个月以后，还有人偶尔进谏；一年以后，即使想进谏，大家也没有什么可说的了。

燕、赵、韩、魏等国听说了这件事，都来齐国朝见齐王。齐国从此树立起了国威。

邹忌又向齐威王建议：“从前齐桓公、晋文公之所以能成为五霸中的最强者，就在于他们打着‘尊王’的旗号。主公现在何不借朝拜周天子之机，设法取得周室支持呢？”

齐威王说：“寡人现在也已称王，一个王去朝拜另一个王，这怎么能行？”

邹忌说：“主公称‘齐王’，是指比各国诸侯位高，并不是要借此压倒周天子。主公朝周时可以暂称‘齐侯’，周天子见主公谦恭有礼，必会心生感激之情，而对主公大加封赏。”

[1] 方圆：范围，周围。

齐威王大喜，当即下令准备车驾，前去拜见周烈王。周室衰微不振，已经很久没有诸侯来朝了，如今见齐威王主动赶来朝拜，上下无不欢喜，周烈王更是搜遍了满朝的宝贝，重重赏赐了齐威王。朝拜完毕，齐威王辞别周室，满载而归[1]。

知识链接

五声音阶

中国古代汉族的音律是按五度相生的顺序排列的，依次为：宫—商—角—徵—羽，按现在的音高顺序排列依次为：1，2，3，5，6。因此五色音阶又被称为“中国音阶”。

我国的很多民歌都是用五声音阶来表现的，例如江苏民歌《茉莉花》。正因为它具有地道的中国特色，所以被张艺谋用作中国申奥、申博的主题音乐。此外，《茉莉花》流传到歌剧王国意大利时，被作曲家普契尼用在《图兰朵公主》中，作为这部中国背景歌剧的象征元素。全世界除了中国以外，还有苏格兰的民歌也是五声音阶的，因此相当稀有。

评析

邹忌是一个有自知之明，善于思考，勇于进谏的贤士。而齐威王是一个知错能改，从谏如流的有志明君，迫切希望能革除弊端，改良政治。两人一拍即合，实现了齐国的大治。这个故事告诉了我们两个道理：

第一，偏听则暗，兼听则明。一个人在受蒙蔽的情况下，是不可能正确认识自己和客观事物的。而作为一个领导，更要时刻保持清醒的头脑，防止被一些表面现象所迷惑。对于奉承话要保持警惕，尽可能多听听大家的意见，及时发现和改正自己的缺点和错误。

第二，规劝他人需要有正确的方法。有句古语说“良药苦口利于病”，但良药不一定非要苦口。在邹忌之前，很多人也曾经劝谏齐威王，但是效果都不好，邹忌胜就胜在，他采用了齐威王能够接受的方式进行劝谏，让齐威王甘于下咽这剂“良药”。

[1] 满载而归：原指装得满满的回来，形容收获很大，也可以形容学术上取得很大的成果。

第三十三回

明赏罚商鞅变法

秦国地处黄河之西，一直以来，都被中原各国视为夷狄。虽然中途出了个秦穆公，任用百里奚变法强国，使秦国的"国际形象"略有改观，但也只是昙花一现。公元前 362 年，秦孝公即位。秦孝公是一个很有抱负的人，他对秦国被中原诸侯排斥一事耿耿于怀。为了改变秦国内外交困的局面，他下定决心奋发图强，招能纳贤，向中原国家学习，进行变法革新。

秦孝公下了一道命令："不论是秦国人，还是其他诸侯国来的客人，谁能使秦国富强起来，就重用谁。"

商鞅本来是卫国国君的姬妾所生，因为卫国衰微，他觉得很难施展自己的才志，便投奔了魏国。魏国的大臣公叔痤（cuó）深知商鞅之才，多次向魏惠王举荐，但魏惠王都**不置可否**[1]。公叔痤去世之前曾专门嘱咐魏惠王："主公若不肯用商鞅，一定要将他杀死，千万别让他逃出魏境，如果他被别的国家重用，魏国必受其害。"可是这番话，魏惠王依然没有听进去。

商鞅听说秦孝公下令招贤，便来到了秦国。在内臣景监的推荐下，秦孝公召见商鞅，与他谈论治国之道。商鞅侃侃而谈，列举了很多伏羲、神农、尧、舜的治国之道，然而秦孝公听着听着就睡着了。

第二天，秦孝公责备景监说："你推荐的人虽然博闻强记，但华而不实，说话迂腐可笑。古今情势已然不同，他的那些话今日已经行不通了，这样的人怎么能用呢？"

[1] 不置可否：不说行，也不说不行。指不表明态度。

景监回家后，将秦孝公的话告诉了商鞅。商鞅感叹道："我期望主公能仿效尧、舜，成就帝王之道，谁知竟不被理解！"

景监深知商鞅的才华，劝说道："请先生再耐心等些日子，我再为你安排一次机会。"

数日之后，景监入宫侍奉秦孝公。秦孝公正在饮酒，突见一只大雁从远处的天空飞过，不禁停杯长叹："从前齐桓公曾说过，他得到了管仲，就如同给大雁插上了翅膀。我求贤若渴，可招贤令贴出去数月了，却没有发现一个人才。我徒有冲天之志，却没有翅膀啊！"

景监趁机说："商鞅自称有帝、王、霸三术。前次，他向主公说的是帝术和王术的事，主公认为不切实际；如今他还有'霸术'想献给主公。"

秦孝公一听"霸术"二字，正中下怀，立即让景监将商鞅招来。

商鞅应召入宫。秦孝公问道："听说先生有助我称霸天下的良策，先生为何不早点告诉我呢？"

商鞅说："不是臣不想说，而是这霸业之道实在无法与帝王之道同日而语。帝王之道在于顺乎民心，而霸业之道则必会违逆民心。"

秦孝公一听，勃然大怒，手握剑柄喝道："霸业之道难道一定要违逆民情吗？"

商鞅面不改色地回答："如果琴瑟[1]音调不和谐，就必须将它改弦更张，治理国家的道理也与此相同。但百姓们看不到这么长远，他们只会贪享眼前的安乐，而不顾百年后的忧患，可以'乐成[2]'，不可以'虑始[3]'。昔日管仲担任齐相，革新政令，鼓励耕织，整饬战备，将齐国划为二十五个乡，让百姓各守其责，一改齐国的旧制，最初百姓们是非常不欢迎的，直到政令得以实施，国家变得强大，各国诸侯纷纷归服，齐桓公终于一霸天下之时，齐国百姓也因此得到了好处，这才称赞管仲是治国奇才。"

---

❶ 琴瑟：乐器，琴和瑟。二者皆由梧桐木制成，腔空，丝绳为弦。琴初为五弦，后改为七弦；瑟二十五弦。

❷ 乐成：乐享其成。

❸ 虑始：考虑和担忧起步时期的困难。

孝公说："如果你真有管仲那样的才能，我一定会把国家大事托付给你，只是不知你究竟有什么具体的治国方略？"

商鞅说："国家不富强，就不能兴兵称霸；军队不强大，就不能攻灭敌人。要使国家富强，就必须鼓励百姓从事农业生产；要想使军队强大，就必须整顿军队，鼓舞士气。先用重赏来引诱，再用重罚来监督，如果赏罚分明，这些政令就一定能够实施。这样一来，主公不就能称霸天下了吗？"

秦孝公大喜，道："好啊，这些我都能做到！"

商鞅又说："要想改革，如不起用有才之士推行，固然行不通；起用有才之士而不给予他足够的权力，也行不通；给了他足够权力，君主却听信谗言，三心二意，还是行不通。"

秦孝公听得连连点头。

商鞅叩头请辞。秦孝公奇道："我正想听听先生的全部治国主张，先生为何现在却要离去？"

商鞅说："请主公认真考虑三日，等主意定下，臣才敢将全部策略说出。"

第二天，孝公又派人来召商鞅，商鞅拒绝朝见。景监在一旁劝商鞅不要**拂逆**[1]秦孝公之意，商鞅却说："我第一次与主公相约就失信，以后还怎么取信于主公呢？"景监这才作罢。

到了第三天，孝公派人用车来接商鞅入朝，并专门赐座，态度十分诚恳。于是，君臣二人就国政一连交谈了三天三夜，秦孝公毫无倦意。

商鞅的到来，让秦国许多贵族大臣寝食难安，因为他的主张否定了秦国过去的政策，许多人都担心会损害自己的利益，于是极力反对。秦孝公召集大臣与商鞅共同讨论。激烈争论到最后，秦孝公完全赞同商鞅的意见。秦孝公封商鞅为左庶长，赐给他一座府第，并晓谕群臣："今后的国家政令全部归左庶长执掌，有谁敢违抗，一律按抗旨之罪论处！"群臣无不肃然听命。

---

[1] 拂逆：违背，违反。

公元前356年，商鞅起草了改革的新政，准备实施变法。由于担心老百姓不信任他，拿新法当儿戏，于是在新法颁布之前，商鞅在都城南门立起了一根三丈长的木头，对外宣布："有谁能将这根木头扛到北门去，就赏十两黄金。"

百姓纷纷来到南门围观，但大都以为商鞅是在开玩笑，很长一段时间都没有人去移动木头。商鞅说："难道大家是嫌赏金少吗？"当即下令将赏金增加到五十两。

这时，人群中走出一个小伙子，二话不说，扛起木头就走，一直将它搬到了北门。商鞅马上取出了五十两黄金，当着众人的面赏给了这个小伙子。这件事一下子就在咸阳城中传开了，紧接着整个秦国都轰动了。百姓们纷纷夸赞左庶长令出必行。

商鞅见自己的目的达到了，趁势将新法颁布了出去。新法的内容主要包括了八个方面：一、迁都咸阳；二、推行郡县制，境内的村镇全部合并为县，每县设县令、县丞各一人，督促新法的实施；三、开垦荒地：城外土地，除车马道路外均责令附近居民将它开垦为农田；四、改革租税：废除井田十一税制，按照土地征收租税；五、鼓励农桑：男耕女织，辛勤劳作致富者称为良民，免除其劳役，弃农经商者加征重税；六、奖励军功：凭军功封拜官职爵位，杀敌一人，晋爵一级，临战脱逃者斩首，秦君宗室也得靠军功大小来定远近亲疏；七、保甲连坐[1]：五家为一保，十家为一连，互相监督，邻里犯法，如不举报，十家同受制裁，举报者则受重赏。八、加强政令：政令一经公布，不论贵贱贫富，都必须严格执行，若有违抗者，一律斩首示众。

新法实施十年后，秦国发生了翻天覆地的变化：社会安定，国库充实，百姓丰衣足食，路不拾遗，夜不闭户，秦国逐渐成了最强的诸侯国。周显王特意派使者册封秦君为"方伯"，各国诸侯也纷纷派使者前来拜贺。

商鞅的变法得罪了许多秦国的贵族权臣，秦孝公死后，他的儿子秦惠王即位，商鞅被诬陷谋反，被秦惠王下令五马分尸，残忍地杀害了。

---

❶ 连坐：指人因与犯罪者有某种关系而受牵连入罪。

知识链接

古代户籍制度

中国古代的户籍制度是与土地直接联系的，是以家庭、家族、宗族为单位的人口管理方式。

中国是世界上最早进行人口调查并制定和执行一套严密户籍管理制度的国家。中国户籍制度的出现可以追溯到商代。据甲骨文记载，商朝已开始实行人口登记制度，有“登人”或“登众”，即临时征集兵员的记载。《尚书·多士》篇说：“惟殷先人，有册有典。”可见当时已有了人头统计。

到了周朝，已有了户籍登记制度的雏形。《管子·禁藏》已有“户籍田结”的记载。《史记·秦始皇本纪》中记载，秦献公十年（公元前374年）推行“户籍相伍”的制度；秦始皇十六年（公元前231年）规定男子不论成丁与否，一律登记年龄。

《汉书·地理志》保存了我国最早的全国户口记录，以后历代均定期分类审编，用以稽查人口，征课赋税，调派劳役。隋炀帝大业五年（609年）、明太祖洪武三年（1370年）都曾进行全国规模的人口调查。清朝雍正时期，将丁税摊入田赋，户籍遂失去征调赋税的作用。

评析

商鞅变法对秦国乃至秦朝的影响极为深远。经济上，它改变了秦国旧有的生产关系，废井田开阡陌，从根本上确立了土地私有制；政治上，它打击并瓦解了旧的血缘宗法制度，拉开了封建社会中央集权制度建设的序幕；军事上，重赏军功的做法极大地提高了秦国军队的战斗力。

商鞅虽死，但他推行的新法却保存了下来，秦国逐渐成为战国七雄中实力最强的国家，为后来秦始皇统一天下奠定了坚实的基础。

第三十四回

结恩怨孙庞斗智

当初，魏惠王听说卫鞅为秦国重用，不禁叹道："我真后悔当初没听从公叔痤的话啊！"这时卜子夏、田子方、魏成、李克都已去世，惠王于是下令招贤，希望能复兴魏文侯时大国的威望。不久，一个叫庞涓的人前来求将，由此引发了魏国与齐国、赵国一系列的恩怨。

说起庞涓，就不能不提他的老师——鬼谷子先生。在周国的阳城，有一个地方名叫鬼谷，谷内山深林密，人迹罕至。鬼谷中居住着一个隐士，人称"鬼谷子"，他学问精湛，上知天文下知地理，是当世的奇才。齐国人孙膑，魏国人庞涓、张仪，洛阳人苏秦都拜在他的门下学习。

庞涓学习兵法已有三年多，自认为已经学成，又听说魏国正以优厚的待遇招求天下贤才，决心下山谋求富贵。孙膑与庞涓素来要好，便来送他下山。庞涓对孙膑说："此番若能得到重用，一定来接孙兄去，共同建功立业。"

孙膑说："贤弟说的可是真话？"庞涓发誓道："我若言而无信，就让我死在万箭之下！"两人洒泪告别。孙膑回山，将此事告知了鬼谷先生，鬼谷先生摇头不语。

转眼数月过去了。一天，鬼谷先生告诉众弟子，晚上闹老鼠，让大家轮流到自己房中值班守夜。轮到孙膑值夜时，鬼谷先生从枕头下取出一卷书册，对孙膑说："这是你祖父孙武的《兵法》十三篇，过去你祖父将他献给吴王阖闾，吴王阖闾用它大败楚军，后来吴王阖闾珍惜此书，不愿让它流传世上，便把它放在铁匣之中，藏在姑苏台[1]内。后来越兵攻破吴国，焚毁姑苏台，此书也就在世上失传。我与你的祖父交情甚深，曾从他那里得到此书副本，并亲自为它做了注释，但从未轻易传授给他人。我见你心地忠厚善良，今日特将它交还给你。"

---

[1] 姑苏台：又名姑胥台，在苏州城外姑苏山上。

孙膑捧书回到卧室，日夜研读。三天之后，鬼谷先生将原书收了回去，逐篇考问孙膑所学，孙膑对答如流，一字不漏。鬼谷先生连连点头。

庞涓来到魏国，深得魏惠王的喜欢，将他封为元帅，兼任军师之职。庞涓的儿子庞英、侄子庞葱、庞茅，也都被封为将军。庞涓率领魏国大军，屡战屡胜，卫、宋、鲁、郑的君主纷纷归附来朝。后来他又率军打败了强大的齐国，一时之间，名声大噪。

墨子与鬼谷子一向交好，他对鬼谷子的学生非常了解。一天，墨子来到魏国，向魏惠王大力推荐孙膑，对他的才能赞不绝口。魏惠王立即派人带着厚礼去请孙膑下山。孙膑以为是庞涓推荐的，于是欣然前往。他一到魏国，立即就去拜访了庞涓。庞涓表面上十分热情，极力邀请孙膑住在自己家中，心中却很是不安。

魏惠王想要试一下孙膑的才能，便传令在校场检阅军队，让孙、庞二人各自演练阵法。庞涓之阵，孙膑一看，就能说出其名目和破法；而孙膑之阵，庞涓却茫然不识。庞涓私下向孙膑询问，孙膑毫不隐瞒，将鬼谷先生传授《兵法》一事一五一十地告诉了他。庞涓因此暗暗嫉妒，心想："孙膑的才干远胜于我，若不将他尽快除掉，将来他必会将我压倒。"

庞涓模仿孙膑的笔记伪造了一封书信，陷害孙膑私通齐国使者，早有背魏向齐之心。魏惠王大怒，下令对孙膑施以**膑刑**[1]，又在他脸上刺下"私通敌国"四个字。庞涓装出悲痛欲绝的样子，将孙膑接到府中，无微不至地照顾他，每天都亲手为他上药。一月以后，孙膑伤口愈合，但却成了废人，无法行走，只能盘腿而坐。

孙膑不知道这一切都是庞涓的诡计，对他的悉心照顾很是感激，总想为庞涓做点什么。庞涓趁势提出让孙膑将《兵法》默写出来，让自己也可以学习。孙膑答应了，夜以继日地诚心为庞涓写书。孙膑的仆人无意间得知：庞涓计划在孙膑默写完兵书后就杀害他，于是偷偷地将这个消息告诉了孙膑。孙膑这才恍然大悟。

当晚，孙膑忽然大叫一声，昏倒在地，醒来后神情恍惚，时而大笑，时而大哭，并抓起写有《兵法》的竹简投入火中。

---

[1] 膑刑：又称刖刑，挖去犯人的膝盖骨或砍掉膝盖以下的腿脚。传说孙膑本来的名字不叫膑，因受了这种刑法才被世人称为孙膑。

庞涓听说孙膑疯了，心中疑惑，便命人将孙膑拖入猪圈。孙膑浑身污秽不堪，披头散发地倒在猪粪中呼呼大睡。庞涓又派心腹之人悄悄给孙膑送去食物，孙膑一把将食物打翻在地，厉声大骂："这饭菜中有毒，你休想毒死我！"来人拾起猪粪递给孙膑，孙膑用手接过，张口就吃。庞涓这才相信孙膑是真的疯了，从此任由他自由出入，不再派人监管。

孙膑每日早出晚归，回来仍睡在猪圈之中，或数日不归，混迹在市井之间，有时谈笑自若[1]，有时悲哭不停。城里的百姓可怜他又疯又残，时常送他些干粮剩饭。

墨子知道孙膑的事后，懊悔不已。他判断孙膑一定是在装疯避祸，便将此事告诉了齐国大将田忌，并对孙膑的才能极力推崇。田忌把情况报告给了齐威王，齐威王下令，无论用什么方法，都要把孙膑救出来。

田忌让齐威王的女婿淳于髡（kūn）以进献茶叶为名前往魏国，墨子的弟子禽滑厘扮作随从与他同行。禽滑厘夜晚去见孙膑，偷偷告诉了他营救的计划。几天后，淳于髡向魏惠王辞行，魏惠王派庞涓在长亭设酒为他饯行。禽滑厘事先将孙膑藏在淳于髡的车子夹层之中，又让手下王义穿上孙膑的脏衣，披头散发，游荡在市井之间迷惑庞涓。众人一路快马加鞭，终于逃离了魏国。等庞涓发现时，已经晚了。

孙膑来到临淄，齐威王十分敬重他，派田忌出城十里相迎。孙膑住进了田忌的家中，田忌将他奉为上宾。

当时，齐国君臣之间常以赛马为乐。齐威王的马是最好的，每次跟大家比赛总是赢。这天，齐威王又与田忌相约比试赛马。孙膑给田忌出主意，以三等马与齐威王的一等马比赛，以一等马与齐威王的二等马比赛，以二等马与齐威王的三等马比赛。田忌按照孙膑的办法赛马，果然三局两胜，赢了齐王。

不久，赵国从魏国手中夺取了中山国，魏惠王责令庞涓领兵收复中山。庞涓建议直接攻打赵国的都城邯郸，惠王准奏。庞涓出动战车五百辆兵围邯郸，邯郸守将抵敌不住，向齐国求救。孙膑建议齐军直接出兵袭击魏国的都城大梁，庞涓果然从邯郸撤军，回救大梁。从此，齐国上下对孙膑心服口服。

[1] 谈笑自若：指在不平常的情况下，有说有笑，同平常一样。比喻遇事镇定。

公元前319年，齐威王驾崩，他的儿子齐宣王即位。这一年庞涓又领兵攻打韩国，韩国抵挡不住，派人向齐国求救。齐宣王召集群臣商议对策，邹忌主张不救，田忌主张救，只有孙膑微笑不语。

齐宣王询问原因。孙膑说：“我们应该‘救而不救，不救而救’。不救，则魏灭韩，必危及我国；救，则魏兵必然与我军开战，这会大伤我国元气。主公可先答应救韩，韩国必然坚持与魏国死战。等到两国都疲惫至极，我们再出兵击魏，这样出力少而建功多，岂不是更好吗？”

齐宣王佩服得鼓起掌来，当即命田忌、孙膑统兵，伺机救韩。

庞涓连战连胜，率魏军直逼韩国都城新郑[1]，但由于韩国的拼死抵抗，魏军实力也极大受损。孙膑见时机已到，下令齐军突袭魏国都城大梁[2]。庞涓闻报，气得暴跳如雷，赶紧率军回撤救援。

孙膑知道庞涓将到，对田忌说：“庞涓素来骄悍，看不起齐国军队，如今我们就利用他的轻敌之心来击败他。《兵法》说：‘百里而趋利者蹶上将军，五十里而趋利者军半至。’我军深入魏地，现在就应该假装怯战的样子，引诱他们上当。”田忌同意了，吩咐大军依计行事。

庞涓率军赶回魏国，齐军已经撤走了，庞涓率军追赶，打算同齐军决一死战。第一天，庞涓去查看齐军撤离后的大营，发现营中灶坑很多，一数之下竟有十万，庞涓大吃一惊；第二天，追到了另一处大营，发现灶坑已减少到五万；第三天，仅剩三万。庞涓大喜过望：“齐人一向兵弱怯战，现在他们来到魏国，不到三天，士卒就逃亡过半，真是不堪一击！”当即下令大军全速追赶。

这一切都在孙膑的计划之中。他早已经率领齐军在马陵道[3]埋伏。那马陵道在两山中间，山高谷深，正好埋伏兵马。孙膑将一棵大树留下，命令士卒将其他树木全部砍倒，堆放堵塞在路上，又把剩下的那棵大树朝东一面的树皮刮掉，用烟灰在上面写下了几个字。他亲自挑选了五千弓弩手，命他们望见树下火光就一齐放箭。

---

❶ 新郑：今河南郑州市新郑。

❷ 大梁：今河南开封市一带。

❸ 马陵道：河北大名县南。

庞涓来到马陵道时，正好日落西山，天上没有月光。探子回报，说谷口被断树乱石阻挡了道路，难以前进。庞涓正想指挥手下搬木开路，忽然看见前面大树树皮被人剥下，上面隐隐有字迹，但因天色昏黑，看不清楚。庞涓命军士点火照亮，凑近细看树上的字，上面写着“庞涓死此树下”六个大字。庞涓大叫一声道：“我中计了！”急忙转身下令撤退。然而话音未落，就见山上万箭齐发，箭如骤雨，庞涓浑身上下被射得像刺猬一样，一头栽倒在地，一命呜呼了。

齐军得胜还朝，齐宣王拜田忌为相国，田婴为大将。孙膑亲手将《兵法》十三篇抄好，献给齐宣王，就此拜别，归隐山林去了。

知识链接

滥竽充数

《韩非子·内储说上》记载了这样一个故事：齐宣王爱好音乐，尤其喜欢听人吹竽，他有一支三百人的吹竽乐队。齐宣王喜欢热闹，又爱摆排场，所以他每次看表演时，总喜欢三百人一起合奏给他听。南郭先生听说齐宣王喜欢听合奏，觉得有机可乘，就跑到齐宣王那里去，吹嘘自己说：“大王啊，听过我吹竽的人没有不被感动的，就是鸟兽听了也会翩翩起舞，花草听了也会合着节拍摆动，我愿把我的绝技献给大王。”齐宣王很高兴，便收下了他。其实。南郭先生压根儿就不会吹竽。每逢演奏的时候，他都捧着竽混在队伍中，人家摇晃身体他也摇晃身体，人家摆头他也摆头，脸上装出一副动情忘我的样子，看上去比别人吹奏得更投入。南郭先生就这样靠着蒙骗待在乐队里混饭。然而好景不长，几年后，齐宣王死了，他的儿子齐湣王继承了王位。齐湣王也爱听吹竽，但他喜欢听独奏。南郭先生再也蒙混不过去了，只好连夜收拾行李逃走了。“滥竽充数”这个成语用来形容没有真才实学的人混在内行人之中，以次充好。

评析

历朝历代对于孙膑都有很高的评价。孙膑遭到庞涓陷害失去双足，身体残疾，但他没有自暴自弃，而是忍辱负重，以图东山再起，展现出超人的智慧和谋略。孙膑作为战国时期一名优秀的军事家，两次帮助齐国击败魏国，成就霸业，并著有《孙膑兵法》一书，为后世留下了重要的军事理论。

第三十五回

相六国苏秦合纵

前面说过，鬼谷子的高徒中，除了孙膑和庞涓，还有张仪和苏秦。孙膑和庞涓主攻军事和兵法，张仪和苏秦主攻游说和谋略。这时候，庞涓已死，孙膑也隐退了。于是,历史开始进入张仪和苏秦所掀起“合纵连横”的谋略游说时代。

当初，苏秦学艺期满，辞别鬼谷先生下山。他一心渴望建功立业，于是直奔洛阳投奔周显王，希望能得到赏识。然而，周显王身边的大臣们瞧不起苏秦出身贫寒，认为他的主张空疏、迂腐，不切实际，因此都不肯在周显王面前保举他。苏秦在周显王的**传舍**[1]中住了一年多，一直无人理睬，于是愤然离去。他变卖了家中产业，买下车马雇上随从，从此开始周游列国。

一路上，苏秦探访各地的山川地形与风土人情，将天下的形势利害详细记载下来。几年过去了，他依然没有找到很好的机会。一天，苏秦听说，商鞅由于变法有功，被秦穆公封为“商君”，便判定秦国是一个招贤纳士之地，于是一路西行，直奔咸阳。然而，等他到了咸阳时，秦穆公已经驾崩，商鞅也已被处死。秦惠文王接见了苏秦。苏秦游说他兼并列国，称帝而治，但秦惠文王认为时机还不够成熟，再加上刚刚处死了商鞅，此时正厌恶**说客**[2]，因此对苏秦的态度十分冷淡。苏秦将古代帝王得天下的方略汇编成书，共十几万字，献给秦惠文王，秦惠文王虽然将书收下，但并不表明态度，也不任用他。

---

[1] 传舍：战国时期，贵族供门下食客食宿的地方。

[2] 说客：游说之士；善于用言语说动对方的人。

苏秦在秦国待了一年，盘缠用光了，就连身上穿的衣服也已破破烂烂。无奈之下，苏秦只得将车马仆人卖掉，作为回乡路费，自己担着行李徒步回家。

苏秦回到家中后，母亲见他这种狼狈相，对他出言责骂；妻子正在织布，见他回来，装作没有看见；苏秦饥渴难耐，向嫂子要饭吃，嫂子推说家中无米无柴，不肯为他做饭。苏秦心中百感交集，不禁落泪叹道："我一事无成，妻子不把我当丈夫，嫂子不把我当小叔，母亲不把我当儿子，都是我咎由自取啊！"

从此，苏秦沉下心来，发奋苦读，研究各国国情，昼夜不息。每逢夜里因困倦想睡时，他便拿铁锥刺自己的腿部，每次都刺得鲜血直流，以疼痛让自己清醒。苏秦想出了一套"合纵"策略。因为秦国不肯重用他，苏秦就反其道而行，想出了通过弱国联合以抵御强国的方法。具体来说，就是齐、楚、燕、韩、赵、魏六国联合起来抵抗秦国。因为六国地连南北，南北为纵，所以苏秦称之为"合纵"。

苏秦带着这套策略，先来到了北边的燕国。他在燕国苦苦等待了一年多的时间，终于等到了燕文侯出游。苏秦跪在路旁求见。燕文侯一听是苏秦，大喜过望，说："听说先生曾把十万字治国之策献给秦王，我心中很是羡慕，深憾不能拜读先生大作。现在先生肯亲自来指教我，实在是我燕国的福分。"于是将苏秦带回，虚心请教。

苏秦说："燕国在七国之中，无论国土面积还是军事实力，都是属于中等偏下的国家，但燕国一直没有大的战祸，国泰民安，主公可知道这是因为什么缘故吗？"

燕文侯说："我不知道。"

苏秦说："燕国之所以不被别国攻伐，是因为南面有赵国做屏障。如今主公不努力与近邻赵国结好，反而想通过割让土地来讨好远在西方的秦国，这不是大大的失策吗？"

燕文侯说："那么我应当怎样做呢？"

苏秦说："依臣之见，不如先与赵国结好，然后再联合其他四国，合力与秦相抗，这才是保证燕国长治久安[1]的办法。”

燕文侯说：“先生的‘合纵’之计确实高明，但就怕其他五国不肯结盟。”

苏秦说：“臣虽不才，愿代主公去见赵侯，与他缔结盟约。”

燕文侯大喜，当即给苏秦提供了车马钱财，并派专人护送他赴赵。

苏秦来到赵国后，赵肃侯亲自迎接了他。苏秦对赵肃侯说：“臣听说：‘保国不如安抚百姓，安民不如善交邻国’。如今函谷关[2]以东各国，以赵国最为强大。赵国方圆两千多里，士兵数十万，又有千辆战车，上万战马，粮草众多，可供数年使用。秦国最忌讳的也是赵国，它之所以不敢发兵攻赵，只是害怕韩、魏袭其后路，所以韩、魏两国是保护赵国的屏障。但是这两个国家都没有高山大川之险，一旦遭秦国大举进攻，势必难以抵敌，而这两国一亡，赵国也就大难临头了。”

赵肃侯问：“那依先生之见，应该如何做呢？”

苏秦说：“臣曾考察天下地图，各国土地相加比秦国多出万里，兵力也比秦国多出十倍，假使六国联合，协力对付西方，破秦易如反掌。现在秦国以武力恐吓各国诸侯，让各国割地求和，这实际上等于自我毁灭。攻破敌人与自我毁灭，哪一个对六国更有利呢？依臣之见，主公不如召集六国国君在洹（huán）水[3]会盟，结为兄弟盟邦，秦攻一国，则六国共同出兵救援，六国中如有背盟毁约者，则由其他五国出兵征讨。秦国虽然强暴，它又怎敢以一国之力与天下为敌呢？”

赵肃侯听得连连点头，说：“我年轻，执掌君位不久，还从未听到过如此高论。我一定全力支撑先生！”

苏秦来到了韩国，对韩宣惠公说：“韩国虽然地小，但城池坚固，而且天下的强弓硬弩都出于韩国。主公如果归附秦国，秦国必会让主公割地，秦国一旦尝到甜头就会变本加厉，威逼主公继续割地。韩国土地有限，而秦国贪欲无穷，不出数年，韩国的土地就会悉数归于秦人手中了。这不是非常危险吗？”

---

1. 长治久安：形容社会长期安宁。
2. 函谷关：位于河南省灵宝市北，是中国历史上建立最早的雄关要塞之一。
3. 洹水：今河北省魏县西南。

韩宣惠公恭敬地说道："寡人愿听从先生之言，与赵王订约结盟。"

苏秦来到魏国，对魏惠王说："魏国地方虽小，但田舍密集，人口众多，车马奔驰，国势与楚国不相上下。如果主公侍奉秦国，每年纳贡，一旦秦国征伐魏国，届时没人会愿意出兵相救。想当年，武王伐纣、越王勾践伐吴时，都是以少胜多，魏国如今兵强马壮，更不用惧怕秦国。但凡主张侍奉秦国的都是奸佞之臣，主公一定要谨慎决策。事前不考虑成熟，事后必有大患。如果主公能听从我的建议，六国同心协力，必然再无强秦之患了。"

魏惠王说："听先生一番话如**醍醐**（tí hú）**灌顶**[1]，我愿举国相从。"

苏秦来到齐国，对齐宣王说："齐国四面天险，兵精粮足，都城临淄富有而殷实，人口众多，没有哪个国家能比齐国更强大。想那韩、魏两国之所以畏惧秦国，是因为它们和秦国接壤，双方如若交战，十日内即可分出胜负。胜，则两败俱伤，兵力损失严重；不胜，则国家就要面临灭亡。齐国距离秦国遥远，秦国鞭长莫及，更何况齐国本身的实力也不容小视。所以我希望主公慎重考虑一下，以便决定对策。"

齐宣王佩服得五体投地，说："我愚笨，又偏居于东海一隅，结识先生乃三生有幸，齐国从此听从您的安排。"

苏秦来到楚国，对楚威王说："楚国土地方圆五千余里，军队有百万之众，战车数千辆，战马万匹，存粮足够食用十年，这些都是称霸的资本。所以，一直以来，秦国最大的忧患就是楚国。楚强则秦弱，秦强则楚弱，秦、楚不能并存。合纵成功，各国会割地事楚，楚国就能称王；连横成功，楚国就要割地奉秦，秦国就会称帝。所以最好的策略是合纵，以孤立秦国；否则秦国分兵讨伐，郢都就会有危险。"

楚王说："秦、楚接壤，我一直知道秦国有吞并楚国的意图，但仅凭楚国一家之力，无法与秦国抗衡；而韩、魏二国经常遭受秦国威胁，我也不敢轻易与他们联手，怕会遭到背叛，危及国家安全。自我即位以来，每每思考至此，

---

[1] 醍醐灌顶：用纯酥油浇到头上。佛教指灌输智慧，使人彻底觉悟。比喻听了高明的意见后人受到很大启发。也形容清凉舒适。

辗转反侧，无法安睡。先生一言，让我茅塞顿开，我愿举国服从。”

就这样，苏秦凭借他的如簧巧舌[1]，终于成功地说服了六国，促成了天下合纵局面的形成。

公元前 333 年，齐、楚、燕、韩、赵、魏六个诸侯国在洹水歃血为盟，正式签订了合纵盟约，各国公推苏秦为“纵约长”，把六国的相印都交给了他。苏秦成为显赫一时的风云人物。苏秦的合纵政策实施之后，秦国十五年未敢派兵再出函谷关。

知识链接

悬梁刺股

成语“悬梁刺股”形容的是刻苦努力学习。本回书讲述了战国时期苏秦“锥刺股”的故事，而“头悬梁”的故事则源自东汉的孙敬。

东汉时，有一个叫孙敬的年轻人，勤奋好学，孜孜不倦，从早到晚闭门苦读，很少休息。因为三更半夜时很容易犯困打盹儿，为了不影响学习，孙敬想出一个办法：他找来一根绳子，一头绑在自己的头发上，另一头绑在房子的房梁上，这样读书疲劳打瞌睡的时候只要头一低，绳子牵住头发扯痛头皮，他就会因疼痛而清醒起来再继续读书。后来孙敬成了赫赫有名的政治家。

评析

自商鞅变法后，秦国凭借强大的国力成为战国七雄之首，其余六国面对秦国的咄咄逼人之势，有些不知所措。苏秦从地缘造成的利害关系出发，提出了合纵抗秦的战略，其核心就是六国联合形成的唇齿相依的地理优势。洹水会盟之后，六国依靠联合的力量，对抗强秦，延长了各国的生存时间。

---

[1] 如簧巧舌：舌头灵巧，像簧片一样能发出动听的乐音。形容花言巧语，能说会道。

第三十六回

破合纵张仪连横

当初，张仪在鬼谷先生门下学艺期满后，辞别恩师，返回魏国。因家境贫寒，张仪就想就近在魏惠王那里谋取个一官半职。但魏惠王没有接见他，于是，他便带着妻子来到了楚国，投在楚相国昭阳门下。然而楚国也没有他的用武之地，昭阳的门客们还诬陷张仪偷东西，把他抓了起来，重打了几百板子。

张仪回到家里，妻子见他被打得不成人形，十分心疼，哭着说："要不你放弃当说客的志向吧，免得受到这样的侮辱。"

张仪费力地笑了笑，张开嘴，对妻子说："我的舌头还在吧？只要我的舌头还在，这就够了！"

张仪得知苏秦在赵国为相，便去投奔他，谁知几次求见，苏秦都以政务繁忙为借口，要求改日见面。直到有一天，苏秦宴请各国名士，张仪被安排坐在一个角落里，其他人的桌子上摆满了山珍海味，张仪的桌子上只摆了一荤一素；其他人觥（gōng）筹交错[1]，高谈阔论，张仪这边却冷冷清清，无人理会。张仪主动走上前去与苏秦交谈，谁知苏秦的态度十分傲慢，这让张仪十分生气，喝道："苏秦，你这么羞辱我，难道一点同窗之情都不顾及吗？"

苏秦慢慢答道："以张兄的才干，应该比我先得到高爵厚禄，没想到你竟会如此穷困潦倒。我不是不向赵侯举荐你，只是你实在不值得举荐啊！"

[1] 觥筹交错：酒杯和酒筹杂乱地放着。形容许多人聚会喝酒时的热闹场景。

张仪忍无可忍，大怒道："大丈夫自能成就功名富贵，何必要你举荐？"说完，拂袖而去。

回到客店，张仪越想越生气，他突然想到，如今各国之中以秦国的实力最强，如果自己投奔秦国，就可以凭借秦国的力量打败赵国，这就等于打败了苏秦，出了这口恶气。于是，便收拾行李，连夜投奔秦国去了。

半路上，张仪遇到了一名叫贾舍人的赵国商人，两人一见如故，一起结伴而行。贾舍人与张仪同吃同住，还给他马车和钱币，资助他去见秦惠文王。

此时秦惠文王正被苏秦的"合纵"之策弄得愁眉不展，整日和大臣们商讨对策，可一直没有找到很好的方法。正在这时，张仪到了，宣称自己有办法对付苏秦。秦惠文王十分高兴，很快召见了他，并拜他为**客卿**[1]。

张仪在秦国得到重用后，贾舍人来向他辞行，要返回赵国去。张仪这才

---

[1] 客卿：古代官名。春秋战国时期，秦国将那些非秦国人而来秦国做官的人，封为"卿"，并且以客礼待之。

知道，其实贾舍人是苏秦的门客，暗中帮助自己的人也正是苏秦。原来，苏秦怕张仪因贪图小利而消磨了斗志，特意采用激将法，刺激他前往秦国游说。两人一东一西，一唱一和，这样合纵、连横就能相互依存，两人的富贵才能长久。张仪非常感激苏秦，发誓有生之年绝不怂恿秦国攻打赵国。

秦惠文王向张仪讨教破除六国合纵的办法。张仪说："六国之所以合纵，归根结底还是因为它们自身都很弱小。如今，放眼天下，秦国毋庸置疑是最强大的国家，我们大可发挥这个优势，去说服一个或者几个诸侯国与秦国结盟，转为攻打其他国家。只要六国之中有一个国家被我们说服了，那合纵就不攻自破了。东西为'横'，秦地偏西，六国居东，因此我的这个计策就叫作'连横'。"秦惠王采纳了他的建议，开始蓄积能量，锁定目标，伺机而动。

数年之后，苏秦被人害死了，六国合纵渐渐瓦解，各国互不信任，互相攻击，给秦国创造了远交近攻，各个击破的机会。

公元前 313 年，秦惠文王准备发兵攻打齐国，可是，齐国和楚国结成了一个新的联盟，这两个大国联合在一起，对秦国极为不利。此时张仪已经是秦国的相国了，秦惠文王便找他来商量对策。

张仪说："臣愿出使楚国，将齐、楚联盟拆散。"秦惠文王十分高兴，马上派他出使楚国。

楚怀王早就听说了张仪的大名，一听说他来了，便亲自召见了他。

张仪说："我此次前来是奉了秦王的命令，特意来和贵国结盟的。如今，天下最强大的国家就是秦国和楚国，秦国愿意与您联起手来，一起平分天下。大王联合弱小的齐国，哪有联合强大的秦国划算呢？”

楚怀王立即就有些动心了，问道：“你说的都是实话吗？”

张仪一本正经地说：“我乃一国之相，说话怎么能不算数呢？要是大王肯听从我的意见，与齐国断交，秦王愿意把商於[1]一带六百里的土地归还给贵国，并将秦国的公主嫁给你，两国结为兄弟，世代通婚，希望大王能够接受我的建议！”

楚怀王一听，心花怒放，马上答应了张仪的要求。

楚国的官员们纷纷向楚怀王表示祝贺，只有楚国的客卿陈轸提出了反对意见：“秦国为什么愿意将六百里土地奉送给大王呢？还不是因为大王与齐国签订了盟约吗？齐、楚结盟，秦国才不敢来欺负我们，这个结盟一解除，恐怕秦国的军队也很快就要到了。如果秦国真的愿意把六百里土地给咱们，大王不妨先派人去接收，等土地到手了，再和齐国断交也来得及。”

楚怀王哪里听得进去，他一面命令北关守将不要再与齐国往来，跟齐国断交，一面将相印授给张仪，又赐给他黄金两千两，好马四十匹，同时派逢侯丑随张仪去秦国接收土地。

张仪一路上与逢侯丑饮酒谈心，十分亲热，两人友情迅速升温。快到咸阳时，张仪假装酒醉失足，掉下马车，扭伤了脚，一连三个月没有上朝。逢侯丑无奈只好给秦王写信，述说张仪答应还地的事。秦惠文王回信说：“如果张仪真的答应了，我一定兑现，但听说楚国与齐国还没绝交，我怕楚国欺骗我，必须等到张仪病好以后，才能断定。”逢侯丑无奈，只得将秦惠文王的话汇报给了楚怀王。为了表示与齐国断交的决心，楚怀王又专门派人前往齐国，将齐湣王辱骂了一通。齐湣王十分愤怒，便派使者到秦国，表示愿意与秦国一同攻打楚国。

---

[1] 商於：古代秦楚边境地域名，以秦岭“商”开始，以武关后“於”结束，是方圆六百里地的合称。在今陕西商洛市境内。

张仪见楚、齐联盟彻底瓦解了，便声称病愈，恢复上朝。逢侯丑提出接收商於六百里土地的事情，张仪假装吃惊地说："你们大概听错了吧？我是说我的封地有六百里地，可从没有说过要割让商於六百里地啊！秦国的土地都是用无数战斗得来的，怎么能随意送人呢？"逢侯丑目瞪口呆，只好回去报告楚怀王。

楚怀王这才发现上了张仪的当，怒发冲冠，决定发兵攻打秦国。秦惠文王派魏章为大将，甘茂为副将，率领十万大军迎敌，将楚军打得落花流水。此战秦军共获楚军首级八万多，杀死逢侯丑等名将七十多人，并一举攻下了汉中一带六百里的土地。

楚怀王十分害怕，便提出求和，要用黔中土地换张仪一人。秦惠文王左右忌恨张仪的人都说："用一个人换几百里土地，太合算了！"但秦惠文王说："张仪如同我的**股肱**（gōng）[1]一般，我宁可不要土地，也不忍心抛弃他！"

张仪得知此事后，亲自去见秦惠文王，说："请准许我去楚国！"

秦惠文王说："楚怀王对先生恨之入骨，只等您一去就要杀您，所以我才不让您去。"

张仪说："我一个人被杀，秦国却得到黔中的土地，我虽死犹荣！更何况还不一定会死呢！"

秦惠文王奇道："难道您已经想出脱身的计策了吗？"

张仪说："楚怀王的夫人郑袖，相貌美丽，深受楚王宠爱。楚怀王新近又宠幸了一位美人，郑袖十分嫉妒，于是对美人说：'大王最讨厌人鼻孔中的气吹着他，你再见到大王时一定要捂住鼻子。'这个美人相信了她的话，于是每次见楚怀王时都以袖掩鼻。楚怀王不解，便问郑袖：'美人一见我就捂住了鼻子，这是为什么？'郑袖说：'她嫌大王身上有臭味，所以不愿意靠近。'楚怀王一听，大发雷霆之怒，下令割掉美人的鼻子，从此以后，郑袖又得到专宠。楚怀王还宠爱一个臣子叫靳（jìn）尚，他常常向郑袖献媚，他们二人一里一外，相互勾结，而我和靳尚关系很好，估计能借他们的力量保护自己，免掉一死。

[1] 股肱：大腿和胳膊，均为躯体的重要部分，引申为君王左右辅助得力的人。

大王只要下令让魏章将军仍留在汉中，作出要进攻的样子，楚怀王一定不敢杀我。”

秦惠文王见张仪信心十足，于是就同意他去了。张仪一到楚国，果然就被抓了起来。张仪早已派人打通了靳尚的关节。靳尚进后宫对郑袖说：“大王对夫人的宠爱不会长久了，该怎么办呢？”郑袖问：“为什么？”靳尚说：“秦王不知道大王怨恨张仪，所以让他前来。现在听说大王要杀张仪，秦王一定会归还楚国的土地，还要让自己的女儿嫁给楚王，让一些**能歌善舞**[1]的美女作陪嫁，用来为张仪赎罪。秦女一到，楚王一定会对她们宠爱有加，那时夫人还想得到大王的专宠吗？”郑袖大吃一惊，问道：“你赶紧帮我想办法制止这件事情！”靳尚说：“夫人假装不知道这件事，只把得罪秦国的利害对大王说清楚，放张仪回秦国去，问题就解决了。”

当天夜里，郑袖哭着对楚怀王说：“大王要用地换张仪，秦国还没有得到土地，张仪已经先来了，这是秦王对大王尊重。秦兵席卷汉中，本来就有吞灭楚国的势头，如果再杀掉张仪触怒他们，一定会增兵添将进攻楚国，那时我们夫妇将不能团聚，为此我心如刀绞，好几天都吃不下睡不好。再说，做臣子的各为其主，张仪是天下有名的智士，他在秦国为相国的时间最长，向着秦国又有什么值得责怪的？大王如果厚待张仪，他就会像对待秦国一样对待楚国。”说得楚怀王点头不语。

第二天一早，靳尚也来觐见楚怀王，乘机说：“杀死一个张仪，对秦国没有什么损害，却失掉了黔中几百里的土地。不如留下张仪，把他作为与秦国讲和的资本。”

楚怀王自己也心痛黔中的土地，并不舍得给秦国，于是便释放了张仪，热情款待。张仪借机劝说楚怀王与秦国和好。最终，楚国与秦国成功建交。

张仪返回秦国后，后来又到齐、赵、燕等国去游说，推行他的连横策略，最终成功地瓦解了六国合纵，使秦国巩固了霸主地位。

---

[1] 能歌善舞：指很擅长唱歌和跳舞，多才多艺。

知识链接

说客的起源

春秋末期，大国与大国之间的战争日益激烈，对于各种“士”的需求急剧增加：著书立说的学士，为知己者死的勇士，率领三军攻城略地的武士，为人出谋划策的策士……其中，策士在为主人献计献策时，一些才能出众者会有亲身实践的机会，他们穿梭于各国之间，充当外交活动的游说之人。这些人就是说客的前身。

战国时期，“说客现象”空前发达。国君和权臣们在争霸的战火中逐步认识到：国家的国力、军事固然重要，但政治斗争与外交攻势也是争霸所不可或缺的重要手段，因此说客在社会上的地位越来越重要。

说客的思想和谋略与历史上的纵横家不可分割。鬼谷子被誉为纵横家的鼻祖，他的两个弟子苏秦与张仪更是战国时代叱咤风云的著名说客，其事迹和成就至今为人们津津乐道。

评析

正所谓：“人心难测。”六国与秦国的地缘关系不同，对合纵的热心程度也不一样，张仪采用了“远交近攻”的连横谋略，以“横”破“纵”，使各国纷纷由抗秦转变为亲秦，最终成功地瓦解了六国联盟，巩固了秦国的霸主地位。

关于苏秦和张仪这两个著名说客的合纵连横，后世还有一种说法，认为这是师兄弟两个有意制造出的局面，让合纵与连横互为表里，从而巩固苏、张二人各自身为相国的地位。这一揣测虽然未必与史实相符，但却符合战国时期强大的说客可以通过游说而操纵国家政治的状态。

第三十七回

武灵王胡服骑射

公元前326年，赵肃侯驾崩，年仅十五岁的儿子赵雍即位，这就是赵武灵王。赵武灵王长得十分魁梧，身高八尺八寸，皮肤黝(yǒu)黑，一脸络腮胡子又浓又密。魏惠王见赵国新君年幼，便不顾其正处于国丧期间，联合楚、秦、燕、齐四国，以会葬为名，各派精兵，想一举歼灭赵国。

赵武灵王在托孤重臣肥义的帮助下，联合了韩国和宋国，又用重金贿赂越王和楼烦王，一起攻打楚国和燕国，令两国无暇[1]分身，最终成功地瓦解了"五国图赵"的阴谋。从此，其他诸侯国再也不敢小觑赵国。

在赵国的北方，居住着大批以游牧为生的胡人，他们经常侵扰赵国的边境，烧杀抢掠，无恶不作，边境百姓苦不堪言。

在与胡人的交战中，赵武灵王发现，胡人轻装快马，能骑善射，行动十分快捷，而中原各国多采用笨重的战车，士兵们穿着笨重的盔甲，不仅臃肿不堪，而且行动也十分不便。赵武灵王意识到这种差异，便想学习胡人，搞一番改革。

赵武灵王对楼缓说："赵国北边有燕国，东边有胡人，西边有林胡、楼烦，南边和秦国只一河相隔，中间还夹杂一个中山国，可谓四面受敌，我们如果不发奋图强，随时都有灭国的危险。所以我想效仿胡人的风俗，改穿胡人的衣服。"

楼缓一听，很是赞同："服装要改，这打仗的方法是不是也得改改？"

赵武灵王说："对啊！改服装就是要军队学习胡人骑马射箭。"

---

[1] 无暇：指没有空闲时间去做某事。

然而，赵武灵王的这个决定遭到了保守大臣们的强烈反对。赵武灵王没有办法，只得又找来肥义商量对策。

肥义说："大王，犹豫不决是成不了大事的，既然这件事对国家有利，你一定要坚持下去，不能轻言放弃。"

赵武灵王说："我之所以犹豫，是担心天下人讥笑我。现在看来，讥笑我的都是一些愚蠢的人，但凡有见识、能明理的人都会赞成我的。"

一天早晨，赵武灵王身着窄袖左衽（rèn）[1]的胡人衣服，脚穿皮靴，腰扎革带前来坐朝。大臣们一见，都吓了一跳。赵武灵王详细地向大家阐述了胡服的便捷和有利之处，一些人被赵武灵王说服了，但仍然有一些大臣认为，赵国乃泱泱大国，向边地胡人学习是件丢脸的事情，因此不愿意照办。赵武灵王的叔叔成就是其中非常固执的一位，为了表示自己的反对，他干脆装病在家，不去上朝。

赵武灵王亲自来到成的家中，对他说："家事听从父母，国政服从国君。

---

❶ 左衽：我国古代部分少数民族的服装，前襟向左掩，不同于中原一带人民的右衽。

现在我要赵国人民改穿胡服，但叔父您坚决不穿，我担心天下人会议论我徇私情。治理国家一定要有章法，要以有利人民为根本；处理政事一定要有原则，要以施行政令为重；宣传道德要先让百姓议论明白，推行法令需要从贵族近臣做起。我非常希望能借助叔父您作为榜样，来完成赵国改革强兵的功业。”

公子成被赵武灵王的一番话感动了，接受了赵武灵王的劝告，第二天就穿着赵武灵王赐的胡服去上朝了。原来持反对意见的大臣们见此情形，无话可说，也都跟着换上了胡服。

赵武灵王见时机成熟了，便正式下达了一道命令，要求赵国人不分贫富贵贱，都必须穿胡服。刚开始的时候，赵国的百姓们还觉得很不习惯，可日子一长，大家渐渐发现，穿着胡服无论是走路还是干活都灵活多了，于是称赞之声也多了起来。

紧接着，赵武灵王又下令赵国的军队不再使用战车，而改为骑马，将士们每天追逐射猎，操练兵马，赵国军队的战斗力也一天比一天强大。

随后，赵武灵王率领新练好的赵国骑兵南征北战，开启了赵国称雄之路：中山国割地求和；胡林献上骏马求和；楼烦被收服……几年之间，赵国的军队东至**常山**[1]、西到**云中**[2]、北达**雁门**[3]，将赵国的土地扩张了数百里。为了能够专心地攻城略地，赵武灵王将王位传给了太子何，是为赵惠文王，而赵武灵王自称“主父”。

随着赵国声势的壮大，赵武灵王逐渐产生了吞并秦国的想法。为了窥探秦国的山川形势，观察秦王的为人，赵武灵王以通告赵国册立新君为由，假扮成赵国的使者，带着国书前往秦国。他随行带了数名画工，沿途仔细描绘地形，就这样一路来到咸阳。

这时候，秦惠文王和继任者秦武王都死了，由秦惠文王之子、秦武王的异母弟赵则继位，就是秦昭襄王。

---

❶ 常山：今河北阜平县东北。

❷ 云中：今内蒙古土默特右旗以东，大青山以南，卓资县以西，黄河南岸及长城以北。

❸ 雁门：今山西代县。

秦昭襄王召见赵国“使者”，问：“你们赵武灵王多大年纪了？”赵武灵王说：“还在壮年。”秦昭襄王又问：“既在壮年，为什么要把王位传给儿子？”赵武灵王说：“接替王位之人大多不熟悉国家大事，赵王想让他的儿子先即君位，好尽快熟悉国政，而赵王作为‘主父’，国家大事还是由他裁决。”

秦昭襄王问：“你们害怕秦国吗？”赵武灵王说：“如果不怕，赵王就不会让国人穿胡服，学习骑射了。现在赵国的骑兵比从前多出十倍，拥有了足以抗衡秦国的实力，两国或许能放下成见，结为盟好。”

秦昭襄王见他对答如流，敬重他的胆识和才学，特意安排他在驿站住下。赵武灵王得到了自己想要的信息后，当夜就偷偷返回了赵国。等到秦昭襄王察觉，要派兵前去捉拿时，为时已晚。

知识链接

国丧

在古代，皇帝、皇后、太上皇、太后的丧事被称为“国丧”。国丧期间，臣子要服“斩衰”三年——三年之内不应考、不做官、不婚娶。这是古代五种丧服制中最隆重的一种。然而在实际的操作过程中，一个国家的管理阶层显然是不能空置这么久的。因此从西汉的汉文帝开始，他把三年的时间缩短到了三十六日，后人都遵照此制行事。后来，很多皇帝在驾崩前，都会在自己的遗诏嘱咐“天下吏人，三日释服”，以彰显宽仁厚爱，也就是说，只需服丧三日即可。

当一个国家处于国丧中时，他国按理是不可以进攻的。春秋时期，楚共王进攻陈国时，就因陈国君主死亡，陈有国丧，而下令楚军暂时退兵三年。

评析

赵武灵王推行“胡服骑射”具有多方面的历史文化意义：首先，它揭开了我国古代战争史上由车战转变为“骑射”的重要一页；其次，它体现了古代各民族之间的交流与融合；最后，它也是古代思想文化方面的一场变革。赵武灵王勇于变革、坚持变革、善于变革的精神和智慧，尤其值得后人学习。

第三十八回

悲楚国屈原投江

公元前311年，秦惠文王去世，他的儿子秦武王即位。当初，秦武王身为太子时就很不喜欢张仪，等到他继承王位后，很多平素嫉恨张仪受宠的大臣都在秦武王面前指责张仪，说他为人不讲信用、反复无常，通过出卖自己的祖国来获取国君的恩宠，如果秦国继续重用张仪，必将被天下人所耻笑。

张仪担心大祸临头，便入宫见秦武王说："我有一条计策，愿意为大王效劳。"秦武王问："你有什么计策？"

张仪说："听说齐王特别憎恨我，我在哪里，他就要派兵征伐。我愿意辞别大王，去东面的魏国，齐国必然兴兵讨伐大梁。魏、齐两国相持之时，大王乘机进攻韩国，打通三川[1]，窥视周室，这样就可以成就帝王之业。"

秦武王同意他的提议，派出了三十辆兵车，把张仪送到了魏国大梁。魏哀王封张仪做了相国。齐湣（mǐn）王得知此事后，果然大怒，派兵讨伐魏国。魏哀王十分害怕，向张仪求计。张仪便让他的门人冯喜假扮成楚国人去求见齐湣王。

冯喜问："听说大王特别恨张仪，是真的吗？"

齐湣王说："是这样。"

[1] 三川：指关陇地区的泾河、渭河和洛河。

冯喜说："大王如果真的憎恨张仪，就不要征伐魏国。我刚从咸阳来，听说张仪离开秦国时，和秦王约好，说：'齐王痛恨张仪，张仪在哪里，一定会派兵征伐'。所以秦王派车送张仪到魏国，就是要挑拨齐、魏两国争斗，秦王乘机在北面图谋大事。大王如果伐魏，就中了张仪的计策。大王不如不进攻魏国，使秦王不相信张仪，这样他虽然在魏国，也不会有什么大的作为了。"

齐湣王觉得有理，果然不再伐魏。经此一事，魏哀王更加厚待张仪。张仪在魏国住了一年后因病去世。

齐国有个人叫孟贲（bēn），以大力闻名天下。一次在野外时，孟贲看见两头牛在打架，便上前想将它们分开。其中一头牛乖乖地伏在地上，但另一头仍然以角前顶不止。孟贲大怒，左手按住那头牛的头，用右手用力往上拔牛角，竟硬生生地将牛角拔了下来，那头牛当场死亡。孟贲听说秦武王在招揽天下的勇士，于是便来到咸阳，去见秦武王。秦武王通过**角试**[1]发现孟贲确实神勇异常，非常喜欢他，封他做了大官。

秦武王因为六国都设有相国，不屑与他们同名，专门设置了左右丞相，任甘茂为左丞相，樗（chū）里疾为右丞相。秦武王想起了张仪的话，决定联合魏国攻打韩国，以打通三川。

甘茂说："大王还是不派兵伐韩为好。"

秦武王问道："丞相为何这么说？"

甘茂给秦武王讲了一个故事。从前在**费国**[2]，有一个人名叫曾参，是个公认的贤人。一天，鲁国有一个名叫曾参的人杀了人，消息传到费国，别人跑着告诉曾参的母亲说："曾参杀人了！"曾母正在织布，头也不抬地说："我儿子不会杀人。"继续织布。一会儿，又一个人跑来说："曾参杀人了！"曾母停机想了一想说："我儿子不会做出这种事。"又继续织布。第三个人跑来说："杀人的果然是曾参！"曾母一听，放下**机杼**（zhù）[3]，翻墙逃走，躲藏起来。

---

1. 角试：比试。
2. 费国：今山东临沂费县西北。
3. 机杼：纺织机。

甘茂说："像曾参这样的贤人，他的母亲原本非常相信他的，但是先后三个人都说他杀了人，连母亲也对儿子产生了怀疑。我不敢和曾参相比，大王对我信任的程度也远远不如一个母亲对一个儿子的信任。韩国路途遥远，且国力不弱，此次伐韩一定会花费很多时间。臣长时间在外，届时秦国内诽谤我的人恐怕远不止三个，我只怕大王也会像曾子的母亲那样对我起猜疑，所以臣实在难以担此重任。"

秦武王说："你大可放心，我保证不会听信别人的话。"说罢，与甘茂歃血盟誓，将盟书埋在了息壤中。几天之后，秦武王发兵五万，派甘茂为大将，向寿为副将进军韩国。

秦军来到**宜阳**[1]，围攻五个月，仍不能攻克。秦国流言四起，秦武王自己也动摇了，便派人召甘茂班师。甘茂派人送给秦武王一封信，秦武王打开一看，里面只有"息壤"二字。秦武王顿时省悟，说："甘茂早就说过会发生这样的事情，这是我的过错。"便又增兵五万，派乌获去帮助甘茂，终于一举攻下了宜阳。

公元前307年，秦武王驾崩，他的弟弟秦昭襄王即位。秦昭襄王听说楚国送太子到齐国为人质，怀疑他们背叛了秦国，于是派樗里疾为大将，兴兵伐楚。楚怀王派大将景快迎战，景快兵败，被杀死。楚怀王吓得夜里难以入睡。

秦昭襄王派人给楚怀王送信，约他在**武关**[2]相会。楚怀王不想去，却怕激怒秦王，但又担心如果去了，会被秦王加害，于是犹豫不决。

屈原是楚武王熊通之子屈瑕的后代，自幼勤奋好学，胸怀大志。楚怀王常召他商议国事，参与律法的制定。屈原劝道："秦国是虎狼之国。楚国被秦国欺骗已经不是一两次了，大王千万不能去，如果去了一定回不来。"

然而，楚怀王因为楚国刚刚战败，心中本就害怕，再加上身边有很多人撺掇不止，便答应秦王去赴会。

---

❶ 宜阳：今河南洛阳西部。

❷ 武关：今陕西丹凤县东武关河的北岸，与函谷关、萧关、大散关成为"秦之四塞"。

公元前299年，秦昭襄王专门派使者前去迎接楚怀王，使者一路上甜言蜜语，让楚怀王渐渐放松了警惕。一行人来到武关门下，只见关门大开，秦昭襄王又派出另一队使者出关迎接说："秦王在关内已经等了大王三天了，不敢让大王的车驾在草野之中停留，请到宾馆之中，再以宾主之礼相见。"

楚怀王一行进了关门，只听得一声炮响，关门紧紧关闭。楚怀王问："为什么这么着急闭关？"使者答："这是秦国的规定。战争时期，不得不这样。"楚怀王又问："秦王在哪里？"使者答："已经在公馆中等候您的大驾。"说完，喝令驾车的赶马飞驰。

大约走了二里，果然见秦王的侍卫排列在公馆门前。馆中走出一人，楚怀王定睛一看，此人虽然锦袍玉带，举动却不像秦王，心中踌躇，没有下车。那人上前躬身行礼道："大王不要怀疑，我不是秦王，是他弟弟泾阳君芾（fèi）。请大王到公馆之中说话。"

楚怀王此时哪里还能拒绝，只好随着泾阳君进了公馆。两人还未说话，只听得外面喊声大起，一万秦兵包围了宾馆。楚怀王问："我赴秦王的约会，为什么用兵围困我？"泾阳君说："不必担心！因为秦王患了点小病，不能出门，又怕对大王失信，所以派我前来迎接大王，请大王屈尊到咸阳一会。这些士兵都是来保护大王的，请千万不要推辞。"说完，不由分说地将楚怀王推拥上车，押往咸阳。

楚怀王到了咸阳，秦昭襄王召集群臣和诸侯的使者相会在章台之上。秦昭襄王面南上坐，让楚怀王面北参见，行藩臣之礼。秦昭襄王强迫楚怀王割让巫郡[1]、黔中郡[2]的地给秦国，楚怀王愤怒拒绝，于是秦昭襄王拘留了楚怀王不让他回去，楚怀王最终死在了秦国。

楚怀王被扣后，太子横即位，就是楚顷襄王。秦国送回了楚怀王的尸体。屈原十分悲痛，见子兰、靳尚二人仍旧被重用，君臣贪图苟安，毫无

---

❶ 巫郡：今重庆巫山。
❷ 黔中郡：今湖南湘西土家族苗族自治州吉首市。

向秦国报仇的志向，便多次进谏，劝说顷襄王近贤能，远佞臣，挑选战将，操练士兵，以雪楚怀王被辱之耻。子兰、靳尚二人深恨屈原，便常常在楚顷襄王面前说屈原的坏话，楚顷襄王渐渐不喜欢屈原，便撤销了他的职务，将他赶回了封地。

屈原有个姐姐叫媭（xū），已远嫁他乡，听说屈原被放逐，便回到家中。只见屈原披发垢面，**形容枯槁**[1]，站在江畔吟诗唱歌。媭便劝他说：“楚王虽不听你的话，但你的心意已经尽到了！忧愁又有什么用？幸运的是你还有土地，为什么不自耕自食，度过余生呢？”

屈原叹道：“楚国已经到了这种地步，我又怎么能只图自己的安乐，眼睁睁地看着宗室灭亡呢！”

媭苦口婆心地劝说，屈原只是沉默，媭只得无奈地离去。

后来，屈原在一个清早，抱着大石头跳进了汨罗江。这一天是农历五月初五。乡亲们听说屈原跳河自尽，都驾着小船到江上营救，可是已经来不及了。大家怕鱼虾咬坏了屈原的尸体，便用黍米做成粽子，上面用彩线捆着，投到江中祭祀。后人为了纪念屈原，每年都在五月初五这一天划龙舟和包粽子，端午节的习俗便这样流传了下来。

知识链接

《楚辞》

《楚辞》是中国文学史上第一部浪漫主义诗歌总集。

西汉末年，刘向将屈原、宋玉的作品以及汉代淮南小山、东方朔、王褒、刘向等人承袭模仿屈原的作品汇编成集，共十六篇，定名为《楚辞》。后王逸增入己作《九思》，成十七篇。分别是：《离骚》《九歌》《天问》《九章》《远游》《卜居》《渔父》《九辩》《招魂》《大招》《惜誓》《招隐士》《七谏》《哀时命》《九怀》《九叹》《九思》。

---

[1] 形容枯槁：身体瘦弱，精神萎靡，面色枯黄。

与《诗经》古朴的四言体诗相比，楚辞的句式较活泼，书中大量采用了楚地（今湖南、湖北一带）的文学样式、方言声韵和风土物产等元素，具有浓厚的地方色彩，对后世诗歌有着深远的影响。

《楚辞》作品也被称为“骚体”。“骚”是因为书中屈原的作品《离骚》而得名。后人也常以“风骚”代指诗歌，或以“骚人”称呼诗人。

评析

楚怀王是一个优柔寡断的人。楚国本是东方六国中的强国，拥有强大的国力，但楚怀王因贪婪，屡中张仪之计，背齐投秦，使楚国力耗尽，最终身死异国。

严格意义上说，楚怀王不是一位明君，但他临终前坚持不因秦国的要挟而割让楚国土地，表现出了君王应有的气节和风范。秦国把楚怀王的尸体送回楚国时，楚国上下悲痛万分，秦、楚关系彻底破裂。在楚怀王之后即位的楚顷襄王亲近小人，有屈原这样的贤臣却不任用，导致楚国实力更加削弱。因而，楚怀王之死成为了楚国衰微的标志性事件。

第三十九回

孟尝君偷过函谷

自从秦昭襄王与策士张仪联手，把楚国君臣驯得服服帖帖，又把齐国君臣玩得团团转之后，自尊心开始空前膨胀，觉得天下不久就会成为自己的囊中之物。至于普天之下的大小人物，无论是谁，应该招之即来挥之即去，在自己的陛下座前俯首帖耳才对。他听说，齐国的孟尝君蓄养门客，动静闹得很大，就想把孟尝君收归到自己的囊中。

孟尝君的父亲田婴是齐威王的小儿子，齐宣王的异母弟弟。田婴共有四十多个儿子，孟尝君的母亲是一名身份低贱的小妾。他生在五月初五，当时社会上有一种偏见，认为这天出生的孩子一长到跟门框一样高，就会对父母不利。所以，田婴一直不喜欢孟尝君，多次想将他丢掉，可是他母亲舍不得，偷偷将他养大了。

孟尝君五岁时来见父亲，田婴这才知道小妾违背了他的话，十分生气。孟尝君给父亲磕头，然后问道："父亲为什么要抛弃我呢？"田婴十分不耐烦地说出了缘由。谁知，孟尝君却说："人生究竟是受制于天呢，还是受制于门框？如果真的由门来决定命运，那把它加高不就是了？"田婴难以回答，心中暗暗称奇。

随着年龄的增长，孟尝君的才能愈发显现，田婴也抛弃了偏见，承认孟尝君贤能，于是立他为世子，让他主持家政。田婴去世后，孟尝君继承了父亲的爵位和封地。

孟尝君修建了许多馆舍，用来招揽天下士人。凡是前来投奔者，无论出身贵贱，都能受到同等的待遇。于是，四海之内，很多人慕名而来[1]，孟尝君的门客也一度达到了三千人。

秦昭襄王听说了孟尝君的名气，就力邀他去咸阳，想拜他为相国。孟尝君的门客们极力反对，可孟尝君犹豫一番，最终还是到秦国去了。秦昭襄王亲自走下台阶迎接，与他握手，述说自己的仰慕之情。孟尝君有一件白狐裘，毛长两寸，通体雪白，价值千金，普天之下只有这一件，孟尝君将它作为礼物送给了秦昭襄王。

秦昭襄王本来想要拜孟尝君为秦相，可是大臣们都反对，认为孟尝君是齐国的贵族，手下门客众多，一旦他当了秦相，一定会事事先替齐国着想。秦昭襄王觉得大臣们的话有道理，便下令将孟尝君软禁了起来。

孟尝君后悔没有听门客的意见，冒险来到了秦国，以至于现在命悬一线。他开始寻找逃跑的办法。孟尝君打听到秦昭襄王有一个非常宠爱的妃子，名叫燕姬，便托人向她求救。燕姬让人传回话说："让我救人并不难，只是我特别喜欢那件白狐裘，如果能给我一件与秦王一模一样的白狐裘，我就答应想想办法。"

孟尝君召集门客商议此事，十分头疼："白狐裘世间仅有一件，如今哪里还能寻到第二件？"

众人都束手无策。这时，一个门客站起来，自告奋勇地说："主人请放心，我自有办法！"

孟尝君问："您有什么办法？"

那人说："我能学狗盗。"

于是，孟尝君同意让他去试试。当天夜里，这个门人从狗洞中潜入秦宫内库中，并学狗叫，迷惑负责看管仓库的守卫，把那件白狐裘偷了出来。

孟尝君将白狐裘送给了燕姬，燕姬十分高兴，在秦昭襄王面前极力为孟

---

[1] 慕名而来：指仰慕名声而来。

尝君说情开脱，秦王果然答应放了孟尝君，并发下通关文书，让孟尝君一行回国。

孟尝君一刻也不敢停留，连夜赶往函谷关。此时已是午夜，函谷关关门紧闭，根本无法出去。正当大家**一筹莫展**[1]的时候，人群中突然传来了鸡叫声，孟尝君感到奇怪，仔细一看，原来是一个门人发出的，他一声接着一声地鸣叫着，很快关里的公鸡全部都跟着叫了起来。

函谷关的守军听到鸡叫，以为天快亮了，就起来开了关门，放孟尝君一行人过关去了。孟尝君刚走不久，秦昭襄王就后悔了，立即派出追兵，来追杀孟尝君，可惜为时已晚，孟尝君早就跑远了。

原本这两名会“鸡鸣、狗盗”的门客在孟尝君的门下并不起眼，但自从有了这次经历，大家都很佩服他们。

孟尝君回到齐国，不久被封为齐相，他手下的门客就更多了。

有一天，一个叫冯谖（xuān）的人，听说孟尝君善待门客，就穿着草鞋来见他。孟尝君把他安顿在门客居住的传舍中，并嘱咐传舍长善待他。

十多天后，孟尝君向传舍长问道：“新来的客人在干什么？”

传舍长回答：“冯先生身无**长物**[2]，只有一把没有剑囊的剑，用蒯（kuǎi）草绳系在腰间，每天吃完饭，就弹着剑唱歌：‘长剑回去吧，吃饭没有鱼！’”

孟尝君听了，觉得很有趣，就对传舍长说：“他是嫌我的饭太简陋了。明天起，给他鱼吃。”

又过了五天，传舍长报告说：“冯先生仍然弹剑唱歌，这次唱的是：‘长剑回去吧，出入没有车！’”

于是，孟尝君又给他备了马车。

又过了几天，传舍长报告说：“冯先生早上乘车出去，晚上归来，又唱道：‘长剑回去吧，没有钱养家。’”

---

❶ 一筹莫展：一点计策也施展不出，一点办法也想不出来。

❷ 长物：原指多余的东西，后来也指像样的东西。

孟尝君一打听，得知冯谖家里有个老母亲，马上派人送去许多吃的和穿的。从此以后，冯谖不再唱歌发牢骚了。

后来，孟尝君派冯谖到薛邑[1]去收账。冯谖立即答应，问道："回来的时候，需要买点什么吗？"孟尝君随口回答说："你看着办吧，府上缺什么，你就捎点什么回来。"

冯谖到了薛邑后，收回了十万利息钱。他用这些钱置办了美酒佳肴，将所有借债的人召集在一起，开怀畅饮，招待大家。酒至半酣，冯谖让众人把借据拿出来，一一核对，有能力偿还的，重新约定期限；没有能力偿还的，就把借据一把火烧掉了。

冯谖对大家说："孟尝君之所以把钱借给百姓，是为了让贫穷的百姓过上安稳的日子；之所以收利息，是为了养活那几千门客。现在，有能力偿还的，我已经与大家重新订好了合约，无力偿还的，孟尝君就免除了大家的债务，这是多好的主人啊，我们可千万不能辜负他啊！"百姓们都感激涕零。

冯谖两手空空地回来见孟尝君，孟尝君很生气地问："听说你把借据都烧了，这到底是为什么？"

冯谖说："您让我府上缺什么就买什么，我觉得您这里什么都不缺，就是缺少对老百姓的'德'，所以我就为您把'德'买回来了。薛邑是您的封地，子孙世代居住，那里的百姓是与您安危与共的。我替您烧掉了没有用的债券，借以证明大人您轻财爱民，让您的仁义之名广为流传，这就是我所说的替您买回来的'德'。"

孟尝君虽然不以为然，但也没有反对。冯谖又说："我听说狡兔都会为自己准备三个窟穴，这样也只能使它们免于一死而已。如今您只有一窟，还不能高枕无忧呢。"

数年后，孟尝君因小人谗毁，被齐湣王罢了官，三千门客一哄而散，只

---

[1] 薛邑：今山东滕县薛城。

有冯谖一个人为他驾车。孟尝君回到薛邑的时候，老百姓**扶老携幼**[1]地出来迎接，争着贡献酒食，询问起居。孟尝君十分感动，对冯谖说："这是先生说的为我买回来的'德'啊！"

冯谖回答："我的意思不仅仅在于此。如果能借给我一辆车，我一定能让您重新被国家重用，而且俸禄更多。"

孟尝君当即为他准备了车马和盘缠。冯谖驾着车来到咸阳，求见秦昭襄王说："齐国之所以在诸侯国中有举足轻重的地位，很重要的原因是有孟尝君这样的贤才。如今，齐王被谗言迷惑，收回了孟尝君的相印，孟尝君心中一定怨恨齐国，大王若能抓住机会重用他，那么齐国所有的机密不就都会被秦国知道了吗？机不可失！万一齐王悔悟，重新任用孟尝君，那么齐、秦两国谁称雄就难说了。"

秦昭襄王闻言大喜，立即派人以丞相的仪仗去迎接孟尝君。冯谖先行一步，赶回齐国，去见齐湣王，说："我听说秦王庆幸孟尝君被罢官，私下里正以丞相的仪仗来迎接孟尝君。如果孟尝君去了秦国，为秦国**出谋划策**[2]，那么秦国称霸天下就指日可待了。"齐湣王大吃一惊，派人一打听，果然有此事，立即恢复了孟尝君的相位，增封食邑一千户。等到秦国使臣赶到薛邑时，孟尝君已重新执掌齐国相印了。

孟尝君重任相国后，从前走掉的那些门客又陆续都回来了。孟尝君对冯谖说："我自问对这些门人从来没有失礼之处，可当初被罢相时，大家都抛弃我远走高飞；如今我官复原职，他们怎么还有脸再回来？"冯谖回答："荣辱盛衰是天地万物的常理。您没有看见大集市吗？早晨人们争先恐后挤进去，晚上却空无一人，如同废墟，就是因为人们所追求的已不在这里了。富贵的人宾客多，贫贱的人朋友少，这是很正常的事情，您不用为此纠结。"孟尝君恍然大悟，于是仍然像以前那样对待门人。

---

[1] 扶老携幼：扶着老人，带着孩子。形容所有人都出动了，也形容场面很大，人很多。

[2] 出谋划策：制定计谋策略。多指为人出主意。

知识链接

战国四公子

战国末期，秦国的势力如日中天，各诸侯国贵族为了对付秦国的入侵和挽救本国的危亡，竭力网罗人才。他们礼贤下士，广招宾客，以扩大自己的势力，因此养“士”之风盛行。其中，最为著名的养士贵族有四个：魏国的信陵君、齐国的孟尝君、赵国的平原君、楚国的春申君。因为这四人都是王孙公子，因此合称为“战国四公子”。

魏无忌，号信陵君，战国四君子之首，魏安釐（lí）王之弟，封地在信陵（今河南宁陵）。

田文，号孟尝君，齐威王的孙子，好客养士，乐善好施，封地在薛（今山东滕县薛城）。

赵胜，号平原君，赵惠文王之弟，贤能，封地在东武（今山东武城）。

黄歇，号春申君，楚国大臣，博学善辩，封地在淮北。

评析

孟尝君一生的成就，归根结底得益于他善于挂着“仁义”道德大旗来网罗各方人才，然后再借助这些人才的力量来实现自己的抱负。一个人的力量总是有限的，越是有伟大抱负的人越需要别人的帮忙，只有那些善于借梯者才能够登高望远。孟尝君为后人留下了“鸡鸣狗盗”“狡兔三窟”等成语，而冯谖客孟尝君的故事，也成为后世劝诫上位者行善、积德以及为自己留下后路的著名典故。

第四十回

说四国乐毅灭齐

苏秦的族弟叫苏代，苏代的弟弟叫苏厉。他们看到哥哥在七国间采取分化拉拢的手法，获取了令人瞠目结舌的荣华富贵，也都发奋学习纵横之术。

后苏秦因反间计而死，他撺掇燕国祸害齐国的阴谋泄露出来，齐国非常恼恨燕国。燕王很害怕，苏代就去求见燕王哙，打算承袭苏秦的旧业，为燕王哙出谋划策，抵抗齐国。

燕国的国相子之位高权重，专断政事。当时燕王哙已老，苏代和燕国大臣鹿毛寿就撺掇燕王哙，要他将王位禅让给子之，想从中渔利。燕王哙信以为真，果然照办。

太子平及众大臣不服，起兵反攻子之。燕国顿时大乱，死伤者达数万人，众人恐惧，百姓离心。太子平也死于乱军之中。齐国乘机发兵，夺去了燕国的大片土地。后来，燕国人共同拥立太子平的弟弟姬职继位，这就是燕昭王。

公元前 312 年，燕昭王即位，决心招揽天下有才能的人，振兴燕国，夺回失去的土地。

燕昭王找到燕国名士郭隗（wěi），向他求教说：“如何才能得到人才？”郭隗回答说：“人主所抱的态度不同，得到的人才高下也就不同——想称帝的和师长相处，想称王的和朋友相处，想称霸的和臣僚相处，想亡国的和仆役相处。”

燕昭王问：“为什么会这样呢？”郭隗说：“国君对于贤士，如果能以对待老师的礼节尊重他们，那么胜过自己百倍的人才就会到来；国君对于贤士如果能认真思考他们的意见，那么胜过自己十倍的人才就会到来；国君如能平等待人，那么和自己能力差不多的人才就会到来；国君如果派头十足、颐指气使[1]、随意呵斥，那么奴性十足之人就会到来。这就是古往今来实行王道和招致人才的规律啊！”

燕昭王觉得郭隗说得非常有道理，于是就从郭隗开始，大张旗鼓地给他筑造府第，封大官，给厚禄，还将他奉为老师。在郭隗的建议下，燕昭王在易水旁修筑黄金台，广招天下人才。燕昭王爱贤敬贤的名声不胫而走，各国才士争先恐后地投奔燕国。

这其中，最杰出的人物要数乐毅。乐毅是魏国名将乐羊[2]之后，才学出众，深通兵法，曾被举荐为赵国官吏，后为了躲避赵国内乱回到了魏国。他听说燕昭王筑黄金台，招揽天下贤士，便找了一个机会，投奔燕国。燕昭王喜出望外，当即拜乐毅为亚卿，委以国政和兵权。乐毅把宗族之人全都招到燕国，做了燕人。

燕昭王对乐毅说：“燕国与齐国有血海深仇，这二十八年来，我无时无刻不在害怕，担心自己有一天先死了，来不及亲手杀死齐王，以报国耻，为此整夜无法安眠。现在齐湣王骄横残暴，内外离心，正是上天要灭掉它的好时机。我想发动全国的士兵，与齐国决一死战。先生认为如何？”

乐毅说：“齐国地大物博，军队强大，主公此次前去讨伐，应当与天下诸侯共同图谋。赵国与燕国素来亲密，主公可以先联合赵国攻齐，这样韩国也一定能跟随。至于魏国，我听说，孟尝君在那里，他已与齐国分道扬镳，势如水火，应该也会答应出兵。”

于是，燕昭王派乐毅去与赵惠文王结盟立约，另派别人去联合楚国、魏国，又让赵国以攻打齐国的好处去诱劝秦国。诸侯们早已对齐湣王深恶痛绝，都争着要跟燕国联合共同讨伐齐国。燕昭王封乐毅为上将军，赵惠文王也将相国大印授给了乐毅，于是乐毅统一指挥着赵、楚、韩、魏、燕五国的军队去攻打齐国。

---

❶ 颐指气使：不说话，只用面部表情来示意。形容有权势者指挥别人的傲慢神情。

❷ 乐羊：即乐羊子。战国时魏国的将领，在魏文侯时，因打败中山国而成名。

齐湣王得到消息后，亲率齐军主力迎于济水[1]之西。两军相遇，乐毅身先士卒，率五国联军向齐军发起了猛攻。齐湣王大败，率残军逃回齐国都城临淄，一面连夜派人向楚国求救，答应割让淮北的土地为礼物；一面检阅军民，登城防守。秦、魏、韩、赵四国军队，乘胜分兵攻占齐国边城，只有乐毅自己带领燕兵长驱直入，直逼临淄城下。

齐湣王惊恐万分，带着文武官员数十人，偷偷从北门逃跑，投奔卫国。卫国国君在郊外称臣迎接，并将正殿让给齐湣王居住，态度十分恭敬。然而，齐湣王却骄傲自大，对卫君呼来喝去，卫国大臣们心中不满，夜里派人抢走了齐国的装备和物品。齐湣王十分恼怒，想等卫君来见时责备一番，谁知卫君避而不见，也不再供应饮食。齐湣王又恼又愧，一直等到晚上，饿得头昏眼花，又担心卫君算计自己，便连夜逃往鲁国。

鲁国国君派使者出城迎接。齐国的大臣问："鲁君将怎样招待我们国君？"使者回答说："用牛、羊、猪各十头招待齐君。"齐国的大臣十分不满，指责道："齐王是天子（公元前288年，秦昭王和齐湣王相约，共同称帝），天子巡狩[2]时，百官都应该早晚在堂上侍候天子吃饭，等天子吃完才回去，这才是应有的礼节。"使者向鲁君转述了齐国大臣的话，鲁君大怒，关闭城门，拒不接纳。

齐湣王又逃到邹国，正遇到邹国国君刚刚驾崩。齐国的大臣对邹人说："天子吊唁时，孝子一定要背对殡棺，立在西阶之上，面向北哭；而天子站在东面台阶上，面向南凭吊。"邹国人回答道："邹国是小国，不敢麻烦天子吊唁。"也拒绝了齐王一行。

齐湣王黔驴技穷，只得连夜逃回莒（jǔ）城[3]，收拾残兵守城，抵挡燕兵。

乐毅攻破临淄后，将城中所有的财宝连同当年齐国从燕国掠夺的财物一同打包，用大车运回燕国。燕昭王十分高兴，亲自来到前线，犒赏三军，并把昌国[4]封给乐毅，赐称号"昌国君"。

---

❶ 济水：在今山东省济南西北。
❷ 巡狩：指天子出行，巡行视察诸侯为天子守卫的疆土。
❸ 莒城：今山东日照市莒县。
❹ 昌国：今山东淄博市东南。

乐毅出兵六个月，攻占了齐国七十多座城池，转眼只剩下莒城和即墨二城没有攻下了。乐毅知道，单靠武力是征服不了齐国的，就下令整肃军纪，实施德政，严禁侵扰百姓，让民间恢复生产。他将占领的齐国土地都收编为燕国的郡县，废除了齐王的苛政，减轻赋役，又为齐桓公、管仲二人设立祠堂祭祀，四处求访隐逸的贤人。渐渐地，齐国的百姓也开始拥戴他了。

齐国的前太傅王蠋（zhú）住在**画邑**[1]，乐毅听说后，传令三军，在三十里外围住画邑，不许侵犯。他派人带着厚礼前去聘请王蠋，想推荐给燕王。王蠋以年纪大、身体有病为由推辞，不肯前往。使者说："上将军有令：'太傅来，就任命为大将，封给一万户的田邑；不来，就带兵屠杀田邑！'"王蠋仰天长叹："当初齐湣王疏远忠臣，所以我隐退回家耕种；如今国破家亡，又遭敌国军队劫持。与其不义而生，不如全义而死！"说完，便上吊自杀了。乐毅听说了这件事后，叹息不止，命人厚葬了王蠋。

楚襄王收到齐国的求救信后，就命令大将淖（nào）齿带兵二十万，以援救齐国为名，去接受土地。淖齿来到莒州，见燕兵势大，就私通乐毅，发动兵变，杀死了齐湣王。齐国太子法章化装成平民，连夜逃往太史敫（jiǎo）家做仆人。

燕国大夫骑劫嫉妒乐毅，一心想夺得兵权。骑劫与太子乐资十分要好，便对乐资说："乐毅能在六个月内攻占齐国七十多座城池，为什么莒城与即墨两座城池却迟迟没有攻克？齐王已死，乐毅不仅不进攻，反而更加善待齐国百姓，就是因为他想做齐王，希望能让齐人归顺他。"

乐资将骑劫的话转述给了燕昭王。燕昭王大怒："燕国的深仇非乐毅不能报，即使他真要做齐王，他的功劳难道还不够吗？我了解乐毅为人，他绝不会有负于我。"于是责打太子，派使者持着**符节**[2]到临淄，拜乐毅为齐王。乐毅感激涕零，以死发誓，决不接受任命。

---

❶ 画邑：今山东淄博朱台镇桐林村西南。

❷ 符节：古代符信的一种。以金玉竹木等制成，上刻文字，分为两半，是传达命令、征调军队时的信物，使用时以两半相合来验证真假。

知识链接

黔驴技穷

古时候，贵州一带没有驴。有个喜欢多事的人，从外地用船运了一头驴回贵州，可是一时又不知该派什么用场，就把它放到山脚下，任它自己吃草、散步。

一只老虎出来觅食吃，远远地望见了这头驴，吓了一跳，心想：什么时候跑出这么个怪物来了，看上去似乎不太好惹呀！于是，接下来的几天，老虎都只敢躲在密密的树林里面观察驴的行为。

几天后，老虎觉得驴看上去好像不是很凶狠，就大着胆子小心翼翼地慢慢靠近它，但还是没有搞清楚它到底是个什么东西。驴忽然长叫了一声，声音十分响亮。老虎吓了一跳，以为驴想吃掉它，回头转身就跑。一直跑到很远的地方，老虎这才停下来，见驴没有来追自己，觉得它似乎没什么特别厉害的本领。

又过了几天，老虎渐渐习惯了驴的叫声，于是它又进一步和驴接触，以便更深入地了解它。老虎终于走到驴身边，围着它又叫又跳，有时还跑过去轻轻撞一下驴的身体再跑开。驴终于被老虎戏弄得愤怒极了，就抬起蹄子去踢老虎。开始的时候，老虎还稍有点惊惶，不久见驴再也无计可施，终于明白了，原来驴统共也只有这么一点伎俩。

老虎非常高兴，嘲笑驴说：“你这个没用的大家伙，原来也就这么几招本事啊！”说着就跳起来扑上去，咬断了驴的喉管，吃光了驴的肉，心满意足地离开了。

后来，“黔驴技穷”用来比喻有限的一点本领也已经用完了。

评析

燕昭王礼贤下士，用人不疑，终于实现了报仇雪耻的愿望，并使燕国发展到鼎盛时期。在乐毅伐齐战争取得决定性胜利的同时，燕昭王派燕将秦开袭破东胡，迫使东胡从燕国东北部后退千余里，燕国领土向东北扩展到辽东一带。燕国还向南进军，攻占了中山国的许多地方，终于跻身于战国的列强之列，步入黄金时代。在中国古代，君主身系国运，考量其贤明与否的一个重要标准，就是能不能信任和重用人才，这是封建专制制度下的不二法则。

第四十一回

驱火牛田单破燕

转眼之间，乐毅围困莒城和即墨二城已经三年了，依然没能找到破城的办法。

负责镇守即墨城的大将是田单。他是齐国贵族田氏的远房亲戚，曾在临淄做过市掾（yuàn）[1]。因其足智多谋，被推举为齐国的大将。田单领军之后，身体力行，与士兵们同甘共苦，不分昼夜亲自巡城，并将自己的亲属家眷都编在守城的队伍中，因此深得城中百姓的拥护和爱戴。

田单一边加强城中的防备，一边时刻关注着燕国的动态。这天，他听说燕昭王死了，他的儿子乐资即位，就是燕惠王。燕惠王在当太子时就与乐毅有矛盾，互相很不信任。田单便决定使用反间计，离间[2]燕国君臣的关系。

田单派人到燕国散布谣言："乐毅早就想自立为王了，因为受燕国先王的厚恩，不忍背弃。如今燕国新王即位，他马上就要起事了。"

燕惠王本来就疑心乐毅，听了这些流言便深信不疑，马上派骑劫去替代乐毅，夺了他的兵权。乐毅害怕回国后被杀，就逃到故国赵国去了。

田单见反间计已经成功，命令即墨城中的百姓吃饭时在庭院中摆出饭菜祭祀祖先，结果引来一大群飞鸟在城上空盘旋，并飞下来啄食。

田单乘机扬言说："这是上天要拯救齐国，一定还会派一位神仙来做我的老师。"有一名士兵开玩笑地说："我可以当老师吗？"说完转身就跑。田单于是就起身，把那个士兵拉回来，给他换上了衣服，让他面朝东边坐着，以

❶ 市掾：管理市场的小官。
❷ 离间：从中挑拨，使不团结、不和睦。

对待老师的态度来侍奉他。士兵十分惊慌，连声说：“我是骗您的，我实在没有能力。”田单说：“这件事就你知我知，千万别说破了。”从此，田单拜这名士兵为“神师”，每当发布军令时，一定宣称是“神师”的旨意。

燕人听说了这件事，又见前几日飞鸟齐聚的情景，觉得十分诡异，全军上下弥漫着一种恐慌的气氛。

田单派人悄悄潜入燕军大营，放出消息说：“乐毅太善良了，捉住齐国人从不杀害，因此即墨人都不害怕。如果削掉齐国战俘的鼻子放在两军阵前，齐人定会心生畏惧，不敢恋战的。”

骑劫相信了这些话，便下令将齐国战俘的鼻子统统削掉。城中的百姓看见被燕国抓住后，都会被削掉鼻子，十分害怕，于是互相告诫，更加坚定了守城的决心。

田单又派人放出消息说：“即墨城中的人家所有亲人的坟墓都在城外，如果燕人擅自去挖掘，侮辱了祖先，该怎么办呢？”

骑劫听后，果然派士兵挖开城外的坟墓，焚烧死人，暴露尸骨，即墨百姓从城上望见，都痛哭流涕，咬牙切齿，对燕军深恶痛绝，纷纷主动来到军中，要求出城决战。

田单见激发士气的效果已经达到了，便紧锣密鼓地开始了自己的反击计划。

首先，他挑选出了五千名精锐的士兵，藏在暗处，每日只派一些老弱之人和妇女登上城墙，轮流守城，又派使者到燕军大营中，表达了投降的意愿，以麻痹燕军的注意力。

然后，他命人在民间收集一千镒黄金，让有钱人家私下里送给骑劫，假装央求他说："开城投降之日，希望将军不要掳掠我们的家园。"骑劫十分高兴，接受了金子，并专门给了这些富户一人一面小旗，让他们插在自家门上，作为标记。这样一来，燕军更加放松警惕。

接着，田单派人收集了一千多头牛，给它们穿上了深红色的绸衣，上面画着五色龙纹，又将快刀绑在牛角上，把麻苇[1]都浸上油，绑在牛尾上，像大扫帚一样拖在后面。

当天夜里，田单准备好酒肉，将五千精兵召集在一起，饱餐了一顿，然后每个人都用五色颜料涂在脸上，手持锋利的兵器，跟在牛群的后边出发了。田单让百姓们将城墙凿出数十个洞，把牛从洞口赶出，并点燃牛尾巴后面的"扫帚"。火渐渐烧到牛尾，牛群被烧得怒吼声声，四处乱窜，径直冲向燕营。

沉睡中的燕军被阵阵怒吼声惊醒，只见一千多只浑身冒着火光的五彩神兽从天而降，利刃所触之处，非死即伤，顿时惊恐不已，阵脚大乱。齐国的五千精兵紧随其后，如天降修罗[2]般，将燕军大营变为了一片屠场。这时，田单在城上擂响了战鼓，老人小孩都敲打着各种器具制造声音，声响震天动地。燕军胆都被吓破了，哪里还顾得上抵抗，个个抱头鼠窜，自相践踏，死伤者无数。骑劫乘车落荒而逃，正遇上田单，被田单一戟刺死。

田单整顿部队，趁势追击，攻无不克战无不胜，沿途所经过的城邑，听说齐兵得胜，燕将已死，都纷纷重回了齐国的怀抱。田单的军队势力越来越大，直逼河上[3]，到达齐国北部边界，此前被乐毅攻下的七十多座城池，又悉数回到了齐国的手中。

---

❶ 麻苇：麻与芦苇。

❷ 修罗：佛教中的六道之一，是半神半人的大力神。

❸ 河上：黄河边。

公元前283年，田单从莒州迎回了法章，护送他回到临淄即位，就是齐襄王。濒临灭亡的齐国终于重新焕发了生机，田单也因此被封为齐国的相国，并得到“安平君”的封号。

知识链接

反间计

出自《三十六计》。通常是指在疑中再布疑阵，使敌内部自生矛盾，确保我方万无一失。“反间计”之所以能成功的根本原因在于人与人之间的不信任。在封建王朝，君主和大臣如果有了间隙是非常危险的。历史上，被反间计所害的忠臣不计其数，比如南宋的岳飞、明朝的袁崇焕等。

明朝罗贯中的长篇小说《三国演义》中，曾有一个关于“反间计”的精彩故事——《群英会蒋干中计》，其中周瑜正是利用了曹操派来的间谍蒋干，成功设计杀死了精通水战的荆州降将蔡瑁、张允，为赤壁之战的最终胜利奠定了基础。

评析

田单是战国时期的名将，他登上历史舞台时，齐国大厦将倾，被燕国打得只剩下两座城池。田单仅凭一城之兵，力挽狂澜，一举收复全部失地，不愧为“神将”。田单用火牛之计大败燕国，虽然借助了一些神鬼的噱头，但那只是帮助他取胜的一种手段。他的反间计因为准确把握了燕惠王的心理，让乐毅被迫远走他乡，为自己除掉了最强对手。

公元782年，礼仪使颜真卿向唐德宗建议，追封古代名将六十四人，并为他们设庙享奠，当中就包括安平君田单；春秋战国时期被列入庙享名单的只有：孙膑、赵奢、廉颇、李牧、王翦（jiǎn）五人。到了宋代宣和五年，宋室依照唐代惯例，为古代名将设庙，七十二位名将中也包括田单。由此可见他在我国古代军事史上的崇高地位。

第四十二回

蔺相如完璧归赵

秦国趁齐国刚刚经历了大难，还没恢复元气，于是加紧了东进的步伐。赵国大将廉颇，有勇有谋，善于用兵，诸侯们都很害怕。秦国多次侵犯赵国边境，因为有廉颇阻挡，所以难以深入。秦国见自己的野心一时难以得逞，只得和赵国通好。

赵惠王宠信一个叫缪贤的内侍。有一天，缪贤无意中得到一块美玉，拿给玉工看。玉工大吃一惊，说："这是和氏璧啊！当年，楚国相国昭阳在宴会上把它丢失，怀疑被张仪偷走了，几乎把他打死，张仪因此才到了秦国。后来昭阳悬赏千金，寻找此璧，偷的人也不敢拿出来，现在却无意之中落到主人您的手中。这是无价之宝，要好好收藏，不要轻易拿给别人看。"

缪贤问："像你这么说，这块玉的好处在什么地方呢？"玉工于是给缪贤讲了和氏璧的来历：春秋时期，楚国人卞和在荆山[1]得到了一块璞玉，将他献给楚厉王。楚厉王让玉工鉴定，玉工却说它只是一块普通的石头。楚厉王大怒，以欺君之罪将卞和的左脚砍去。后来，楚武王即位，卞和又去献玉，玉工依旧认定它是石头，楚武王下令将卞和的右脚砍去。待到楚文王即位时，卞和还想前去献玉，却因双足被砍，无法行动，于是抱着玉石，在荆山脚下放声大哭，一直哭得眼中流出鲜血。他的朋友劝道："你因为这块玉已经失去了双腿，

[1] 荆山：今湖北省南漳县西部。

如果此次献玉再被判定为石头，你还得受到严重的刑法，你又何必如此执着呢？”卞和说：“我并不是想得到赏金，我之所以这么坚持，是因为它明明是块良玉却被人认为是块石头，我明明是忠贞之士却被人认为是个骗子，是非颠倒，黑白混淆，叫人怎么咽得下这口气！”

楚文王听说了此事，让人将玉石取来，又令玉工剖开，里面果真是一块稀世美玉。此玉通体晶莹，不染尘埃，在黑暗处能发出光亮，更为奇妙的是，它冬天的时候会发热，可以代替火炉，夏天的时候又透心凉，百步以内，苍蝇蚊子都消失得无影无踪。于是，楚文王令玉工将这块玉制成玉璧，并命名为“和氏璧”。

缪贤听说和氏璧这么神奇，就按玉工所说的去试，果然分毫不差，于是制造一个精致的盒子装上，藏起来不让人知道。没想到，这事早就传到了赵王的耳中。赵王向缪贤索要，缪贤架不住赵王的软硬兼施，只好把它献出来。赵惠文王得到和氏璧，对它**爱不释手**[1]。秦昭襄王得知这个消息后，垂涎欲滴，马上派使者前往赵国，提出要用十五座城池来交换和氏璧。赵惠文王收到信后，一筹莫展：将和氏璧给秦国吧，又怕被骗，得不到城池；如果不给吧，又怕得罪虎狼般的秦国。这时，有大臣向赵惠文王推荐了缪贤的门客蔺相如，称赞他有勇有谋，一定能想出办法。赵惠文王立即召见了蔺相如。

蔺相如对赵惠文王说：“秦国强大，赵国弱小，不答应是不行的。”

赵惠文王忧心忡忡地问：“倘若玉璧被拿去，十五座城却得不到，那该怎么办？”

蔺相如说：“秦国用十五座城换玉璧，条件十分优厚，如果赵国不答应，就是赵国理亏；如果赵国将玉璧献上，秦国却不肯交出城池，那就是秦国理亏了。相比之下，我认为宁可答应，把玉送去，让秦国去承担理亏的责任。”

赵惠文王认为蔺相如说得很有道理，就问：“依你之见，派什么人担当使臣合适呢？”

---

[1] 爱不释手：喜欢得舍不得放手。

蔺相如自告奋勇[1]地说："如果大王真的没有合适的人，我愿意带着玉璧前往。如果十五座城归赵国，我就把和氏璧留在秦国；否则，我一定完璧归赵。"

赵王十分高兴，立即拜蔺相如为大夫，把和氏璧交给了他。

蔺相如带着和氏璧来到了秦国都城咸阳。秦昭襄王听说玉璧到了，十分高兴，当即在朝堂上召见了蔺相如。蔺相如奉上和氏璧，秦昭襄王双手捧过细细把玩，只见玉璧洁白无瑕，宝光闪动，果然是稀世的珍宝。

秦昭襄王欣赏许久，口中啧啧称奇，又交给左右群臣传看。众人看完，跪拜朝贺，高呼："万岁！"秦昭襄王命内侍将和氏璧包好，送到后宫给妃嫔观看。过了很久，和氏璧才送回来，仍旧放在秦昭襄王的桌子上。

蔺相如见秦昭襄王一直不提割让城池的事情，就向前走了几步，说道："大王，这和氏璧上有一点小瑕疵，让我指给您看一看吧。"

秦昭襄王信以为真，便叫侍从将和氏璧交给蔺相如。蔺相如接过和氏璧，连退几步，靠在殿中的柱子上，双眼圆瞪，怒气冲冲地对秦王说："和氏璧是天下至宝。大王派人送信给赵王，希望得到和氏璧，并情愿拿出十五座城池来交换。赵王与群臣商量，大家都说秦国自负强大，毫无凭证索取玉璧，恐怕玉璧到了秦国，十五座城却得不到，不如回绝。我却认为布衣之交[2]尚且还要讲信用，更何况是堂堂的一国国君呢？实在不应该以小人之心度君子之腹。因此，赵王便专门派我前来诚心奉送玉璧。今天大王召见我，态度十分倨傲，不仅坐着接受玉璧，让群臣传看，还任由后宫美人把玩，毫无诚意。我知道大王没有割让十五座城的意思，现在玉璧又到了我的手上，如果大王硬要逼迫我，我的头就会和玉璧一同撞碎在这柱子上！"

秦昭襄王一听，怕他真的要摔碎和氏璧，连忙假惺惺地赔礼，并命人拿来地图，把准备给赵国的十五座城池指给蔺相如看。

蔺相如的口气也缓和了下来，说："赵王派我送和氏璧之前，专门斋戒[3]

---

1. 自告奋勇：主动要求承担某项艰巨的任务。
2. 布衣之交：平民之间的交往、友谊。也指显贵与无官职的人相交往。
3. 斋戒：旧时祭祀鬼神时，穿整洁的衣服，不喝酒、不吃荤，以表示虔诚。

了五天，并举行了隆重的仪式。大王果真有诚意的话，也应该斋戒五天，准备相应的交接仪式，我才能献上和氏璧。”

秦昭襄王答应了，传命斋戒五天，先送蔺相如到传舍中休息。

蔺相如回到传舍后，暗想：“我曾在赵王面前夸下海口：‘如果得不到十五座城，一定完璧归赵。’如今秦王虽然斋戒，倘若拿到和氏璧后仍然不给十五座城，那我有什么脸面见大王？”思考再三，便命随从穿着粗布衣服，装成穷人的模样，悄悄地将和氏璧送回了赵国。

过了五天，秦昭襄王在朝堂举行了隆重的交接仪式，邀请各国诸侯的使者都来观礼。蔺相如从容不迫，缓步上前，向秦昭襄王行礼。

秦昭襄王说：“我已经斋戒五天了，并依照先生的意思举行了交接仪式，现在请把和氏璧拿出来吧。”

蔺相如说：“秦国自从秦穆公以来，共有二十多位君主，没有一个是守信用的，我又怎么能完全相信您呢？我担心君上欺骗我，所以已经让人把玉璧送回赵国了。”

秦昭襄王大怒，说：“明明是你不讲信义，怎么说我会欺骗你？”传令左右，将蔺相如捆绑了起来。

蔺相如面不改色，说：“请大王息怒，听我说一句话。秦国强，赵国弱，只有秦国负赵国的事情，不会有赵国负秦国的道理。大王如果真的想要和氏璧，就先割十五座城给赵国，然后派一个使臣同我一同去赵国取玉璧。赵国得到了城池，是不敢不把和氏璧交出来的。”

秦昭襄王和大臣们面面相觑（qù），不知如何是好。

过了好半天，秦昭襄王才尴尬地说：“不过就是一块玉璧罢了，何必为它伤了秦国和赵国的和气。”说完就隆重地款待了蔺相如，客客气气地送他回去了。

蔺相如回到赵国后，赵惠文王认为他确实是一个智勇双全的人，出使强秦，竟然能完璧归赵，于是任命他为上大夫。

秦国本来就没有诚意割让城池，此后也就不再提这件事了。

知识链接

传国玉玺

秦国攻破赵国后，和氏璧落入了秦始皇的手中。秦始皇命工匠将和氏璧雕琢成了一块皇帝玉玺。此玉玺方圆四寸，上纽交五龙，上面刻有丞相李斯以大篆书写的“受命于天，既寿永昌”八字。秦末战乱，刘邦率兵攻入咸阳，秦王子婴将玉玺献给刘邦，以示投降。刘邦建汉，佩此玉玺登基，号称“汉传国玺”。

此后，历代帝王皆以此传国玉玺为重宝：得之，则象征其“受命于天”；失之,则表示“气数已尽”。凡登大位而无传国玉玺者会被诟病为“白版皇帝”。五代十国时期，后唐废帝李从珂被契丹击败，持玉玺登楼自焚，传国玉玺从此下落不明。

评析

蔺相如之所以能够完璧归赵，主要源于三方面的因素：勇气，智慧和随机应变的能力。面对强大的敌人，首先一定要冷静，要有勇气与之抗衡，同时要懂得随机应变，不能盲目作决定，最终再强大的敌人也会露出破绽。

俗话说：“受人之托，忠人之事。”当一个人肩负着别人的托付时，心中便也有了相应的责任感。蔺相如凭借自己的智慧与胆识，没有辜负赵王的托付，这就是一种担当。在与人交往的过程中，我们只有像蔺相如一样勇于担当责任，才能获得朋友的信任，从而得到最大的回报。

第四十三回

负荆请罪将相和

秦昭襄王没能得到和氏璧，心中一直耿耿于怀。不久，秦国就借口赵国没有追随它一起攻打齐国，派兵攻下赵国的几座城池，斩杀了赵国好几万人。在对赵国进行军事威胁的同时，秦国又想在外交方面迫使赵国屈服，于是邀约赵惠文王在西河外渑（miǎn）池[1]相会。赵惠文王害怕秦国，不想去。蔺相如劝道："大王如果不去，无疑就是向秦国示弱。臣愿意陪您一同前往！"赵文惠王这才答应前去。

廉颇率大军送至边境，对赵王说："秦国乃虎狼之国，大王深入险境，后果实在难以预料！此去渑池会盟，往来时间不会超过三十天。如果大王过期不回来，请您允许我们立太子为王，以断绝秦人的妄想。"

赵惠文王同意了，继续动身前往渑池。

宴会上，秦昭襄王喝到半酣，对赵惠文王说："我听说赵王喜欢音乐，我有一支宝瑟，请弹奏一曲。"赵王无奈，只得弹奏了一曲。秦国的史官记录道："秦王与赵王一起饮酒，令赵王弹瑟。"

蔺相如上前说："赵王听说秦王擅长击缶（fǒu）[2]，请击一曲，互为娱乐。"秦昭襄王脸上变了颜色，一句话也不说。蔺相如双手捧缶，跪在秦昭襄王面前，

---

[1] 渑池：今河南省三门峡市。

[2] 缶：古代汉族的陶制乐器，是一种盛酒用的瓦器。

秦昭襄王仍不肯答应。蔺相如说："大王是想依仗秦国的强大吗？如今五步之内，我拼着不要脑袋，也要把我的血溅你一身！"

秦国的侍卫看到这般情景，刷的一声拔出了佩刀。蔺相如大喝一声，怒目而视，连头发和胡须都倒立起来了，竟把侍卫们吓得倒退了好几步。秦昭襄王见状，只得勉强敲了一下缶。蔺相如回头招呼赵国的史官写下："秦王为赵王敲缶。"

秦国的大臣见秦昭襄王没有占到便宜，于是说："请你们用赵国的十五座城向秦王献礼。"

蔺相如毫不示弱，回道："请你们用秦国的咸阳向赵王献礼。"

就这样，蔺相如为了维护国家的尊严，机智而勇敢地和秦国的君臣进行了针锋相对的斗争，一直到宴席结束，秦国始终没有占到便宜。秦昭襄王知道，赵国的大将廉颇此时正率领大军在赵国的边境上**严阵以待**[1]，因此也不敢贸然动武。

赵惠文王回国时，离出发之日刚好是三十天。他感慨道："自从得到了蔺相如，我和赵国就稳如泰山，蔺相如的功劳谁也比不上！"于是下令封蔺相如为相国。

蔺相如一步登天，廉颇非常不服气。他经常恼怒地对周围的人说："我为赵国出生入死，攻城略地，身经百战，蔺相如只会耍嘴皮子功夫，如今官职居然在我之上。他明明只是个宦官的门客，出身低贱，这让人如何咽得下这口气？如果再见着他，我一定要羞辱他。"

这话传到蔺相如耳中后，每逢上朝时，蔺相如就托病不去，避免和廉颇见面。门客们都以为蔺相如是害怕廉颇，私下议论纷纷。

有一天，蔺相如外出，正巧廉颇也外出。蔺相如远远看见廉颇的车队，忙让驾车的人把自己的车赶到小路上躲避，等廉颇的车过去后才出来。门客们相约来见蔺相如，说："我们之所以**背井离乡**[2]来投靠您，只是以为您是一个顶天立地的男子汉大丈夫，所以仰慕您，追随您。现在您的职位高于廉颇，

---

[1] 严阵以待：摆好严整的阵势等待着来犯的敌人。形容做好完全的准备工作。

[2] 背井离乡：离开家乡到外地。

他口出恶言侮辱您，您却不敢回击，不但在朝中躲避他，就连在路上遇到了也逃之夭夭。我们实在为您感到羞耻！特来向您辞行！”

蔺相如说：“众位看廉将军比秦王怎么样？”

门客们回答：“不如秦王。”

蔺相如说：“以秦王的威风，天下没有人敢触怒他，但我蔺相如在大庭广众之下叱喝过他，还侮辱了他的群臣。我虽然愚蠢胆小，难道会怕廉将军吗？我考虑到秦国之所以不敢派兵攻打赵国，就是因为有我和廉将军两人在。两虎相争，必有一伤！秦国要是知道我和廉将军斗起来了，一定会乘机侵伐赵国。所以我一直隐忍着躲避廉将军，这是以国家大计为重，个人恩怨为轻啊！”

门客们佩服不已。于是，蔺家的门客在外面与廉家的门客相遇时，也都处处忍让，不与他们计较。他们说：“我们的主人因为国家的缘故，处处让着廉将军；我们也应该体会主人的良苦用心，让着廉将军的门客。”从此，廉颇和门客们更加**骄横**[1]。

---

[1] 骄横：指傲慢专横。

河东人虞卿来到赵国，听说了这件事，就劝说赵王："大王如今倚重的大臣，不就是蔺相如和廉颇吗？"赵王点头称是。虞卿又说："别国的臣子都是互相帮助，同心协力，可大王倚重的两位大臣，却像水火一般互不相容，这可不是社稷之福啊！请让我出面去说合他们二人，共同辅佐大王。"赵王同意了。

虞卿去见廉颇，对他的功劳大大赞扬了一番，廉颇很是高兴。虞卿又说："论功劳没人能超过将军了。但论胆量还要首推蔺相如。"廉颇勃然大怒，说："那个胆小鬼只靠嘴皮子获取功名，有什么胆量？"虞卿说："蔺相如不是一个胆小怯懦的人，反而具有远见卓识。"便转述了他对门人说的一番话，又说："将军不想在赵国为将就罢了，如果想在赵国安家立命，两位大臣一个谦让，一个好胜，恐怕好名声不会落在将军身上。"廉颇十分惭愧："先生的话太对了，我以前从没有听说过。看来，我比蔺相如差远了！"

于是，廉颇脱下战袍，背了一捆荆条，直奔蔺相如家，向他请罪。蔺相如连忙出来迎接。

廉颇对着蔺相如跪了下来，说："我胸怀狭隘，不知道相国如此宽容，死也难以赎回我的罪过！"

蔺相如将荆条扔在地上，伸手扶起廉颇，说："将军能原谅我，已经感到十分荣幸了，怎么能说道歉的话呢！"

廉颇说："我性情粗暴，如今能得到您的宽容，深感惭愧，无地自容！"说着流下泪来。蔺相如也动情地掉下泪来。

二人互相下拜，结为刎颈之交[1]。从此，这两个人一文一武，同心协力为赵国办事，秦国更不敢欺侮赵国了。

[1] 刎颈之交：比喻可以同生死、共患难的朋友。

知识链接

强饭廉颇

强饭廉颇，出自《史记·廉颇蔺相如列传》，指老当益壮者。书中记载：赵悼襄王时，廉颇受奸人谗毁，被迫逃亡，避居魏国大梁。赵国屡次被秦兵围困，赵悼襄王就想重新任用廉颇为将，廉颇也很希望能再为国家建功立业。赵悼襄王派了使臣去探望廉颇，看看他还能不能担当重任。廉颇当使臣的面一顿饭吃了一斗米、十斤肉，又披上铁甲上马，表示自己还可以出征。然而廉颇的仇人郭开用重金贿赂使者，让他向赵悼襄王报告说："廉将军虽然已老，饭量还很不错。可是他陪我坐了一会儿，就拉了三次屎。"赵悼襄王认为廉颇老了，于是放弃了将他召回。

南宋辛弃疾在他的《永遇乐·京口北固亭怀古》中的最后一句这样写道："凭谁问，廉颇老矣，尚能饭否？"用以抒发作者壮志难酬、报国无门的悲愤。

评析

本回书表现了蔺相如临危不惧、足智多谋、顾全大局的高贵品质，同时赞扬了廉颇知错就改的可贵精神。在战国时期，一个国家内部的安定团结是非常重要的，要是臣子们互相攻击，而君主又无力制衡，那么国家就会陷入内乱，很容易被敌国乘虚而入。即使在和平年代，合作共赢也是非常有意义的。人与人的相处难免会遇到矛盾，当矛盾产生时一定要顾大局，不能光为争一口气，就去和别人闹意见；而当自己有错时，一定要知错就改，不能让同样的错再次出现在自己身上。

第四十四回

智范睢远交近攻

当初，魏安釐王见齐国国君昏庸无道，于是趁乐毅发动四国伐齐时，魏国也派出了军队，希望事成之后，也分一杯羹。谁想到半道上齐国居然冒出了一个田单，不仅大败燕国，收复全部失地，重新立国，而且将齐国治理得有条不紊，蒸蒸日上。魏安釐王每日坐卧不安，深恐齐襄王寻机报复，思来想去，决定派中大夫须贾出使齐国修好。

须贾来到齐国，齐襄王果然怒气未消，见到他就骂道："齐、魏两国关系一向很好，还曾一道讨伐宋国，可谓同心协力。没想到燕国攻打齐国时，魏国竟也派兵参加，还害得我父亲丧命。我每每想到此事，就愤恨难平。魏国如此反复无常，让我怎么能够相信呢？"

须贾一时语塞，竟不能回答。

这时，须贾身后站出一个人，义正词严地说道："大王的话说错了！想当年齐、魏伐宋，本来事先约定要共同分割宋国的，但齐国却先背弃了合约，不但把宋国的土地独吞，还趁机侵略魏国。由此可见，是齐国对魏国失信在先！这一次讨伐齐国，只是因为齐湣王昏庸暴虐，令诸侯们感到害怕，岂是魏国一家仇恨他？现在大王你重振国威，还计较这些过去的恩恩怨怨，难道要重蹈齐湣王的**覆辙**[1]吗？"

[1] 覆辙：翻过车的道路。比喻曾经失败的做法。

齐襄王闻言，大吃一惊，觉得这番话颇为在理，于是非但没有发怒，反而在心里暗暗赞叹说话人的胆识和辩才。

这个说话的人名叫范雎(jū)，他因为家境贫寒，一直没有得到很好的发展机会，当时正投在须贾门下奔走效力。

齐襄王十分欣赏范雎，命人将须贾一行安排到公馆休息，好生款待。齐襄王派人私下找到范雎，劝说道："齐王十分欣赏先生的才能，想把先生留在齐国做客卿，希望您不要推辞。"

范雎回绝说："我与须贾大人一同出国，却不一同回去，如此**背信弃义**[1]，今后还怎样做人？"

齐襄王更加敬重范雎，派人送了很多的食物和美酒给他，还赏赐了大量的黄金。这一切都令须贾十分生气，认为自己堂堂魏国使者竟被冷落了，于是心中暗暗恼怒范雎。

须贾回到齐国后，便向魏国丞相魏齐告状："齐襄王赏赐给我的门客范雎大量的美食、美酒和黄金，我怀疑他把国家机密泄露给了齐国，所以齐王才赐给他礼物。"

魏齐非常愤怒，便派人将范雎抓了起来，严刑拷打。范雎被打得遍体鳞伤，牙齿也掉了，肋骨也断了，昏死过去。魏齐的手下将他用苇席包裹着，丢进了茅厕之中。天黑之后，范雎渐渐苏醒过来，见外面只有一个名小兵看守，便求他将自己送出去，许诺以重金酬谢。

守兵向魏齐谎称范雎死在了茅厕中。当时，魏齐喝得酩酊大醉，随口说道："那就将他扔出去吧。"范雎终于脱身，他艰难地回到了家中，在八拜之交郑安平的帮助下藏了起来。

魏齐酒醒后，十分后悔扔了范雎，于是派人去察看他的尸体。守卫回报："昨晚扔在野外无人的地方，现在只剩下苇席还在，想必被野狗叼走了。"魏齐又叫人去范雎的家中查看，只见范雎的家人正在为他举行葬礼，这才放心。

[1] 背信弃义：违背诺言，不讲道义。多指朋友之间的出卖。

范雎的身体渐渐康复之后，化名张禄，过起了隐居生活。

数年之后，秦昭王派使臣王稽出使魏国，郑安平认为时机已到，便装扮成公馆的仆役，在王稽身旁服侍。因为郑安平应对敏捷，王稽很喜欢他，私下里问他："你知道你们国家还有哪些没**出仕**[1]的贤人吗？"

郑安平说："这个世间哪来那么多的贤人！从前魏国有一个范雎，有谈天说地之能，安邦定国之志。没想到却被丞相活活地打死了。"

王稽也叹了一口气，说："可惜啊！这个人没有到秦国，不能施展他的才能！"郑安平又说："如今，我老家乡下有个张禄先生，他的才智并不比范雎差，您想见一见他吗？"

王稽问："既然有这样的人，为什么不请来相见？"

郑安平说："这个人早些年得罪了权贵，因此白天不敢走动。"

王稽说："那就让他今天晚上来吧，我在此恭候大驾。"

郑安平让范雎也扮作仆役的模样，深夜潜入王稽房中。王稽向范雎请教天下大势，范雎对答如流，侃侃而谈。

王稽大喜，确信范雎是世间少有的人才，便在回国时想方设法将他和郑平安一同带出了齐国。

王稽和范雎等人走到秦国**湖县**[2]时，远远望见秦国穰侯魏冉在此巡查。范雎忙说："我听说穰侯作为秦国的丞相，妒贤嫉能，请兄台暂时为我保密，不要提到我。"说完躲进了马车中。

不一会儿，魏冉的马车到了，他果然查问王稽有没有从国外带回宾客，王稽连称不敢，心中暗暗佩服范雎的神机妙算。魏冉走后，范雎从车里钻出来，王稽正要向他道喜，范雎却说："刚才魏冉已经起疑了，势必会掉头来追。"于是和郑安平匆匆从小路先行离去。

王稽半信半疑，驾着马车又走了十里，果然听见后面响起了一串马蹄声，

---

❶ 出仕：成为仕宦；出来做官。
❷ 湖县：今河南省灵宝市东。

几个人追了上来，声称受丞相之命要搜查马车。这些人将马车里里外外翻了一个遍，见并没有外人，这才转身离去。王稽对范雎更为佩服。

王稽带着范雎回到了咸阳。然而，当时社会上的谋士说客太多，鱼龙混杂，秦昭襄王对范雎的到来并没有当一回事。范雎被冷落在馆舍，一拖就是两年。

这天，范雎在街上听到百姓们正在议论穰侯魏冉举兵伐齐的事情，感到这正是好好表现自己的机会，就果断大胆地上书秦昭襄王，阐明大义，直刺时弊。秦昭襄王原本早已经把“张禄”这个人给忘了，看到奏章后，觉得此人有大才，立即派人驾车去接。

此时的范雎已经早先一步达到了大殿，他远远望见秦王的车队，便假装不知，故意跑入**永巷**[1]中。负责接他的官员赶紧追上去对他说：“秦王已经来了！”范雎说：“秦国只有太后和魏冉，哪里有秦王！”仍然坚持要走。

正在争吵时，秦昭襄王到了，官员将范雎的话复述了一遍，秦王听出了弦外之音，非但没有发怒，反而将范雎引入内宫密室交谈。

秦昭襄王问：“先生有什么话教导我吗？”

范雎说：“嗯，嗯！”

秦昭襄王又问，范雎依然支支吾吾，不肯回答。如此反复了三次。

秦昭襄王长跪在地上，苦苦请求说：“先生不肯教导我，难道认为我不配听从您的话吗？”

范雎见秦昭襄王确实诚心，这才回答：“当年吕尚在渭水边遇见周文王之前，之所以会先**栖身**[2]为渔夫，是因为他知道和周文王交情疏浅，直到立为太师，才说出了自己的深谋大略，最终帮助周朝得到了天下。箕子、比干身为王亲国戚，极力谏劝，商纣王非但不听，或诛杀或怪罪，商朝最终灭亡。这其中没有别的原因，就是信任与不信任的差别。我只是一个暂时寄居在贵国的外臣，处在最疏远的地位，而所要说的都是有关国家兴亡的大计，大王三次问我都

❶ 永巷：宫廷中狭长的小巷子，为后宫妃嫔、宫女行走的通道。

❷ 栖身：寄生，暂住。

不敢回答，就是因为不知道大王能否信任我。”

秦王说：“请先生务必知无不言，言无不尽。”

范雎这才说道：“大王上惧太后威严，下被奸臣迷惑，难以明善断恶。长此以往，往大了说，国家危难；往小了说，自身难保。这就是我最担心的。”

秦昭襄王感慨地说：“今日见到先生，实乃三生有幸。从此以后，事无大小，全听先生教诲。”

范雎说：“我听说魏冉要跨越韩、魏两国去进攻齐国，这实在是愚蠢至极。齐国离秦国那么远，大王如果少派军队，构不成威胁；如果多派军队，就影响秦国的稳定。此战如果败了，将是秦国的奇耻大辱；即使侥幸攻占了齐国的部分土地，也是白白帮助韩、魏两国，对秦国有什么好处？大王不如采取远交近攻的策略：与远的国家交好可以离间别国，进攻近的国家可以增加秦国的土地。从近到远，就像蚕吃树叶一样，天下从此成为秦国的囊中之物[1]。”

秦昭襄王问：“如何‘远交近攻’呢？”

范雎说：“首先，加紧攻打离秦国最近的韩、魏两国，以解除心腹之患，壮大秦国势力；其次，扶弱国，抑强敌。楚国强大您就亲近赵国，赵国强大您就亲近楚国，等到楚国、赵国都依附您，齐国必然恐惧。第三，威逼最远也是最强的对手齐国，使其亲附秦国，回避与秦国的战争；第四，齐国亲附了秦国，那么韩、魏两国便乘势可以攻取了，然后灭赵、燕、楚，最后灭齐，一统天下。”

秦王茅塞顿开，不由鼓掌叫好，当即拜范雎为客卿，参与军国大事，主谋兵事。

后来，范雎又让秦昭襄王加强王权。秦昭襄王废除了太后，将穰侯、华阳君、高陵君、泾阳君四大贵族赶出函谷关外，拜范雎为相，封于应城[2]，号为应侯。

范雎做了秦国相国之后，秦国人仍叫他“张禄”。后来秦国攻打魏国，魏

---

❶ 囊中之物：口袋里的东西。比喻不用费多大力气就可得到的东西。

❷ 应城：今河南宝丰西南。

安釐王派须贾出使秦国。范雎隐瞒了相国的身份，穿着破旧的衣服前去见须贾，骗他说自己在相府中做仆役。

须贾正好要求见张禄，便让范雎代为引见。范雎带着须贾来到自己府中，让他等在门外，自己进去通报。须贾等了很长时间，都不见人来，便问门卫，这才知道原来范雎就是张禄。须贾大惊失色，跪在门前向范雎认罪。

范雎大摆宴席，请来所有诸侯国的使臣，与他同坐堂上，又让须贾坐在堂下，在他面前放了一槽草豆掺拌的饲料，命人在两旁夹着，喂须贾吃饲料。须贾只得求饶。范雎对须贾喝道："回去告诉魏王，赶快把魏齐的脑袋送来！不然的话，我就要屠平大梁！"须贾回到魏国，把情况告诉了魏齐，魏齐惴（zhuì）惴不安[1]，逃到了赵国，向赵国的平原君求救。此时赵国的国君已经是赵惠文王的儿子赵孝成王了，他迫于秦国的压力，逼死了魏齐，将他的头颅送到了秦国。

范雎发达后，散发了家里的财物，用来报答所有曾经帮助过他的人。在范雎的举荐下，秦昭襄王召见了王稽，任命他做河东郡守，并且允许他三年之内可以不向朝廷汇报郡内的政治、经济情况；曾经保护过范雎的郑安平，被秦昭襄王封为将军。

知识链接

八拜之交

"八拜"最初是指世代有交情的两家弟子谒见对方长辈时的礼节。据北宋邵伯温的《邵氏闻见录》记载：北宋时期著名的政治家、书法家文彦博听说李稷待人十分傲慢，心中非常不快，寻机要教训他。后来，文彦博出任北京（今河北大名）守备，李稷听说后，上门来拜谒。文彦博故意让李稷在客厅坐等，过了好长时间才出来接见他。文彦博说："你的父亲曾是我的门人，按辈分你应该是我的晚辈，就对我拜八拜吧。"李稷因辈分低，不敢造次，只得向文彦

[1] 惴惴不安：形容因害怕或担心而感到不安。

博拜了八拜。文彦博以长辈的身份挫了李稷的傲气。“八拜之交”由此而来。

后来，“八拜之交”也用来指异姓结拜的兄弟姐妹。具体是：1.管鲍之交——管仲和鲍叔牙；2.知音之交——伯牙和钟子期；3.刎颈之交——廉颇和蔺相如；4.舍命之交——羊角哀和左伯桃；5.胶漆之交—— 陈重和雷义；6.鸡黍之交——元伯和巨卿；7.忘年之交——孔融和祢衡；8.生死之交——刘备、张飞和关羽。

评析

范雎是一个爱憎分明的人，凡是给过他一顿饭吃的恩惠，他是必定报答的；凡是瞪过他一眼的仇怨，他也是必定报复的。这就叫做：“一饭之德必偿，睚眦之怨必报。”

作为当时秦国著名的政治家、军事家，范雎提出的“远交近攻”，成了秦国历史上最为重要的外交、军事策略之一。它不仅为秦国兼并六国奠定了基础，对后世也有深远的影响。在当今社会，“远交近攻”已经成了待人、处世的一种手段——当很多人处于利益冲突中时，攻击潜在的竞争对手，拉拢远方没有利益冲突的人，里应外合，这样才能处于不败之地。

第四十五回

违父命纸上谈兵

赵奢是赵国的名将，为赵国屡建奇功，被赵惠文王封为马服君，职位与蔺相如、廉颇相当。

赵奢的儿子赵括，自幼喜欢谈论兵法，很早就将家里的《六韬》《三略》等兵书都读完了。赵括经常与父亲谈论用兵，指天画地，滔滔不绝，就连赵奢也说不过他。

赵括的母亲十分高兴地说："有这样的儿子，真不愧为将门出虎子！"

赵奢却摇摇头，说："赵括根本就不是做大将的材料。"赵括的母亲不明白丈夫为什么不欣赏自己的儿子，于是便问原因。赵奢说："赵括狂妄自大，自以为天下无敌，这就是他不能当大将的原因。战争是关系生死的大事，必须每日**战战兢兢**[1]，博采众议，生怕自己有什么考虑不周，但赵括显然不是这样的人。如果让他掌握了兵权，一定刚愎自用，听不进任何的意见和建议。日后，赵王不用赵括为将，则是赵国之福；一旦任他为将，定是赵国的灾难！"

母亲将这些话转告给赵括，赵括不以为然地说："父亲年纪老了，胆子越来越小，所以才说出这样的话来。"

几年后，赵奢病危，专门将赵括叫到床前说："我为将大半生，直到今天，终于可以松一口气，没有因为兵败而使家门蒙受耻辱。你不是做大将的材料，千万不要以大将自居，败坏门风啊！"

---

[1] 战战兢兢：形容非常害怕而微微发抖的样子。也形容小心谨慎的样子。

赵奢死后，赵括继承了马服君的封职。

再说，秦昭襄王自从得到范雎的辅佐之后，便采用范雎的策略，一边与齐、楚结盟，一边派大将王龁率领军队讨伐韩国。王龁率兵进攻韩国**上党**[1]。上党守将不愿意归降秦国，就把上党的地图献给了赵国。上党的百姓也纷纷涌向赵国，赵国大军接掌了上党。

公元前259年，秦国再次派大将王龁（hé）围困上党。赵孝成王急忙派老将廉颇领兵二十万前去解救，廉颇赶到**长平**[2]时，上党已经失守了，王龁率兵直逼长平，与廉颇对峙。

廉颇身经百战，在与秦兵交战几次遇挫的情况下，他改变了战术，依托长平的有利地形，坚守营垒。两军相持了三个月，王龁屡次攻城，廉颇始终不予理会。王龁无奈，只得向秦昭襄王汇报："赵军守垒不出，我军远道而来，长期对峙，恐怕粮草接济不上，怎么办？"

❶ 上党：今山西长治市。
❷ 长平：今山西高平西北。

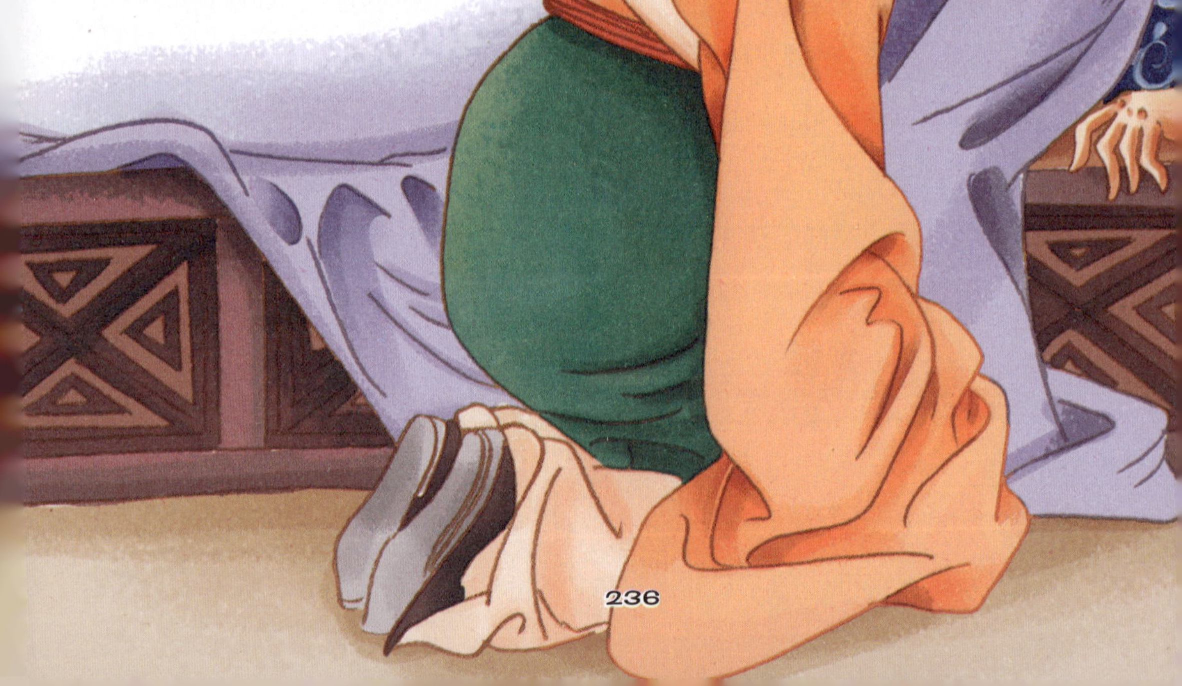

秦昭襄王召范雎来商议对策。范雎说："主公不必着急，臣有一反间计，可令赵国撤换主帅。"

秦昭襄王大喜，立刻拿出千两黄金交付范雎。于是，范雎派他的心腹门客从小道进入邯郸，贿赂赵国的贵族，散布谣言说："赵军将领中唯有赵奢最为勇猛，听说他的儿子赵括更是远胜于他的父亲，如果任用他为大将，秦军会马上撤军！廉颇年纪这么大了，如今已经损失了三四万士兵，又被秦兵围困，用不了多久就会投降秦国的。"

赵孝成王听到了流言，就派人去长平催促廉颇出战。廉颇坚持固守的计策，不肯出战。赵孝成王更加深信不疑，认为廉颇确实老了，胆子越来越小，于是打起了换帅的主意。

赵孝成王招来赵括问道："你能打败秦国的军队吗？"

赵括说："秦国若是任用白起为大将，我还得好好筹划一番；若是王龁，我一战便可以击败他。"

赵孝成王十分高兴，马上任赵括为大将，让他去接替廉颇。

赵括的母亲得知此事后，上书给赵孝成王说："不可以让赵括做将军。"赵孝成王问："为什么？"赵括的母亲回答说："赵括的父亲赵奢做将军时，由他亲自捧着饭食侍候吃喝的人有十人以上，被他认作朋友的有百人以上，所有赏赐之物他全部都分给军吏和僚属，因此他能得人心。以前赵奢每次接到军令后，当天就把自己食宿都搬到军中，从不过问家事；现在赵括做了将军，骄横无比，军中将士没有一个敢抬头看他的。大王赏赐的财物，也全部带回家收藏起来，还天天寻访合适的田地房产，大肆购买。这哪里像一个将军的样子。希望大王不要派他领兵！"赵孝成哪里听得进去，于是赵括的母亲请求说："大王您一定要派他领兵，日后一旦他不称职，可免我不受**株连**[1]吗？"赵孝成王答应了她的请求。

[1] 株连：指一个人犯了罪而牵连他人。

赵括率领二十万大军浩浩荡荡地赶往长平。他一接替廉颇，就全盘更改了廉颇的作战方针。赵括对手下人说："廉颇太保守了，秦军有什么好怕的，如果他们再来进攻，我们就迎头打回去，一举击败他们，然后再乘胜追击，杀他们个片甲不留。"

范雎见自己的计谋成功了，于是又将白起调来助战。白起到长平后，先派出三千士兵出营挑战。赵括一下子派出一万人迎战，秦军大败逃回。白起在将台上将这一切都尽收眼底，对王龁说："我知道怎么打败他了！"

赵括得胜而回，顿觉自己用兵如神，高兴得手舞足蹈，派人去秦营下战书挑战。白起接了战书，布下天罗地网[1]：命王贲、王陵两人领兵，与赵括轮番交战，只能输不能赢，目的是将赵军逐渐引至秦营；又派大将司马错、司马梗二人，各领一万五千人马，从边道绕到赵军营地的后面，断绝赵军的粮道；命大将胡伤率兵两万，驻扎在赵营附近，只等赵军打开营门出来追击时，从旁杀出，将赵军截为两段；命大将蒙骜、王翦各率轻骑兵五千人，负责往来策应。布置完这一切后，白起和王龁率大军坐守大营。

第二天，两军对阵，赵括果然中计，率领着二十万大军，一路追进了秦军的埋伏圈中。白起一声令下，秦军迅速把赵括的军队包围了起来。赵括内无粮草，外无救兵，苦守了四十多天之后，终于忍不住饥饿，出动精兵亲自与秦军硬拼。秦军万箭齐发，将赵括活活射死。赵军听说主将死了，纷纷扔掉武器，向秦军投降。白起唯恐日久生变，下令将所有投降的赵兵全部活埋了。只留下二百四十名年幼的士兵，放回赵国报信。

在这场战争中，秦国前后杀死了赵军四十五万人。消息传回赵国后，举国震惊。第二年，秦军围困了邯郸，一直困了一年多，赵国几近灭亡。后来，楚国和魏国军队前来相救，赵国才得以暂时解除危机。自此，赵国再也没有力量对抗秦国了。

[1] 天罗地网：形容上下四方尽被包围，无路可逃。

知识链接

株连九族

在中国古代，封建统治着为了巩固自己的统治，采用了“株连”的方式，制裁敌对分子或大不敬分子。也就是说，一个人犯了死罪，其家族成员也必须一道承担刑事责任。所谓“九族”，包括父族四、母族三、妻族二。

父族四：指自己一族，出嫁的姑母及其儿子一家，出嫁的姐妹及外甥一家，出嫁的女儿及外孙一家。母族三：是指外祖父一家，外祖母的娘家、姨母及其儿子一家。妻族二：是指岳父的一家和岳母的娘家。

事实上，“九族”为一虚称。在中国传统文化中，“九”是最高之数，故“九族”实际上是概括性地包含了与之有亲缘关系的所有宗支族系。被处株连九族的，往往是一些重大的政治犯罪，一旦罪行被落实，只要是与犯罪人沾亲带故的，都将受到无辜株连。

评析

长平之战是秦、赵两国之间的战略决战，也是中国古代军事史上最早、规模最大的围歼战。在这场战争中，赵孝成王不顾“秦强赵弱”的基本形势，急于求胜，又中了秦国的离间之计，弃用名将廉颇，而起用纸上谈兵的赵括，最终导致赵国大败。

秦国名将白起针对赵括骄傲轻敌的弱点，采取了佯装败退、诱敌深入、分割包围予以歼灭的作战方针，获得战争的胜利。此次战役，导致四十五万赵国士兵的性命被葬送，这就是庸将之难！此一役，赵国元气大伤，再也无力与秦国抗衡。

第四十六回

说楚王毛遂自荐

长平之战后，秦昭襄王命白起乘胜追击，并派郑平安率领五万精兵与他一道，务必一举拿下赵国的都城邯郸。赵孝成王听说秦国增兵来攻击，非常惊慌，于是派遣使者分头去向各诸侯国求救。

平原君赵胜说："魏国与赵国联姻，一向友好，他们一定会派救兵；但楚国是大国，离赵国又很远，我必须要亲自走一趟，晓以利害，劝说他们发兵。"

平原君想在门下挑选二十个文武兼备的门客一同前往楚国，然而三千多个门客中，文者不武，武者不文，选来选去，符合条件的只有十九人，始终还缺一个。平原君叹息道："我养士已经几十年了，没想到真正需要用人的时候，却如此**捉襟见肘**[1]！"

这时，边上有一个人插话说："像我这样的人，是不是可以临时用来凑凑数呢？"

平原君有些吃惊，便问他的姓名。

此人回答说："我姓毛名遂，大梁人，在您的门下已有三年了。"

平原君笑着说："贤能的人在这个世界上，就好比锥子处于囊中，它的锋芒立刻会显露出来。如今先生在我门下三年，我未有所闻，看来先生于文武之道一无所长吧！"

毛遂说："这只是因为我一直没有机会处于囊中罢了！要是让我早处囊中，必然锋芒全露，不会只是稍露出一点尖而已。"

[1] 捉襟见肘：衣服破烂，拉一下衣襟就露出胳膊肘儿。比喻顾此失彼，穷于应付。

平原君对他说的这番话很是惊异，于是就同意让他加入，凑足了二十人整数。那十九个人互相使眼色示意，暗暗嘲笑毛遂不自量力。

平原君辞别了赵王，一行人快马加鞭，赶往楚国。楚考烈王在大殿上召见了平原君，毛遂与另外十九人排列成两行，站在殿外等候。平原君向楚考烈王陈述合纵抗秦的好处。楚考烈王说："想当年，合纵的盟约是从赵国首先开始的，后来被张仪的连横之策破坏，这个盟约就不牢固了。先祖楚怀王曾经担任纵约长，率联军讨伐秦国没有成功；后来齐湣王担任纵约长，诸侯各国又背叛了他。如今，各国都十分忌讳提到'合纵'这个词，已经成了一盘散沙，想再将大家联合起来，谈何容易。"

平原君说："当初，六国采用合纵之策后，使得秦兵有十五年不敢出函谷关。这说明合纵的效果和意义是非常明显的。如今之所以被瓦解，并不是合纵本身出了问题，而是参与的人出了问题。比如齐湣王名为'合纵'，实际上是想兼并别国，所以诸侯都背叛了他。以我之见，只要有三个国家能坚守盟誓，不受秦国欺骗，就足以抗衡秦国。"

楚考烈王说："可是秦国那么强大，各国都自顾不暇[1]了，相互之间又能做些什么呢？"

平原君说："秦国虽然强大，但要分制六国，力量还是不足的；六国虽弱小，但是齐心合力抵制秦国，力量是有余的。如果各国都只考虑自己，不考虑相互协作，那么强弱对比悬殊，胜负早就分晓了，这只会助长秦国的嚣张气焰，让他们得寸进尺，越来越猖狂。"

楚考烈王说："秦国一出兵就攻克了上党十七城，杀掉赵军四十多万人，合韩、赵两国之兵力，都抵御不了一个白起。现在秦军又进逼邯郸，楚国地处偏远，就算想帮助赵国，恐怕也心有余而力不足。"

平原君说："长平之战，主要是因为国君用人不当而导致的失败。如今白起、王陵率领二十多万人马，驻扎在邯郸城下，前后已有一年多了，却没有损到

[1] 自顾不暇：光顾自己都过不过来，没有力量再照顾别人了。

赵国的一分一毫，由此可见，秦军也没有传说中的那么可怕。如果大家齐心协力，定能大挫秦军的锐气，使它不敢轻易东进。”

楚考烈王又说：“秦国刚与我国结盟交好，如果我派兵援救赵国，岂不是违反了双方签订的合约，秦国势必会迁怒于楚国！”

平原君说:“秦国通好楚国的目的，就是想先集中力量对付韩、赵、魏三国，但三国如果灭亡了，楚国还能**独善其身**[1]吗？”

楚考烈王内心对秦国十分畏惧，因此议论了许久，仍犹豫不决。

转眼已到了中午，毛遂在台阶下见平原君与楚考烈王一直谈不出结果来，便几步跨上了台阶，来到了大殿之中，对平原君说：“合纵的利害关系两句话就可以说清楚了，可今日从日出入朝，一直议论到日中，居然还没有谈妥，究竟是为什么？”

楚考烈王怒道：“他是什么人？”

平原君说：“他是我的门客毛遂。”

楚考烈王说：“我正在与你的主人商议事情，哪里轮到你这个门客来多嘴多舌？”当即呵斥他离去。

---

[1] 独善其身：修身养性，保全己身，不管世事。现也指只顾自己好，不关心身外事。

毛遂快走几步上前，手按宝剑说道：“合纵是天下大事，天下人都可以议论。大王敢斥责我的原因，不就是仗着楚国人多吗？现在，我与大王相距只有十步，大王的性命完全掌握在我的手里。况且我的主人就在这里，他还没有发话，你为何要呵斥我？”

楚考烈王强按住怒气，问道：“你有什么可说的？”

毛遂说：“商汤凭着方圆七十里的土地统治了天下，周文王凭借着方圆百里的土地臣服了四海，难道仅仅是因为他们兵强马壮吗？楚国自文、武二君称王以来，一直雄视天下，被公认为‘天下盟主’。如今楚国土地方圆五千余里，士兵百万，可秦国的白起只带着几万人与楚国交战，第一战就攻克了郢都，第二战就烧毁了**夷陵**[1]，第三战便活捉了楚怀王，令其囚禁致死，这些都是刻骨铭心的血海深仇，连三尺儿童都以此为辱，难道楚王您竟不觉得羞耻吗？今日商议合纵之事，表面上看是为了解救邯郸，其实也是为楚国报仇雪恨啊！”

毛遂的一番慷慨陈词，让楚考烈王听得热血沸腾，顿时羞愧得无地自容。

楚王说：“先生不要说了，让我考虑考虑。”沉吟了许久，才说：“先生说的很对！我决定出兵帮助赵国！”

毛遂问：“大王真的下决心了吗？”

楚考烈王说：“我真的下决心了！”

毛遂回头对楚国的侍从说：“取鸡、狗和马的血来！”

毛遂将盛满牲血的铜盘跪献给楚王，说：“大王作为纵约长，应当率先歃血为盟以示诚意。”楚考烈王依言，众人在大殿上签订了合纵盟约。几天之后，楚考烈王派遣春申君率领八万大军前去解救赵国。

平原君回国后，感叹地说：“我一直自认为有伯乐之才，经我鉴选的人才，没有一千人也有几百人，可我竟然没有发现毛遂这样的贤士，差点**失之交臂**[2]。毛先生的三寸不烂之舌，真是胜过百万军队！从今以后，我再也不敢说自己会鉴选人才了。”从此把毛遂奉为上宾。

---

[1] 夷陵：楚先王的陵墓，位于今湖北省宜昌县东。

[2] 失之交臂：出自《庄子》。形容错过当面结交的机会。

知识链接

伯乐

传说中，天上管理马匹的神仙叫伯乐。人世间第一个被称作伯乐的人本名孙阳，是春秋时代的人。由于他对马的研究非常出色，人们便忘记了他本来的名字，干脆称他为“伯乐”。

一次，伯乐在路上看到一匹马拉着盐车，很吃力地在陡坡上走。那匹马骨瘦如柴，气喘吁吁，每迈一步都显得十分艰难。见伯乐走近，那匹马突然昂起头来，瞪大眼睛，大声嘶鸣。伯乐听到马的嘶鸣声，大吃一惊，知道这是一匹叫做“骐骥”的千里马，立即脱下自己的衣服为马披上。后来，伯乐买下了此马，精心饲养，一年后，此马体形如龙，毛色闪亮，两眼如炬，果然是一匹稀世宝马。很多诸侯国慕名遣使者前来，欲用重金购买，都被伯乐拒绝了，最后伯乐将它送给了大名鼎鼎的墨子。墨子乘此马翻山越岭，如行平地。世人都称赞伯乐为世间良马的知音。

评析

在面对机遇和挑战的时候，很多人常常会瞻前顾后，结果往往错失良机，以致抱憾终身。试想一下毛遂，他本为平原君门下一名普通门客，三年未露锋芒，原因无他，平原君不了解毛遂的真实能力，当然不会对他委以重任。毛遂于是自荐出使楚国，凭三寸不烂之舌，使楚、赵成功结成联盟，自此一举成名。

人们常说“是金子总会发光的”。然而要知道，伯乐总归是少数，而机会却稍纵即逝。因此我们不要总是等着别人去推荐或者发现你的才能，也不要因为别人没有推荐和发现你而自怨自艾。只要有才干，不妨自己主动站出来，抓住机会，这样才能掌握主动，取得成功。

第四十七回

吕不韦奇货可居

再说秦国王孙异人，自从秦、赵渑池会盟后，就一直作为人质留在赵国。异人本是安国君的次子。安国君名柱，字子傒，是昭襄王的太子。安国君有二十多个儿子，都是诸姬妾所生，不是嫡子。其所宠爱的楚妃，号华阳夫人，没有生儿子。异人的母亲叫夏姬，不受宠爱，又早死了，所以异人作为人质滞留在赵国后，秦国没有什么人询问关心他。

王翦围困赵国时，赵王迁怒秦国人质，想杀掉异人。平原君劝告说："异人并不受秦王宠爱，杀他又有什么用？只会白白让秦国找到借口，断绝了以后和好之路。"赵王的怒气还是不能平息，于是就把异人安置在丛台，派大夫公孙乾陪伴他，出入都加以监视，又削减了他的廪禄。异人出门没有马车，日用没有多余的钱财，终日郁郁寡欢。

当时，阳翟有一个人姓吕，名叫不韦 ，他家世代来往于各国做生意，积累下了万贯家财。

一天，吕不韦到赵国邯郸做生意，偶然碰到了异人，见他面如敷粉，唇若涂丹，生得眉清目秀，虽然身处落魄之中，但仍不失贵家公子的气度。吕不韦不由得暗暗称奇，于是向周围的人打听异人的情况。

吕不韦得知这一消息，大喜，连声感慨道："这真是奇货可居啊！"

吕不韦回到家中，问父亲说："种田能得到几倍的利？"

父亲说："十倍。"

吕不韦又问："贩卖珠玉能得到几倍的利？"

父亲说："百倍。"

吕不韦接着问："要是扶立一个人为王，让他掌握江山，又能得到几倍的利呢？"

父亲笑着说："真是这样的话，其利何止千万倍，实在是不可计算。"

吕不韦大喜，于是下定决心，要帮助异人重返秦国，成为秦国国君。

吕不韦首先将目光瞄准了负责监守异人的公孙乾。他用一百两黄金作为敲门砖，与公孙乾建立了联系，两人相互往来，渐渐熟悉。一次，异人从门前经过，吕不韦假装不知异人是什么人，就向公孙乾询问他的来历，公孙乾也如实告诉了他。

吕不韦专门举办了一场聚会，邀请公孙乾和异人前来参加。酒至半酣，公孙乾起身如厕，吕不韦抓紧机会悄声对异人说："我能光大你的门庭。"异人以为吕不韦喝多了，于是笑着说："你姑且先光大自己的门庭，然后再来光大我的门庭吧！"吕不韦说："你不明白啊，我的门庭要等待你的门庭光大了才能光大。"异人见他话中似有深意，便**屏（bǐng）息聆听**[1]。

吕不韦说："如今，秦昭襄王已经老了，安国君被立为太子。我听说，安国君非常宠爱华阳夫人，对她言听计从，但华阳夫人没有儿子，你们二十几个兄弟，也没有特别受到专宠的，殿下何不在此时回归秦国，侍奉华阳夫人，请求她收你做她的儿子，以后还有被立为太子的希望。"

异人含泪回答说："我也期望能这样！只恨没有脱身之计。"

吕不韦说："我家虽然**寒微**[2]，但也愿意用千两黄金专门为殿下去一次秦国，劝说太子和夫人救殿下回国，你看如何？"

异人承诺："倘若得到富贵，一定与你共享。"

从此以后，吕不韦与异人时常见面，暗中又将五百两黄金送给异人，让他买通左右，结交宾客。公孙乾经常接受异人赠送的黄金丝帛，于是渐渐放松了对异人的监视。

---

❶ 屏息聆听：屏住呼吸，认真地听。

❷ 寒微：贫寒卑微，用于形容家世低微。也用于自谦。

吕不韦来到咸阳，探知华阳夫人有个姐姐，也嫁在秦国，就先买通了她的家人。吕不韦献上一匣金珠，说："王孙异人在赵国，十分思念太子和夫人，有孝敬的礼物，托我转交。另外还有一些小礼物，也是异人孝敬姨娘的。"华阳夫人的姐姐十分高兴。

吕不韦经常出入华阳夫人姐姐的府邸，每一次都会带去奇珍异宝。华阳夫人见到了姐姐转赠给自己的这些贵重的礼物，以为异人真的挂念自己，心中十分高兴。

吕不韦见时机成熟，一次在与华阳夫人的姐姐见面时故意问道："夫人如今有几个儿子？"华阳夫人的姐姐说："没有儿子。"吕不韦说："这可是非常危险的。夫人如今虽然得宠，但她毕竟没有儿子，她应该在诸子中挑选一个贤孝的作为自己的儿子，立为继承人。如此一来，丈夫在世时受到尊重，丈夫死后，自己立的儿子即位为王，最终也不会失势。否则，一旦**色衰而爱弛**[1]，后悔就来不及了！如今异人贤孝无比，又愿意依附夫人，夫人如果诚心收养他为自己的儿子，那不是从今以后就有保障了吗？"

华阳夫人的姐姐将这些话转告给了华阳夫人，华阳夫人深以为然，于是便央求安国君将异人过继给自己作为嫡子。安国君哪里会拒绝她，便同意了她的要求，开始向赵国施压，要将异人接回秦国。

吕不韦回到了邯郸，将秦国发生的事情告诉了异人。异人见回国有望，也欣喜异常。

吕不韦有一名姬妾名叫赵姬，长得倾国倾城，聪明伶俐，能歌善舞，此时已有两个月的身孕了。吕不韦心生一计，想道："异人回国后很有可能会继立为王，如果把赵姬献给他，再生一男孩，这个男孩将来很有可能承嗣为王，那么嬴氏的天下，实际上就变成了吕氏的天下了，也不枉我倾家荡产做的这笔生意。"于是便找了个机会，让赵姬故意去接近异人。异人一见赵姬，怦然心动，果真向吕不韦开口索要赵姬。

---

[1] 色衰而爱弛：出自《韩非子》。女子因姿色衰退而使受到的宠爱减退。

赵姬跟着异人回到了府中。一个月后，赵姬对异人说自己怀孕了，异人不知底细，还以为真是自己的孩子，就更加欢喜了。十月怀胎，一朝分娩，果然是个男孩。异人以为孩子早产，也没放在心上。再看那婴儿，生得眉目清秀，非常端庄。异人非常高兴，于是用赵姬的姓，给他取名为赵政。

公元前 257 年，赵政已经三岁了，秦国再次发兵围攻邯郸，情况危急。赵孝成王大怒，准备杀死异人泄愤。吕不韦与异人策划逃离邯郸。吕不韦拿出家里全部积蓄共六百金，用其中三百金贿赂了南门守城的将士，骗他们说：“我举家从阳翟来赵国经商，没有想到秦、赵两国交战，邯郸被包围了这么长时间，我日夜思念我的家乡，希望有生之年还能够回去，现将所存的家财，全部分送给各位，只要你们做个方便人情，放我一家出城，我将感激不尽！”守将们收下了黄金，很爽快地答应了。

接着，吕不韦置办酒席宴请公孙乾，又拿一百金送给公孙乾，诉说自己想回阳翟的心意。公孙乾丝毫没有起疑，在酒席上被灌得烂醉。当天夜里，异人将赵姬母子悄悄地送到她母亲家，然后换上便服，混在吕家仆人中间，跟着吕不韦一路出了南门，回到了秦国。

公元前 251 年，秦昭襄王驾崩，安国君即位为王，立华阳夫人为王后，异人为太子。赵国派人将赵姬和赵政送回了秦国。安国君登基后仅三天，就突发疾病去世了，异人于是即位，就是秦庄襄王。秦庄襄王尊华阳夫人为华阳太后，尊生母夏姬为夏太后，任命吕不韦为秦国丞相。

公元前 247 年，秦庄襄王驾崩，年仅十三岁的嬴政（嬴姓，赵氏，后人俗称“嬴政”）即位。此时的吕不韦作为秦国丞相，在洛阳已有十万户作为他的**食邑**[1]，被封为文信侯。由于嬴政年少，秦国国政皆由吕不韦一人把持。嬴政尊奉吕不韦为“仲父”。就这样，吕不韦从一个往来列国做买卖的低贱行商，摇身变成了权倾朝野、叱咤风云的权臣，荣宠达到了极致。

---

❶ 食邑：古代诸侯封赐臣下作为世禄的封地，包括土地和百姓。

知识链接

《吕氏春秋》

吕不韦成为秦国丞相后，广纳贤才，门下食客多达三千人。当时著书立说之风正炽，吕不韦命食客们将各自所见所闻记下，著成了二十多万字的《吕氏春秋》。相传，吕不韦曾把该书的内容写在布帛上，悬于咸阳的城门口，放言曰：诸侯各国的游士宾客，若有人能增删一字，就给予一千金的奖励。但最终没有一个人能够做到。

在先秦诸子的著作中，《吕氏春秋》被列为杂家。该书以黄老（指黄帝和老子）思想为中心，“兼儒墨，合名法”，主张在君主集权下实行无为而治。《吕氏春秋》可以看作是吕不韦的治国纲领，他认为用这一思想治理国家，对于缓和社会矛盾，百姓休养生息，恢复经济发展非常有利。但由于吕不韦与嬴政积怨已久，使得嬴政对这部书弃而不用，没有发挥它应有的作用。

评析

吕不韦是中国历史上的一个奇人，他的谋略和口才在中国历史人物中都是第一流的。当吕不韦发现异人的身份时，立即认定他“奇货可居”，说明吕不韦有着非凡的政治头脑；要想将这样一个不受宠爱的质子推上秦国的宝座，需要调动各种社会资源，是一个庞大而复杂的系统工程，没有高屋建瓴的谋划和周全细致的操作不可能实现。吕不韦凭着一己之力，就达成了他的愿望，可见他的胆略、头脑和执行能力都非同寻常。

第四十八回

信陵君窃符救赵

随着秦国称帝的野心逐渐显露出来，诸侯各国的生存压力与日俱增。赵国曾经是秦国最重要的反对力量之一，然而经过长平一战后，赵国兵力锐减，不得不派人四处求援。

就在平原君带着毛遂前往楚国求援的同时，魏国也接到了赵国求援的请求，魏安釐（xī）王派大将晋鄙率兵去救赵国。秦昭襄王听到这个消息，马上派使者到魏国去，威胁魏安釐王说：“邯郸被秦国攻下只是迟早的事情，谁敢去救赵国，秦国就发兵攻打谁！”

魏安釐王一听，十分害怕，就命晋鄙原地驻扎，**静观其变**[1]。

魏军按兵不动，这可急坏了赵孝成王，连忙派人将这一消息告诉了平原君。

平原君的夫人是魏公子无忌的亲姐姐，魏公子无忌是魏昭王的小儿子，魏安釐王同父异母的弟弟。魏昭王驾崩后，魏安釐王即位，封无忌为信陵君。信陵君为人仁厚，喜欢结交贤才，手下有门客三千人。平原君当即修书一封给信陵君：“我之所以愿意高攀与你结亲，一来是因为赵、魏二国联姻，关系一直亲厚；二来因为公子义气高尚，能急人之困！如今，邯郸就要被秦国攻破了，而魏国迟迟不愿发兵解救，公子能关心和解救别人的困难这一点又表现在哪里呢！你的姐姐因为担忧邯郸城破，日夜悲泣，公子纵然不顾念你我

---

[1] 静观其变：看着事情的发展，根据发展的不同情况采取不同的措施。

之间的情谊，难道也不顾念你姐姐的担忧吗？”

信陵君原本就在为此事发愁，见了这封信后，更是千方百计劝说魏安釐王，希望他下令晋鄙进兵，然而魏安釐王就是不同意。

信陵君没有办法，只好说：“于情于理，我都不能辜负平原君。既然大王不愿意出兵，我就是一个人，也要去赵国，死也要与平原君死在一起！”

信陵君回去后，对门客们说：“大王不愿意进兵，我们索性自己到赵国去，和秦军拼个你死我活！”于是他组织了一百多辆马车，准备去和秦军拼命，以身殉平原君之难。有一千多个门客自愿与他同往。

信陵君有个朋友名叫侯嬴，是个**隐士**[1]，七十多岁了，信陵君平时很尊敬他。侯嬴对信陵君说：“公子你要努力啊！我已年老，不能跟你一起去，请不要见怪！”信陵君等了好一会儿，侯嬴也不再说别的话，信陵君很不高兴地走了。

一直走出了十多里路，信陵君越想心里越不是滋味：“我自问对待侯嬴仁至义尽，今日我准备去与秦国拼命，而他却没有一言半语为我谋划，又不阻止我前行，真是奇怪啊！”于是命令队伍暂时停下，他独自驾着一辆车回去见侯嬴。

快到府邸时，只见侯嬴早已立在门外。侯嬴看见信陵君的马车，就笑着说：“我早就料到公子一定会返回来的。”

信陵君问：“为什么？”

侯生说：“公子待我一向很好，今日你要去冒险拼死，而我却不送行，您必定会怨恨我，所以一定会再回来问我原因。”

信陵君说：“那先生为何如此呢？”

侯嬴说：“公子养门客几十年，没有听说过门客为公子献出一条妙计，只会一味跟着公子去逞匹夫之勇。您这次去，就像把肉投给饿虎，又会有什么用处呢？”

---

[1] 隐士：指隐修专注研究学问的士人。

信陵君说："我也知道没有用处，但与平原君交情深厚，义节不允许我独自活着。先生您有什么好计策吗？"

侯嬴说："公子先请入座，容我慢慢为你谋划。"于是让边上的人都离开。

侯生说："您还记得大王的宠妃如姬吧？当初，如姬的父亲被人害死了，她要魏王给她报仇，可魏王派人找了三年，也没有找到那个仇人，后来是公子您叫门客找到了那个仇人，替如姬报了仇，如姬因为此事一直很感激公子。"

信陵君说："是有这么回事。"

侯嬴接着说："我听说魏国的兵符就藏在魏王的卧室内。如果公子去求如姬，让她把兵符偷出来，她一定会答应的。公子有了兵符，就可以夺取晋鄙的兵权；有了兵权，就可以和秦军决一死战了。"

信陵君一听，**如梦方醒**[1]。他立即派人去和如姬说了这件事。如姬一口应允，当天夜里就将兵符偷出来交给了信陵君。

信陵君启程时，侯嬴又对他说："将在外，君命有所不受。为将者必须要清楚判断什么才是对国家最为有利的。公子手中虽然有兵符，要是晋鄙依然不肯把兵权交出来，您怎么办呢？因此，请让我手下的朱亥与你同行。朱亥武艺高强，勇猛过人。晋鄙见到兵符表示顺从，那就很好，若是他不顺从，就让朱亥杀了他。我会计算着公子的行程，在您到达晋鄙军营的那天，我面向北方自杀，以此来送别公子！"信

---

[1] 如梦方醒：像刚从梦中醒来。比喻过去一直糊涂，在别人或事实的启发下刚刚明白过来。

陵君挥泪辞别了侯嬴。

魏安釐王一直到三天之后才发现兵符丢失了，盘问如姬，如姬只推说不知。魏安釐王想到信陵君已经率人马出发，怀疑此事与他有关，便派将军卫庆，率领三千人马，日夜兼程追赶信陵君。

信陵君一行来到**邺**（yè）**城**[1]，见到晋鄙，对他说："大王认为将军长期居外，必定十分辛苦劳累，特派遣我来代劳。"说着，就让朱亥捧来兵符交给晋鄙查验。

晋鄙接符在手，心中踌躇，想道："我统率十万大军，驻扎在边境上，这是国家交给的重任。如今，魏王没有片纸书信，而公子仅凭一个兵符就要取代我为将，此事怎么能轻信呢？"就对信陵君说："公子暂请休息几日，待我把军中人员的情况编制成册，清清楚楚地交付给你如何？"

---

❶ 邺城：今河北临漳县西和河南安阳市北郊一带

信陵君说:“邯郸的形势非常危急，应当星夜赶赴解救，怎么能有休息时间？”

晋鄙说：“实不相瞒，这是军机大事，我还要奏请大王问明情况，才敢交付军队……”

话音未落，朱亥厉声呵斥道：“元帅不奉大王之命，就是反叛了！”晋鄙大吃一惊，刚问了一句：“你是什么人？”就见朱亥从袖中抽出一只四十斤重的铁锤，朝着晋鄙当头一击，顿时将他打得脑浆迸裂，气绝身亡。

信陵君握着兵符对众将领说：“魏王有命，让我代替晋鄙将军率军救赵。晋鄙不奉命，现已处死。三军将士安心听令，不得轻举妄动！”众将士无一敢不听令。

卫庆追到邺下时，信陵君早已杀了晋鄙，接管了军队了。卫庆料想信陵君救赵的决心已下定，再劝说也无用，便想告辞离去。信陵君哪里会轻易放他离去，软硬兼施，将他扣留在了军中。

信陵君又下令：军中将士们，但凡父子都在军中的，父亲回去；兄弟都在军中的，兄长回去；家中独子的，回去奉养父母；身患疾病的，可留在军中医治。完成军队整顿后，他身先士卒，率领着八万人精兵进攻秦军大营。

白起没有料到魏兵突然到来，只得**仓促**[1]应战。平原君见救兵已到，带领赵军从邯郸城中杀出，两面夹击。秦军损失惨重，不得不下令撤军。

邯郸之围解除后，赵孝成王和平原君亲自到城外迎接信陵君。平原君背着箭筒和弓箭给信陵君引路。赵孝成王对着信陵君拜了两拜，说道：“自古以来的贤人没有一个能比得上公子的啊！”

就在信陵君到达晋鄙军中的那天，侯嬴果然面向北方自杀了。信陵君深知自己偷了兵符，得罪了魏安釐王，不敢再回赵国，就将兵符交给了卫庆，让他率军返回魏国，自己则留在了赵国，他的门客们也都跟着弃魏奔赵。从此，信陵君的名气更大了。

---

[1] 仓促：匆忙，也作仓猝。

知识链接

兵符

兵符是古代传达命令或调兵遣将所用的凭证，通常会做成相连的两半，上面的花纹或文字要合在一起才完整。一般将右半留存在国君处，左半交给统帅。调遣军队时，国君将右半的兵符交给被委托的人，受到调遣的将领必须在符验合后，才会听从命令。古时候使用兵符有严格的规定，专符专用，一地一符，绝不可能用一个兵符同时调动两个地方的军队。

古代兵符通常用铜、玉或木石制成，作虎型，又称虎符，这主要源于我国古代对老虎有着特殊的崇拜情结。虎符最早出现于春秋时期，盛行于战国、秦、汉。现存最早的虎形符节是战国时期的“辟大夫虎节”和“韩将庶虎节”，是虎符的前身。从汉朝开始至隋朝，虎符均为铜质，骑缝刻铭以右为尊；隋朝时改为麟符；唐朝因为讳虎，改用鱼符或兔符，后来又改用龟符；南宋时恢复使用虎符；元朝用虎头牌，后世演变为铜牌。

评析

信陵君窃符救赵，表面上看是背叛了魏国，实际上是救了魏国。面对强大的秦国，赵、魏两国唇齿相依，只有联手才不会惨遭蚕食。信陵君此举虽然延缓了秦国一统天下的进程，但终究无法扭转秦并六国局势。

本回故事中对人物的刻画描写极为精彩。信陵君作为主角，不仅表现了他礼贤下士的作风，还着重刻画了他重情重义、急人之难、救人之危的性格。除此之外，侯嬴、朱亥形象也栩栩如生、呼之欲出，就连没有正面出场的如姬，作者也在寥寥数语间，塑造了一个有胆有识、见义勇为的“绝代佳人”的艺术形象。

第四十九回

鲁仲连义不帝秦

邯郸被困之后，赵孝成王十分害怕，每天都与大臣们聚在一起商讨对策。诸侯各国因为畏惧秦国的强大，都不敢发兵来救。魏安釐王原本派出了将军晋鄙前来救援，但也由于这个原因，中途下令魏军停止前进。

魏国与赵国素来关系良好。魏安釐王虽然不敢明着出兵救赵，但也愿意以另外的方式为赵国排忧解难。于是派辛垣衍偷偷从隐蔽的小路潜入邯郸，面见赵孝成王和平原君。

辛垣衍说："想当年，秦王曾和齐湣王争抢着要称帝，秦王称帝后不久又取消了帝号；如今齐国削弱，只有秦国称雄天下。秦军之所以急于围攻赵国，并不是贪图邯郸，而是想要寻找由头重新称帝。赵国如果能主动派遣使臣尊奉秦昭襄王为帝，他一定很高兴，肯定马上就会撤兵了。"赵孝成王和平原君迟迟犹豫未决。

齐国有个叫鲁仲连的人，他十二岁时就曾使说客田巴甘拜下风，人们称鲁仲连为"千里驹"。鲁仲连长大成人后，不肯入朝为官，终日里四处云游[1]。秦军围困邯郸时，鲁仲连正好游历到了赵国，听说魏国想要让赵国尊奉秦昭襄王称帝，便急忙去拜访平原君。

鲁仲连对平原君说："大家都在说您赞同让赵国尊秦为帝，有没有这件事？"

---

[1] 四处云游：漫游四方，行踪不定。

平原君说：“我现在就像惊弓之鸟，魂魄早已经丢了，哪里还敢谈论这样的大事！前不久，赵国刚刚损失了四十万大军，而今，秦军围困邯郸，又不能使之退兵。于是，魏王便派辛垣衍来给赵王出主意。眼下，那个人还在这儿。”

鲁仲连说：“您是天下著名的‘四公子’之一，为君分忧是你的使命，难道竟要将国家交付给魏国人吗？辛垣衍将军现在何处？我去帮你狠狠地骂他，把他赶回魏国去！”

平原君说：“我愿为您介绍，让他跟先生相见。”于是平原君把这件事告诉了辛垣衍。辛垣衍早就听说过鲁仲连的大名，知道他能言善辩，怕他搅乱了自己来赵国的使命，所以推辞不愿相见。而平原君却坚持要他们二人相见，于是就邀请鲁仲连一起来到公馆。

鲁仲连见到辛垣衍后一言不发，辛垣衍等了半晌，不得不主动说话：“如今留在邯郸城中的人，都是有求于平原君的人；但我看先生的尊容不像是有求于人的，那您为什么还不走呢？”

鲁仲连说：“世人都认为**鲍焦**[1]只会为个人打算，而缺乏博大的胸怀，这种看法是错误的，因为大家都不了解他耻居浊世的心意。秦国是个抛弃礼仪只崇尚战功的国家。秦王用权诈之术对待士卒，像奴隶一样役使百姓。如果让他无所忌惮地称帝，进而统治天下，那么我也只有效仿鲍焦，跳进东海去自尽了。我之所以来见将军，是打算帮助赵国啊。”

辛垣衍问：“先生打算怎么帮助赵国呢？”

鲁仲连说：“我要请其他诸侯国来帮助它。”

辛垣衍说：“齐、楚两国本来就帮助赵国了，而燕国，我相信也会听从您的；至于魏国，我就是魏国人，先生怎么能让魏国帮助赵国呢？”

鲁仲连说：“魏国是因为没看清秦国称帝的祸患，才没帮助赵国。假如魏国看清秦国称帝的祸患后，就一定会帮助赵国。”

辛垣衍问：“秦国称帝后会有什么祸患呢？”

---

[1] 鲍焦：周朝时期的隐士，他因不满时政，廉洁自守，遁入山林，最终抱树而死。

鲁仲连说："想当年，周烈王时，诸侯们谁也不去朝拜没落的周国，而齐威王高举'仁义'大旗，率领天下诸侯前去朝拜。一年多以后，周烈王驾崩时，田婴作为齐国使臣前去奔丧，竟然迟到了。新任周天子派人前去问罪，竟惹得齐威王破口大骂、肆意侮辱，最终沦为天下的笑柄。"

辛垣衍说："奴仆之所以侍奉主人，不是力气不如他、才智不如他，而是因为害怕他啊！"

鲁仲连说："如此说来，魏王也会成为秦王的仆人吗？"

辛垣衍说："是！"

鲁仲连说："那么，让秦王烹煮魏王，将他剁成肉酱，如何？"

辛垣衍十分生气，说："先生的话也太过分了！你又怎么能让秦王烹煮了魏王呢？"

鲁仲连说："这是很简单的事！从前，九侯、鄂侯、文王是商纣王的三个诸侯。九侯有个女儿长得姣美，被献给纣王，纣王却因为不满意她的容貌，把九侯剁成肉酱；鄂侯刚直**诤谏**[1]，忠言逆耳，被杀死做成肉干；文王听到这件事，只是长长地叹息，便被囚禁在监牢内一百天。秦国和魏国都是万乘之国，又各有称王的经历。如今只看秦国打了一次胜仗，就要顺从地拥护它称帝，这不是长他人志气灭自己威风吗？想当年，乐毅率领燕军攻破齐国，齐湣王仓皇逃跑，就因为那齐湣王曾经以帝自居，对其他诸侯王不尊重，致使卫、鲁、邹三国都拒绝他的人马入城避难。难道魏国反倒不如这三个小国吗？再说，秦国一旦称帝，势必会罢免那些他认为不肖的诸侯大臣，换上他认为贤能的人；除掉他憎恶的人，换上他所喜爱的人；还要让他的儿女和搬弄是非的姬妾嫁给诸侯做妃嫔，住进诸侯的后宫之中。如此一来，魏王还怎么能够安安稳稳地生活呢？将军您又怎么能够得到原先的宠信呢？"

辛垣衍立即起身，向鲁仲连恭恭敬敬地拜了两拜，说："当初认为先生是个卖弄口舌之人，如今才知道先生是天下杰出的高士。我马上就离开赵国，再不敢谈秦王称帝的事了。"

秦军得知这一消息后，把军队后撤了五十里。恰好信陵君窃取兵符，夺了晋鄙的军权，率领魏国援军前来援救赵国，秦军大败之后，撤离邯郸回去了。

平原君设宴款待鲁仲连，献上千金以表酬谢。鲁仲连笑着说："杰出之士所以被天下人崇尚，是因为他们能替人**排忧解难**[2]、消灾解惑，但不取回报。如果收取酬劳，那就成了生意人的行为，我鲁仲连不是那样的人。"于是辞别平原君，终身不再相见。

---

❶ 诤谏：直爽地说出人的过错，劝人改正。

❷ 排忧解难：排除忧愁，解除困难。

知识链接

万乘之国

乘（shèng），四匹马拉的车。自商、西周以至春秋，战车一直是军队里主要且重要的作战装备。“乘”是当时军队的基本编制：以战车为中心，配以一定数量的甲士和步卒（徒兵），再加后勤车辆与徒役编组。因此，战车成为军事主力和衡量国家实力的标准。后来逐渐有了“千乘之国”“万乘之国”之称。按照周朝的制度，“周制天子地方千里，出兵车万乘；诸侯地方百里，出兵车千乘”。原本诸侯国最多只能称“千乘之国”，但到了战国末期，周天子已经名存实亡，大的诸侯国也敢自称“万乘”了。

评析

历史上的鲁仲连是以口才超群、谈锋机警的“说客”形象出现在世人面前的。他的游说之道注意理论联系实际，主张为现实而辩，为国事而辩。尤为难能可贵的是，鲁仲连“位卑未敢忘忧国”，他不只是把爱国挂在嘴上，还把它落实到了具体的交游实践中。在本回故事中，鲁仲连就表现出了齐之高士的爱国、清廉、仗义的高尚德操，显示了自己过人的胆识、高超的智慧和鞭辟入里、简洁含蓄的论辩艺术。

第五十回

秦王灭周迁九鼎

楚考烈王听说信陵君大破秦军的消息后，感慨万分，说："平原君提议六国采用合纵战略自存，看来是很有道理的。而信陵君也有勇有谋，我真遗憾没有他这样的大将。楚国如果能有这样的人才，我们还怕秦国干什么呢！"

春申君在一旁听到后，不由得满面惭色，向楚考烈王奏道："以往诸侯国之间的合纵，都是由楚王担任的纵约长。如今秦兵刚刚受到挫折，其斗志大不如以前，大王应当趁此机会派出使节，与各国协商共同伐秦；同时要好言劝说周王，把他捧为盟主，挟天子之名诛讨秦国。如此一来，方可胜券在握，大业**竟成**[1]。"

楚考烈王同意了，马上派遣使节去周国，把联合讨秦的想法报告给周赧(nǎn)王。此时的周朝已经名存实亡，周赧王虽然位居天子，实际上只是守着一个空名，没有谁真听他的号令。周赧王早已知道秦昭襄王准备打通三川，向周国发动进攻，一听楚王的提议，哪有不愿意的，当即就答应下来。楚考烈王又派人与韩、赵、齐、燕相商，约定日期一起向秦国进攻。

此时，周王室的影响力仅限于洛邑附近，而且疆土还被韩、赵两国分为了西周国和东周国两块，由两个周公分别统治。周赧王下令西周公征集军队，凑起了一支五六千人的队伍，但由于没有钱购置车马粮草，无奈之下，只好到城中有钱人的家中去借钱充作军资，并留下借据，答应等战事完毕，以所缴获银

---

[1] 竟成：竟，终于。竟成，即终于成功。

钱财物，加息偿还。军队勉强组织好后，周赧王要求六国诸侯赶往伊阙[1]会合，由西周公率领着周国军队，等待其他几国兵马前来汇集。

然而，六国与秦决一死战的心思并没有那么坚决：韩国正面临秦国的进攻，自顾不暇；赵国也刚刚解除邯郸之围，对秦十分畏惧；齐国奉行与秦修好的策略，不愿与其他几国联合伐秦。所以到了最后，只有燕国和楚国的兵马来了。燕将乐闲、楚将景阳将营盘扎下，见到其他四国没有动静，他们也不肯贸然先战。

秦昭襄王见到诸侯国各怀心思，这才放下心来。秦国首先增兵援助张唐攻下韩国的阳城[2]，另派将军嬴樛（jiū）率兵十万，驻扎于函谷关之外。燕、楚两支军队屯兵三个多月，始终不见其他国家的兵马前来汇聚，军心日渐懈怠，只好各自班师回国。西周公无奈，也只好带着军队撤退了。周赧王出兵一番不战而归，军资耗掉不少，什么也没有捞着，城里的富商们拿着先前立下的借约前来索债，天天聚集在王宫门口高声讨还，人潮声浪直传入内宫，闹得鸡犬不宁。周赧王后悔不已，却没法应对，只得整日躲在高台之上避债。

秦昭襄王见燕、楚两支大军撤走，随即命令嬴樛与张唐合兵一处，取路阳城进攻西周国。周赧王思量自己既缺士兵又无粮草，想防守又怕难与秦军相抗，遂打算躲往三晋[3]。西周公劝道："秦国有占据整个天下的实力，三晋用不到多久也会被秦国占领。与其到那时再受一次羞辱，不如现在就把土地让给秦王。"周赧王无计可施，只好依了西周公的主张，捧着周朝舆图来到秦军大营投降。秦昭襄王接受了周赧王的投降，接管城池三十六座，人口三万户。秦昭襄王将梁城[4]给了周赧王居住。周赧王到梁城后不到一个月便病死了。

公元前 255 年，秦昭襄王发布命令，废除周朝国号，又命令嬴樛驱使洛阳城中的青壮年们拆毁了周朝祖庙，把庙中祭器悉数运回秦国咸阳，特别是

---

1. 伊阙：今河南省洛阳市南。
2. 阳城：今山西省晋城市阳城县。
3. 三晋：战国时期的赵、魏、韩三国的合称。
4. 梁城：今河南省方城县东。

那象征王权和国家福祉的九鼎。秦军运送九鼎到达泗水时，其中一鼎突然从船上飞起，落入水中，瞬间就沉到了水底。嬴樛赶快派人下水打捞寻找，却怎么也找不到那只鼎。正在这时，突然水上风暴骤起，惊涛骇浪，船上的人都被吓坏了，再没有人敢下水打捞了。

嬴樛只好带着八鼎回到了咸阳，奏明秦昭襄王。秦昭襄王十分不甘心，想多派些人去将鼎找回，却没能如愿。

秦昭襄王将周朝的八鼎和祭器陈列在秦朝的太庙中，在雍州城郊举行了祭天仪式，同时遍告列国都要来朝见纳贡，如果有不派人来的，就派兵去讨伐他。韩桓惠王首先入朝向秦王俯首称臣，接着齐、楚、燕、赵也都派来自己的丞相，向秦王表示祝贺。只有魏国的使者迟迟不来。秦昭襄王大怒，派遣河东太守王稽带了人马去袭击魏国。王稽以前就与魏国有着暗中交往，私自接受过魏国不少钱财。这次听说伐魏，就把消息悄悄告诉了魏王。魏王十分惊恐，赶快派来使节向秦王谢罪，还把太子增送到秦国作为人质，表示魏国一定听令于秦王。至此，齐、楚、燕、韩、赵、魏六国都归附了秦国。

燕国有个叫蔡泽的人，博学善辩，非常自负，他经常到各处游说，没有遇到过什么对手。一天，蔡泽来到魏国的都城大梁，碰到一个名叫唐举的算命人。

蔡泽说："我听说先生曾经给赵国的李兑相过面，说他百日之内即可以执掌国家权力，果真有这件事么？"

唐举答道："确有这件事。"

蔡泽又问道："那你看我如何？"

唐举仔细看了一会儿，笑着说："先生的鼻子好像蝎子一般，肩膀比脖子还高，脸如魋（tuí）[1]貌，两边眉毛挤在了一块，两支腿也蜷曲不直，我虽看不出您将来有何机遇，但我听说'圣人不可以貌相'，对您可能也是这样吧。"

蔡泽以为唐举是在和自己开玩笑，摇了摇头，没有说话。

---

[1] 魋：传说中的一种神兽。

唐举说："秦国丞相范雎举荐的郑安平、王稽都犯了重罪，范雎现在一定非常害怕，急于辞掉自己的官职。先生何不去秦国试一试，何必困守在这里呢？"

蔡泽听从了唐举的建议，一路来到了咸阳。住店时，蔡泽对掌柜说："你一定要把店里最好的酒饭端上来，待我做了丞相的时候，必定重重地酬谢你。"掌柜非常惊讶，说："客官何出此言？"蔡泽说："我姓蔡名泽，是天下最善辩说、最聪明的人，现在特地来求见秦王。秦王只要见到我就一定会赏识我，赶走范雎而让我来做丞相，相印很快就会悬挂在我的腰间了。"掌柜觉得此人太狂妄可笑，也没有当真，只是在闲谈之间将这件事当成笑话讲了出来。

消息很快传到了范雎的耳朵里，范雎便派人到旅店去请蔡泽。

蔡泽身着布衣走着去见范雎，到了范雎面前只拱揖为礼，并不跪拜，范雎也不请他坐下。

范雎大声呵斥道："那个在外边到处讲要取我而代之的人就是你吗？"

蔡泽朗声答道："就是我。"

范雎说："说出你的理由。"

蔡泽说："你怎么连这个道理都想不明白。就如同春、夏、秋、冬四时更替有序一样，已经成功了的事物就必然会逐渐衰退下来，而那些能够把握住未来、更有生命力的事物会壮大和发展。现在对你来说，该是退下来的时候了。"

范雎说："我自己如果不愿意退下来，又有谁能让我退下来呢？"

蔡泽说："体魄强健，聪明机智，能够主持正义、为天下人带来**福泽**[1]的人，不就是为世人所敬仰的圣贤吗？"

范雎答道："是的。"

蔡泽说："实现了自己的愿望，拥有了很高的地位，但能安乐长寿，到死后能把所受爵位俸禄留给子孙世代相传的，不就是世人所说的有本事的人吗？"

范雎答道："是的。"

[1] 福泽：幸福与恩惠。

蔡泽说："这样说来，秦国的商鞅、楚国的吴起、越国的文种，他们虽然事业获得了成功，却死于非命，不得善终，你是不是也愿意做他们那样的人呢？"

范雎心中一惊，假意回答说："大丈夫以身报效国家，不仅于当时当世有功，而且将名垂史册，我为何不愿意学做他们呢？"虽然范雎嘴里讲得很强硬，但此时心里早已翻江倒海。

蔡泽继续说："为君的圣明，为臣的忠贤，是国家的福分；为父的慈祥，为子的尊孝，这是家庭的福分。做孝子的，谁不愿有一个慈祥的父亲；做贤臣的，谁不愿意辅佐一个圣明的国君？比干虽然忠贤，但殷国依然亡掉了；申生虽是孝子，但国家仍然生出混乱。他们虽然死得很悲壮，却无益于他们的君王、父亲。这是为什么呢？这是因为他们的君王、父亲不是圣明的。大丈夫活在世上，身名俱全，这是最好的；名流后世，舍生取义[1]，这是其次；只有那些虽然苟全了性命，却失去了名节的人，这才是最下等的。"

蔡泽这一席话讲得范雎胸中顿觉爽快，不觉从座上移步下堂，嘴里连声说："好，好！"

蔡泽接着说道："秦昭襄王对功臣的亲近信任不会超过秦孝公、楚悼王、越王勾践三位，而你的功绩又比不上商鞅、吴起、文种三位，可是你的俸禄之巨，职位之高、家财之富，却远在他们三个人之上。连他们三个人都没逃过杀身之祸，更何况于你呢？所以你应该急流勇退，及时地归还相印，挑选一个贤明的人向秦王推荐，然后去山川大河之中寻找生活的乐趣，像松柏一样长寿，子子孙孙也可以世袭你'应侯'的爵位，你何苦不辨事情的轻重利弊，重蹈那不知什么时候就会降临的灾祸呢？"

范雎大喜道："听君一席话，胜读十年书！"

第二天，范雎入朝，向秦昭襄王推荐了蔡泽。秦昭襄王召见了蔡泽，十分满意，当下就拜蔡泽做客卿。不久，范雎以患病为由，辞去了丞相的职务，秦昭襄王封蔡泽为丞相。范雎最后老死于应城。

---

[1] 舍生取义：为了正义事业不怕牺牲。常用于赞扬别人难能可贵的精神。

知识链接

九鼎

九鼎是中国文明入口处的一块里程碑。据《左传》记载：夏朝初年，大禹划天下为九州，州设州牧。后夏启令九州牧贡献青铜，铸造九鼎。夏启事先派人把全国各州的名山大川、形胜之地、奇异之物画成图册，然后派著名工匠，将这些画仿刻于九鼎之身，以一鼎象征一州。九鼎象征九州，象征全国的统一和王权的高度集中，显示夏王已成为天下之共主，是顺应“天命”的。从此，“九州”成为中国的代名词，“定鼎”成为全国政权建立的代名词。

商盘庚定都于殷后，九鼎迁移至此。周武王灭商后，曾公开展示九鼎。周成王即位后，周公旦营造洛邑，将九鼎迁至该城，安放在太庙之中。东周时，周朝王室衰落，各诸侯开始觊觎（jì yú）王权。周定王时，楚庄王首次“问鼎之轻重”，被周大夫王孙满驳回，后楚灵王一度也动心问鼎，因国内发生叛乱，未果。秦惠王时，张仪制定策略，希望能夺得九鼎以号令诸侯。周赧王投降后，秦昭襄王获九鼎，迁至咸阳。

评析

周赧王是东周最后一位君主，他在位时，东周王室的影响力仅限于洛阳及其周边，秦昭襄王基本上已经取代了周天子的地位。所以无论周赧王是不是一个有道明君，对于挽救危亡的周朝都没有什么作用了。

作者出于维护“正统”的心理，将秦描述成“篡（cuàn）权夺位”的乱臣，因此在本回书中刻意添加了九鼎去一鼎的情节，以此说明秦国得位不当。但这只是作者的私心设计而已。实际上，当象征着国家权力的九鼎被迁到咸阳后，秦国无论是实质上还是名义上，都已经成了天下共主。

第五十一回

廉颇败燕杀二将

公元前 251 年，平原君赵胜去世，赵孝成王任用廉颇做丞相，封为信平君。

因为燕、赵两国接壤，燕王喜派丞相栗腹前往赵国为平原君吊丧，同时表达两国修好、和平相处的意愿。栗腹自以为是堂堂燕国丞相，必定能在赵国得到丰厚的赏赐，没想到赵孝成王只按一般的礼节接待了他。栗腹感到被冷落，心里十分生气。

回到燕国，栗腹向燕王喜报告说："赵国自长平一战失败后，国内的青壮年死得差不多了，留下的遗孤年纪还都很小。平原君刚刚去世，继任的丞相廉颇年事已高，如果此时出其不意地攻打赵国，定能把赵国灭掉！"

燕王喜不敢轻信栗腹的话，就把昌国君乐闲招来，询问他有什么想法。乐闲回答说："赵国东边和燕国相邻，西边和秦国相接，南有韩国、魏国，北方连着胡、貊（mò）[1]，换句话说，也就是四面受敌。也正因为这样，赵国人经常演习武艺，我们不能轻易出兵进攻赵国。"

燕王喜问："如果我们用三倍于赵国军队的力量去进攻怎么样？"

乐闲说："不行。"

燕王喜问："如果用五倍的力量呢？"

乐闲没回答。燕王喜大怒，说："你是不是因为自己父亲的坟墓在赵国，所以不想去攻打赵国啊？"

---

[1] 貊：古代汉族称对东北方少数民族的一种称呼。

乐闲说："大王如果不相信我的话，我请求带兵去试一试。"

燕国的大臣们都认为，用五个人打一个怎么可能会打不赢，因此纷纷指责乐闲，只有大夫将渠站出来为乐闲说话，劝燕王喜说："大王最先考虑的不应该是人数的多与少，而是这样做是否合乎道理。不久之前，您刚希望与赵国和好，送五百金给赵王，如今使者回来一报告，就要起兵进攻赵国，如此不讲信用、不讲义气，出兵一定不会取得成功的。"

燕王喜根本不听别人的意见，决定分兵三路：栗腹、乐乘率兵十万进攻鄗（hào）城[1]；庆秦、乐闲率十万进攻代城；燕王喜亲自带领十万大军，随后接应。

燕王喜出发之前，将渠用手抓住车前的绶带，垂泪说道："请大王不要亲自前去进攻赵国，这样会让大家都感到震惊和不安的。"燕王喜大怒，用脚去踢将渠。将渠又抱住燕王喜的脚，哭着说："为臣劝大王留下是一片忠心啊。大王如果不听臣的劝告，燕国的灾祸就要来了。"燕王喜更加恼怒，喝令左右把将渠关进监狱里，等到大军凯旋之日再杀他的头。

就这样，燕军浩浩荡荡地出发了。赵孝成王听说燕国的兵马快要到了，连忙召集群臣商议对策。

廉颇说："燕国欺我们国中无人，请大王让全国十五岁以上的人都拿起兵器去助战，我们的声威一振，燕国的斗志自然就会消失。那栗腹是个好大喜功[2]之人，原本没有什么带兵征战的本领，那庆秦更是个无名之辈，乐闲、乐乘常常来往于燕国与赵国之间，素来与我们交好，应该也不会去为燕国尽心尽力攻打我们，所以击退燕军应该不是难事。"

赵孝成王命廉颇为大将，带领五万精兵前往鄗城去迎击栗腹，派武安君李牧作为副将，率领五万精兵到代城迎击庆秦。

廉颇率军来到阵前，将军中精壮之士都隐藏在铁山，只用老弱之兵扎好营寨。栗腹探得赵兵都是些老弱之人，非常高兴地说道："我早就知道赵国的

---

❶ 鄗城：今河北邢台柏乡县固城店镇。

❷ 好大喜功：指不管条件是否允许，一心想做大事立大功。多用以形容浮夸的作风。

军队不堪一击。”于是便率领燕军加紧攻打鄗城。鄗城中人得知救兵已到，信心大增，顽强抵抗。栗腹一连攻打了十五天，仍然没有攻破鄗城的城门。

廉颇先派出几千疲惫不堪的士卒去阵前挑战。栗腹留下乐乘攻城，自己亲自出阵，双方交手只一个回合，赵兵抵挡不住，大败而逃。栗腹求胜心切，指挥燕军**穷追不舍**[1]。一直追了有六七里路，突然伏兵四起，廉颇亲自率军杀出。廉颇的武艺本来就远在栗腹之上，所带的也都是精壮士卒，很快就将燕军打得落荒而逃。栗腹也被廉颇活捉了。乐乘听说栗腹被擒，正想突围逃走，廉颇派人前来招降，乐乘趁势归顺了赵国。

与此同时，李牧率兵去救援代城也大获全胜，李牧斩了庆秦，前来报捷。乐闲带着剩下的燕军退守清凉山。廉颇要乐乘写了一封信送给乐闲，劝乐闲不要再为燕王喜效力。乐闲接信后就归降了赵国。

燕王喜得知左右两路兵马全军覆没，只得连夜撤往**中都**[2]。廉颇率军长驱直入，在中都城四周筑起**长围**[3]，将燕军死死困在城中。燕王无奈，只好派出使节到赵军来讲和。

---

❶ 穷追不舍：使劲追逐着，不让敌人跑了。也比喻做事执着。

❷ 中都：今北京市房山区窦店以西。

❸ 长围：长堤，或环绕一城一地的较长工事，用于围攻或防守。

乐闲对廉颇说：“鼓动燕王进攻的是栗腹，大夫将渠有先见之明，苦苦劝谏，燕王喜非但不听，反把他关在狱中。如果将军同意与燕国讲和，请务必要燕王喜答应任命将渠做丞相，并派他到赵国来送赔款。”廉颇同意了，将这一要求告诉了燕王喜。

燕王喜没有办法，只好来到狱中见将渠，把相印交给他。将渠推辞不受，说：“事情不幸被我言中，我怎么可以趁国家战败之机为自己谋利益呢。”燕王喜说：“都怪我当初不听你的劝告，如今自取其辱。况且这也是赵国和议中明确提出的要求之一，除了你没有人能够办到。”将渠听罢，这才接下相印。

将渠对燕王喜说：“乐乘、乐闲虽然投降了赵国，但他们的祖上对燕国是有过大功的，大王应当将他们的妻子孩子送去，使他们不忘燕国对他们的恩德，这样同赵国的和议也可以很快达成。”燕王喜同意了。

将渠来到赵军，替燕王喜向赵国谢罪，并把乐乘、乐闲的家属一同送来，同时许诺割让五座城池给赵国。廉颇答应同燕国议和，将栗腹斩首，连同庆秦的尸体一并归还燕国，然后班师[1]回朝。赵孝成王下令犒赏三军，封乐乘为武襄君，乐闲仍和以前一样称作昌国君，命李牧作代郡太守。

当时，剧辛正为燕王喜驻守蓟州。燕王喜想到剧辛曾经和乐毅共同辅佐过昭王，就让剧辛写信劝说乐乘、乐闲回到燕国来。乐乘、乐闲想到当时燕王喜不听忠言，招致燕国大败，于是决定留在赵国。将渠虽然做了燕国丞相，可那并非出于燕王喜自己的本意，所以过了不到半年，他就托病辞去了相位。燕王喜起用剧辛代替将渠做了燕国丞相。

[1] 班师：调回在外打仗的军队，也指出征军队胜利归来。

知识链接

武安君

武安君，古代封号名，最早出自西周。历朝历代中能安邦胜敌者均号“武安”。战国时期盛行的“封君制”是春秋时期分封卿大夫的继续，“君”是卿大夫的一种新爵号。

苏秦被赵肃侯封为“武安君”，之后出使六国推行合纵，后佩六国相印。

秦国名将白起数立战功，秦封其为“武安君”。《史记正义》说他获武安封号的原因是：“言能抚养军士，战必克，得百姓安集，故号武安。”

赵国名将李牧数次击退秦军，赵惠王感慨地说：“李牧真乃寡人的白起啊！”故封李牧为“赵武安君”。

楚国名将项燕曾击败名将李信，大挫秦师，被封为“楚武安君”。

值得注意的是，武安君虽然是极为崇高的封号，但历史上的“武安君”们大多都没有善果：苏秦被车裂而死；白起自刎而死；李牧因秦国离间计被赵王所杀；项燕被王翦所败，死在乱军之中。

评析

长平之战后，赵国实力大损，还没有恢复元气，燕国趁机以五倍的兵力前来攻打，形势对赵国非常不利。赵国名将廉颇利用燕军轻敌、疲劳、主将好大喜功的弱点，分兵出动，逐一击破，取得了最后的胜利。此战是一次著名的以少胜多的战役。在秦国已经虎视眈眈的情况下，其他各国还认不清形势，为了一些小利和小的恩怨互相攻击，这也使得秦国能乘虚而入，各个击破，最终统一天下。

第五十二回

樊於期传檄讨秦

燕王喜被老将廉颇打败，觉得是莫大的耻辱，一心想报仇雪恨，只是忌惮廉颇，所以迟迟没有动手。不久，魏安釐王、信陵君都死了，赵、魏失和，廉颇领兵攻打魏国，被秦国施以反间计，被迫逃离赵国。

赵国任庞煖（xuān）为相，燕王喜趁机任剧辛为将，率军攻打赵国，结果被庞煖打得大败而逃。

公元前 244 年，庞煖联合韩、魏、楚、燕四国共同讨伐秦国，众人推举春申君作为联军的主帅。

春申君召集众将商议说："每次讨伐秦国，兵马都会走函谷关，因此秦国人在这里防守非常严密，所以一直没有成功。况且各国兵士知道攻打函谷关的困难，都有怯战的心理。如果我们取道蒲坂，从华州向西，直接奔袭渭南，进逼潼关，如此出其不意，或许可以取胜。"大家都表示赞同。于是联军兵分五路，都从蒲关而过，沿骊山一路进发，直接攻打渭南。

谁知渭南城的防守十分严密，联军攻城没有成功，便将渭南包围起来。

秦丞相吕不韦得知消息后，亲自担任主帅，带领蒙骜、王翦等人，率二十五万大军前去迎战五国。秦军在距离潼关五十里的地方扎下五座营寨，排列成星状。

王翦对吕不韦说："用五国的全部兵力围攻一座渭南城都占领不了，可见他们的无能了。三晋离秦国很近，而且已经习惯与秦军作战，而楚国在南方，各国军队中只有楚军走的路最远，而且自张仪死后，楚国三十年与秦国没有打过仗。如果能从我们五营军马中挑选一些精兵强将，合力进攻楚国，楚国一定支持不住。打败了楚国这支军队，其他四支军队就会望风而逃。”

吕不韦认为他讲得有道理，于是命令各营寨照常设置高垒[1]，遍插旌旗，又暗地里从每营挑出一万名精兵，约定听到四更鼓响，一齐出发袭击楚军营寨。

秦国大将李信因为督粮牙将甘回押运粮草迟缓，要将他斩首。许多将官为甘回求情，李信便下令改为杖责一百。甘回心生愤恨，连夜投奔楚军，将王翦的偷袭计划告诉了春申君。春申君大吃一惊，想去各军营通报，又怕延误了时间，于是立刻传令拔寨撤退，连夜奔驰五十里才敢慢慢而行。等到秦军杀到楚营时，楚国军队已经全部撤走了。

王翦说：“楚军事先撤退，一定是有人泄露了我们的秘密。这个计策没有实现，但我们既然出兵了，就不能空手而回。”于是改道袭击赵军营寨。赵军营寨防守很坚固，攻打许久没有成功。庞煖持剑站在营门前，喝令谁敢擅自行动马上斩首。秦军乱了一夜。天亮了，燕、韩、魏军都来救援，秦军这才收兵回营。庞煖看到楚军没有来，便派人去打探，知道楚军已经事先撤走了，叹气道：“联合抗秦的事情，看来以后是办不到了。”随后，四国各自班师。

吕不韦对五国伐秦愤恨不已，一直思量着进行报复。他认为带头谋划进攻秦国的是赵国庞煖，于是，派蒙骜和张唐率领五万秦兵前去攻打赵国。蒙骜的先头部队出了函谷关，经过上党，直接逼向庆都[2]，在都山扎下营寨。赵国派遣丞相庞煖为大将，率领十万大军迎敌。

庞煖说：“庆都北面只有尧山最高，登上尧山可以俯望都山，应当先占据尧山。”于是派副将扈辄带二万士兵先行一步，前去占领尧山。谁知赵军到了尧山脚下，才知道山上已有一万秦兵驻守在这里。扈辄冲上山去，杀散秦兵，然后在山上扎下营寨。蒙骜知道尧山失守，赶忙派张唐带着二万秦军来和赵

---

[1] 高垒：高大的壁垒。高垒深沟是古代打仗时常用的军事工事。

[2] 庆都：河北省保定市望都县。

军争夺这个山头。这时庞煖的大军已经赶到，两军在山下列成阵势，大战一场。扈辄站在山头手执红旗作为信号，张唐往东，旗就向东指，张唐向西，旗就向西指，赵军以红旗为指向，把张唐团团围住。张唐使出全身力量，左冲右突，怎么也不能冲出重围。危急时刻，幸亏蒙骜率援军赶到，才把张唐接应出来，一同撤回都山大营。蒙骜赶紧向吕不韦告急。

吕不韦得知这一情况后，派长安君成峤和樊於期（wū jī）带五万秦兵前去增援。周围的人劝说道："长安君年纪还小，恐怕不适宜担任大将。"吕不韦笑着说："我这么做的原因不是你们这些人应该懂的。"

长安君成峤，年方十七岁，自己不懂用兵作战的事，就请樊於期来商议。樊於期对吕不韦目中无人、只手遮天[1]的行为非常痛恨和厌恶，于是请长安君让左右侍从退下，把吕不韦的所作所为详详细细地讲给了长安君听。

樊於期说："嬴政并不是先王的骨血，您才是先王的儿子。吕不韦今天把兵权交给您，并非好意，他日夜都在担心哪一天事情就会败露，您的存在将是他和嬴政最大的威胁。吕不韦表面上信任您、重用您，实际上是要把您支派到外边，远离朝廷。这次出征，如果蒙骜失败了，吕不韦就可以以此为借口将您治罪，轻则削去官职爵位，重则要杀头，如此一来，嬴氏的秦国就会变成吕氏的秦国。这已经是世人皆知的秘密了，您一定要认真想想这件事。"

成峤说："依你之见，我们该怎么办？"

樊於期说："现在蒙骜被赵国困住不能脱身，情况万分危急。公子手握着重兵，如果能写出一篇檄（xí）文[2]，揭露吕不韦的罪行，号召天下讨伐他，必定能一呼百应，秦国的百姓们也希望能尊奉自己真正的主人。"

成峤用手扶着剑气愤地说："大丈夫死就死，怎么能跪在一个商人儿子的脚下！我一切都听你的！"于是，樊於期当即执笔为成峤起草了一篇檄文。檄文写道：

---

❶ 只手遮天：一只手把天遮住。形容权势非常大。

❷ 檄文：古代写在木简上的官方文书，用于晓谕、征召、声讨等。后特指声讨敌人或讨伐叛逆的文书。

长安君成峤告天下百姓：

国家社稷传让的根本是血统的纯正；颠覆祖宗社稷的最可恨的方式是施用阴谋。文信侯吕不韦以一个阳翟商人的身份，窃取了国家的权力，而现在的秦王嬴政，也并非是先王之子，而是吕不韦的儿子。吕不韦用一个已经怀孕的女人来诱惑先王，以自己的儿子来冒充先王血脉，这是十恶不赦的罪行！

吕不韦把贿赂作为施用阴谋的手段，把奸臣贼子当作有功之臣，两代先王之死就是他们加害的，这怎么可以容忍呢？秦国传续三代的权力被他们窃取，有谁能抵抗他们呢？如今，我们每日朝见的不是真的秦王，秦国的权力已经被他们偷偷地从嬴氏手中转变到吕氏手中，秦国的社稷面临着危险，就连天上的诸神也都震怒了！

我有幸作为先王的儿子，要请求上天助我来把这些叛臣贼子统统消灭掉。我们的铠甲刀枪，因为代表着正义而发光。我号召先王的子孙臣民，要谨记先王的恩德，和我们一同作战。大家要磨好刀枪，做好准备，一同讨伐逆贼，让天下回归正轨。

樊於期将檄文四下传布。秦国此前就有很多关于嬴政出身的传闻，此檄文一出，大家都更加确信传闻是真的。然而，由于惧怕吕不韦的权势，绝大多数的人不敢起兵响应，都采取观望的态度。张唐得知长安君已反，星夜赶往咸阳报告了这一消息。秦王嬴政看见檄文**勃然作色**[1]，立即与吕不韦商议对策。

吕不韦说："长安君年纪轻，不必为此处分他。这些都是樊於期搞的，他这个人有勇无谋，派些军队去很快就能把他捉住，大王不必过虑。"于是派王翦为大将，点齐十万人马，前去讨伐。

---

[1] 勃然作色：愤怒或心情紧张的样子。指因恼怒或惊怕而变脸色。

蒙骜在尧山久久等不到长安君的接应，正在猜想的时候，接到了檄文。蒙骜大吃一惊，说："我奉命出征，眼下进攻赵国没有成功，长安君又造反了，我怎么能脱开罪责？如果不调转刀枪，扫平叛逆，又怎么能解脱自己？"于是传令撤军。庞煖得知秦军撤退，挑选了三万精兵前去伏击，大败秦军，蒙骜也被乱箭射死了。

眼见王翦率大军前来讨伐，成峤非常害怕。樊於期说："您今天已经是**骑虎难下**[1]，况且我们三座城里有十五万士卒，背水一战，谁胜谁负还很难说，有什么可害怕的！"于是，亲率大军前去迎战王翦。

王翦喝道："秦王是太后怀孕十月而生下的，是先王的亲生儿子，这是没有疑问的。可是你造谣诽谤，污蔑君王，已经犯下满门抄斩的罪过，现在你还花言巧语粉饰自己，动摇军心。等到把你抓住，必定碎尸万段！"

樊於期大怒，瞪圆眼睛大喊一声，挥动长刀冲入秦军阵中。秦军看见樊於期勇猛无比，没人敢挡。樊於期左冲右突，如入无人之境。王翦指挥军队几次把他围住，都被他杀出了重围，秦兵死伤极多。当日天色已晚，各自收兵回营。

王翦把营寨扎在伞盖山，暗想："樊於期这样骁勇，很难迅速战胜，必须用计谋来击败他。"于是询问手下人："谁和长安君熟识？"

小将杨端和站出来说："我曾经在长安君门下做过宾客。"王翦说："我写好一封信交给你，你去送给长安君，劝他早一点归顺秦王，不要自取灭亡。"

杨端和问："我怎样才能到城里面去呢？"

王翦说："明日交锋，趁他们收兵的机会，你穿上他们的衣服，混入城中。然后伺机去见长安君。"杨端和领命而去。

第二天一早，王翦与樊於期继续大战，杨端和趁机溜入城内，见到成峤说："如今，六国之中有哪一个不畏惧秦国？你公然反对秦国，无论将来投靠哪一个国家，只要秦国派个人去威胁一下，他们就会把你捆起来，送给秦王，那

[1] 骑虎难下：骑在老虎背上不能下来。用来比喻做事情进行到中途遇到困难，迫于形势又无法中止不能停止，做也不是，不做也不是，无奈只好硬着头皮做下去。

时你还想活命吗？”

成峤年幼，胆小怯懦，顿时吓得哭了出来，问道：“那我应该怎么办？”

杨端和说：“王翦将军也知道你是被樊於期蛊惑才犯错的，他说你若能砍下樊於期的脑袋献给秦军，自己回来认罪，将军便会在秦王面前为你说好话，秦王也会宽恕你。如果你迟疑不决，后悔就来不及了。”成峤流着泪答应了。

樊於期与秦军苦苦鏖（áo）战[1]，终因人困马乏，抵挡不住，奔回城下，喊叫：“开门！”杨端和持剑立于成峤身旁，大声说：“长安君已经决定全城归降秦军了，樊将军你请自便吧。谁敢打开城门就杀掉他！”说罢从袖中拿出一面旗子，上面写着一个“降”字。成峤左右都是杨端和的亲戚，他们把降旗竖起来。

樊於期见大势已去，长叹一声，说道：“这个孩子不值得辅佐啊！”说完调转马头，杀开一条血路，投奔燕国去了。最终，成峤没能获得秦王嬴政的赦免，在馆舍中上吊自杀了。

知识链接

世袭制

世袭制是指某专权一代继一代地保持在某个血缘家庭中的一种社会概念。世界各地的人类社会，早期都曾出现过世袭制度的统治政权。

在中国，世袭制从大禹打破“禅让制”，传位给他的儿子启就开始了。启后来建立的夏朝是中国历史上的第一个奴隶制国家，这也是原始社会后期财产私有制在政治上的反映。此后，各个朝代的世袭制均以“父死子继”为其核心，其通常都是由嫡长子直接承袭，其他子弟用分封领地的办法，给予土地和居民。在特定情况下，封建王朝的世袭还辅以“兄终弟及”的办法，但都严格限定在同一血统范围内选定继承人。

[1] 鏖战：与人激烈地战斗。

评析

秦始皇嬴政是中国数千年专制时代第一个君临天下的皇帝。他到底是异人的儿子，还是吕不韦的儿子，曾引起过不少争议。就连《史记》这样以严谨著称的历史巨著也闪烁其词，说不清楚。其中一个很重要的原因就是：赵姬在嫁给嬴异人之前，是吕不韦的姬妾；再有就是，樊於期发布檄文时曾拿这一点大做文章，檄文作为书面文字流传了下来，成了史书中对嬴政的身份有所质疑的旁证。如今，史学界经过多方考证，证实秦始皇确实是异人的儿子，赵姬嫁给异人时并没有怀孕。由此看来，秦始皇是吕不韦之子的说法，是他的政敌们对他进行诋毁和污蔑的一种方式。

第五十三回

小甘罗利齿扬名

平息了长安君的内乱后，秦王嬴政想发兵讨伐赵国，为蒙骜报仇，便招来各位文臣武将商议。刚成君蔡泽给他出主意说："赵国和燕国有世仇，眼下燕国归附赵国，不是出于真心。我请求出使燕国，说服燕国同我们一起讨伐赵国。"

秦王嬴政认为这个主意很好，于是派蔡泽出使燕国。蔡泽果然说服了燕王喜。燕王喜让太子丹到秦国做人质，并请秦国派一个大臣到燕国做相国。

吕不韦想派张唐去，但张唐不愿意，托病不去。吕不韦只好亲自去请。张唐推辞说："我和赵国结怨很深，赵王曾悬赏重金捉拿我。此去燕国必然要经过赵国，我如果去了，还能活着回来吗？"吕不韦再三劝说，张唐就是不答应。

吕不韦闷闷不乐地回到了家中，一时想不出更合适的人选，一言不发地站在窗前。

吕不韦家中有个小门客，叫作甘罗，是原来秦国丞相甘茂的孙子。甘茂死后，家族不彰他就投奔了吕不韦。甘罗见吕不韦脸色阴沉，就上前问道："丞相您有什么不高兴的事情吗？"

吕不韦十分不耐烦地摆了摆手，说："去！小孩子一边待着去，你懂什么！"

甘罗一听，不乐意了，他自信地说："别看我年纪小，可我从小就在爷爷身边，知道的事情很多，说不定我能帮你出出主意呢！"

吕不韦觉得这话说得有道理，便把事情的前因后果告诉了甘罗。

甘罗一拍胸脯，说道："这有何难！丞相就把这件事交给我去办吧，我保证说服张唐去燕国就职。"

吕不韦还是不信。甘罗说："从前项橐（tuó）[1]七岁就做了孔子的老师，我现在已经十二岁了，你就不能让我去试一试吗？"

吕不韦见甘罗说得这么坚定自信，就改变了主意，同意让他去试一下。

张唐听说吕不韦的门客来访，连忙出来相见。一看甘罗竟然是个乳臭（xiù）未干[2]的小毛孩，顿时露出了不屑的神情。

甘罗不慌不忙地说："我听说从前范雎打算攻打赵国，却遭到了白起的百般阻挠，结果白起被范雎赶出了咸阳，还没走出七里地，就被赐死了。现在丞相亲自上门来请您去燕国当国相，您却找借口不肯去，您想他会放过你吗？"

几句话说得张唐浑身直冒冷汗。甘罗见了，心中好笑，又补上一句："如今，吕丞相的权势可比当年的范雎大多了，我真不知道在您身上会发生什么意外呢！"

张唐不敢再轻看甘罗，连连感谢他救了自己一命，并且让甘罗转告吕不韦，自己即刻动身前往燕国。

甘罗回去后，一五一十地向吕不韦做了汇报，吕不韦非常满意。甘罗担心张唐在经过赵国的时候会遇到麻烦，于是请求吕不韦允许他先到赵国去疏通[3]一下。这一次，吕不韦毫不犹豫地答应了，并且将此事禀报给了秦王嬴政，在秦王嬴政面前大大夸奖了甘罗一通。

秦王嬴政下令召见甘罗，问他见了赵孝成王会说些什么。甘罗答道："现在我还不知道赵孝成王会有什么反应，我只能见机行事了。"于是，秦王嬴政给了他十辆车、百来名仆役，随他一同出使赵国。

---

❶ 项橐：春秋时期鲁国的一位神童。他七岁时偶遇孔子，问了他三个问题，结果孔子连一个问题也回答不出来，于是虚心将他当成老师一般请教。后世尊项橐为"圣公"。

❷ 乳臭未干：身上的奶腥气还没有退尽。形容人幼稚不懂事理，对年轻人表示轻蔑的说法。

❸ 疏通：沟通，游说。

赵孝成王听说秦王派来使者，不敢怠慢，亲自出城迎接，不料来的竟是一个小孩子。

赵孝成王问："你今年多少岁了？"

甘罗说："小臣今年十二岁了。"

赵孝成王哈哈大笑起来："秦国难道已经没人可派了吗？怎么派一个十二岁的小孩来？"

甘罗镇定自若地说："我们秦王用人完全根据他们才能的大小，才能高的人做大事，才能小的人做小事。秦王认为这是小事一桩，所以就派我来了。"

赵孝成王见甘罗出言不凡，顿时肃然起敬，仔细观察甘罗，见他长得仪表非凡，眼神清朗，眉宇间露着一股轩昂[1]之气，于是不敢再轻视，郑重地问道："秦王派你来有什么事？"

甘罗并没有马上回答，却反问赵孝成王："您有没有听说燕国太子丹到秦国做了人质一事？"

赵孝成王点了点头说："听说了。"

甘罗又问："那君上知道秦国打算派张唐前往燕国出任相国吗？"

赵孝成王又点了点头说："知道。"

甘罗说："既然您都知道了，那么为什么您一点儿都不着急呢？"

赵孝成王问："我为什么要着急呢？"

甘罗说："秦、燕两国这么做，说明它们关系十分密切，他们关系一密切，赵国就十分危险了。"

赵孝成王问："依你之见，赵国该怎么办呢？"

甘罗说："君上不如割让五座城池给秦国，秦王必定十分高兴，您就趁此机会请求秦王，把太子丹遣送回燕国，断绝与燕国的关系。我再从旁劝说，让秦王取消张唐的使命。这样一来，以赵国的实力攻打弱小的燕国绝不成问题，到时候您得到的恐怕不仅仅是五座城池了。"

---

[1] 轩昂：形容精神饱满，气度不凡。也可指身材高大。

赵孝文王觉得在理，于是依照甘罗说的，把河间[1]一带五座城池割让给了秦国，秦国也把太子丹送回了燕国。赵国立即出兵攻打燕国，得到了三十座城池，又把其中的十一座送给了秦国。

秦国不费吹灰之力得到了十六座城池，秦王嬴政非常高兴，对甘罗大加赞赏，封他为上卿，并把秦国当年封给甘茂的土地封赏给他。甘罗凭着自己的聪明才智，十二岁就当了上卿，成为了中国历史上的一段佳话。

知识链接

中国古代十大神童

在中国古代，有很多特别聪明的神童，小小年纪就展现出了惊人的天赋，能做出许多成人都做不到的事情。甘罗和孟尝君无疑都是神童。除了他们以外，中国古代还有哪些知名的神童呢？下面我们不妨汇总一下：

1. 老子：春秋时期楚国人，是我国古代最伟大的哲学家、思想家之一，道家学派创始人，他十多岁的时候便很有见识。

2. 东方朔：西汉时期著名的文学家，两岁即能诵读《魏史》。

3. 蔡文姬：东汉人，中国历史上著名的才女和文学家，她自小就能诗善文，六岁时就能辨别弦音。

4. 曹冲：三国魏曹操之子，从小就表现出惊人的天赋，五六岁时才智便达到成人水平，留有“曹冲称象”的典故。

5. 元嘉：北朝人，能在同一时间做多件事情。他曾做过这样的表演：双手均拿着笔，左手画圆右手画方，口中一字不漏地背诵文章，同时还能准确无误地清算正在吃草的羊群的数目。

6. 李贺：唐朝著名诗人，他六七岁的时候就能吟诗作对。

7. 司马光：北宋政治家、史学家、文学家，七岁时便能读懂《左氏春秋》，留有“司马光砸缸”的故事。

---

[1] 河间：今河北沧州河间市。

8. 方仲永：北宋人，五岁时，从未拿过笔的他，第一次拿笔就写出了四句诗。后因父亲愚昧，不注重后天培养，长大后成了普通人。

评析

在战国这个历史大舞台上，各种各样的人才层出不穷。甘罗年仅十二岁，就凭着自己的聪慧周旋于王侯之间，并且不费一兵一卒使秦国得到了十六座城池，官封上卿，这在中国历史上可以说是绝无仅有的。在古代信息来源少，资讯传播途径不发达的社会，家庭教育对个人的影响非常巨大，甘罗的见识，正是与他出身于官宦世家，所见所闻与常人不同有关。当然，从他个人的智商来说，他也确实是一个才能过人、胆识出众的小神童。可惜甘罗有才有识，寿命却不长久，受封之后不久就去世了。

第五十四回

刺秦王荆轲献图

燕国太子丹在秦国做人质，听说秦国背叛了燕国又与赵国和好，整天如坐针毡，想逃回燕国，又担心闯不过城关。公元前 230 年，秦王派大将王翦、杨端和带领人马分两路进攻赵国。太子丹知道这场灾祸早晚也会降临到燕国头上，于是暗地派人送信给燕王，让他做好抵抗秦军的准备。同时，太子丹教燕王以生病为借口，派人请太子回国。

燕王按照他的想法派人到了秦国。秦王嬴政说："燕王不死，太子是不能回国的。要想让他回国，除非是乌发变成白头，马生了角才行。"

太子丹闻言绝望地仰天大喊，心中一股怨气直冲云霄，过了一夜，满头乌发竟然都变成了白色，但秦王仍不准他离开。无奈何之下，太子丹更换了自己的服装，毁了自己的面容，装扮成别人的仆人，混出了函谷关，星夜兼程逃回了燕国。

太子丹回到燕国都城**蓟城**[1]后，冥思苦想，希望能为燕国报仇。然而燕国弱小，根本不是秦国的对手，太子丹便蓄养门客，把希望寄托在刺客身上。他收留了勇士秦舞阳，又将被秦国重金悬赏捉拿的樊於期奉为上宾。

太子丹听说燕国有一个奇人，名叫荆轲，是齐国大夫**庆封**[2]的后代，因在齐国没有受到重用，几经周折，游历到了燕国。荆轲喜好读书舞剑，为人慷

---

[1] 蓟城：今北京城区西南部。

[2] 庆封：春秋时齐国的大夫，姓姜，齐景公时曾任右相。因左相崔杼权倾朝野，庆封心怀不满，设计杀了崔杼，成为齐景公唯一的丞相。

概侠义，深沉而有谋略，他与燕国的高渐离十分要好，两人经常一起在市集上击筑唱歌，感慨找不到知己。

太子丹找到了荆轲，与他一见如故，不仅把自己的饭食酒菜都拿给他吃，把自己华丽的衣服拿给他穿，就连自己的马车也送给他坐。一次，太子丹听说荆轲喜欢吃马肝，就杀掉自己的千里马，做成佳肴给荆轲吃。荆轲万分感激，立誓回报。

荆轲问太子丹："太子忧虑秦国的是什么事呢？"

太子丹说："秦国就像虎狼一样，贪得无厌，不占领整个天下是不会满足的。如今，韩国、赵国已经先后灭亡，秦国的下一个目标一定是燕国。这就是我**寝食难安**[1]的原因。"

荆轲问："您是想兴兵和秦国决一死战，还是有别的想法？"

太子丹坦诚地说："燕国弱小，不是秦国的对手，再加上如今各国都畏惧秦国的强大，都不肯联合起来，与秦国在战场上决一死战是不可能了。我想了一个办法，如果能得到一个天下的勇士，假意派他出使秦国，用重利引诱秦王。秦王贪心，勇士一定有机会能接近秦王，然后趁机劫持他，强迫他将占领的土地都还给各国。秦王能答应最好，如果不答应的话，就把他杀掉。秦王一死，秦国必然大乱，我再趁机联合楚国、魏国，共同扶立韩王、赵王的后代，大家一起努力抗拒秦国。这是一个再造乾坤的大好机会。在我看来，能担此重任的，普天之下仅先生一人。"

荆轲说："公子待我恩重如山，我定当以死报答！不过，为了保险起见，我还需要一个帮手。"此前，荆轲认识一个叫盖聂的游侠，希望盖聂能做他的副手。但是盖聂行踪不定，荆轲派人找了他大半年也没有消息。

公元前227年，秦王嬴政派大将王翦率领大军攻打燕国。太子丹十分焦急，对荆轲说："秦兵马上就要渡过易水攻打燕国了，我们的计划必须加快了。"

---

[1] 寝食难安：形容放心不下眼前的事，焦急到了极点，都到了睡也睡不着，吃也吃不好的地步。

荆轲说：“秦国一直想得到燕国最肥沃的土地督亢（gāng）[1]，如果我能主动将督亢的地图献给他，他一定会同意接见我的。”

太子丹说：“这有何难！我马上派人将地图送过来。”

荆轲略一沉吟，说：“为了保险起见，我还需要一样东西。”

太子丹问：“什么东西？”

荆轲说：“秦王嬴政生性狡诈，我此次前去秦国，如果不能取信于秦王，那就不可能接近他。我听说樊将军得罪了秦王嬴政，秦王出千斤黄金买他的首级，并承诺赏给捉到他的人万户的封邑。因此，我需要樊将军的人头。如果能将樊将军的人头和督亢的地图一齐献给秦王，秦王一定会非常高兴地召见我，这样一来，我才有机会能够报答太子。”

太子丹有些为难：“樊将军在穷途末路的时候投靠我，我怎么能为了报仇就狠心杀了他呢？”

荆轲知道太子丹不忍杀死樊於期，于是自己私下去找樊於期，对他说：“将军与秦国有血海深仇，您的父母宗族都被秦王杀了，如今秦国还以重金取你首级，将军您准备怎样报仇雪恨呢？”

樊於期仰天叹息，泪流满面地说：“我与嬴政不共戴天！我愿意与他一同死，只是没有这样的机会。”

荆轲说：“我有一计，可以帮助将军报仇。”

樊於期急忙问是什么主意。荆轲踌躇[2]着不说话。樊於期连声催促道：“你赶紧说吧！”

荆轲说：“我决定去刺杀秦王，可是缺少一份见面礼。我知道他正在悬赏捉拿您，如果我带着您的人头去见他，他一定会非常高兴，并且同意接见我。我一旦接近他，便伺机杀了他，那样，将军的大仇就可以报了！”

樊於期当即脱下衣服，露出半边身子，激动地说：“这是我日夜切齿痛恨

---

❶ 督亢：今河北涿县、易县、固安一带。

❷ 踌躇：犹豫不决，拿不定主意。

但苦于没有计策的事，今天终于可以托付先生了！”说完立刻拔出随身佩戴的宝剑，自刎而亡。

太子丹听说樊於期自杀的消息，失声痛哭，命令手下人厚葬他，并将他的头颅放进了一个木箱子。太子丹为荆轲寻来了一把非常锋利的匕首，是一个赵国人制造的，取名“徐夫人”。太子丹还特意让人在匕首上涂上了能见血封喉的剧毒。

太子丹向荆轲询问出行日期，荆轲说：“我的好朋友盖聂还没来，我想等他来做我的副手。”太子丹说：“盖聂此人犹如大海上的浮萍，行踪不定。我的门下有许多勇士，其中以秦舞阳最为出色，就让他做你的副手吧！”

荆轲见太子丹催得急迫，只得无奈地答应了。

出发的当天，太子丹在**易水**[1]河畔为荆轲送行，所有前来送行的人都特意穿上了白色的衣服。乐师高渐离击筑，奏出一曲非常悲壮的曲子，荆轲和（hè）着节拍唱道：“风萧萧兮易水寒，壮士一去兮不复还！”在场的人无不悲伤落泪。太子丹拿起一杯酒跪地敬献给荆轲，荆轲一饮而尽，登上马车，催鞭疾驰，再不回头看一眼。

荆轲来到咸阳后，用重金贿赂秦王嬴政的宠臣蒙嘉，蒙嘉便将燕国求和的意图告诉了秦王嬴政。秦王嬴政听说樊於期已被杀死，非常高兴，当即在大殿之上召见了荆轲。

荆轲捧着装有樊於期头颅的匣子，秦舞阳捧着装有督亢版图的图轴，一起来到大殿之上。秦舞阳心生恐惧，脸色苍白。

秦王嬴政问道：“使者为什么变了脸色？”荆轲回头看了秦舞阳一眼，笑了笑，叩首谢罪说：“秦舞阳很少出门，没见过世面，更何况今天是面见天子，所以失了常态，请君上恕罪。”

秦王嬴政命人接过荆轲手中的木匣，打开一看，果然是樊於期的头颅。荆轲说：“樊於期得罪大王后，一直四处逃窜，后来被燕王无意间捉住了。本

---

[1] 易水：今河北易县。

想将活着的樊於期献上，只怕途中发生变故，所以砍下了他的脑袋，希望能稍稍缓解大王的愤怒。”

秦王嬴政见荆轲面不改色，对答如流，就不再怀疑，便命他将地图呈上来。荆轲从秦舞阳手中取过图轴，来到秦王嬴政的身旁，放在案几上慢慢将地图打开。就在地图即将全部展开之际，荆轲一把抓起卷在地图里面的匕首，猛地向嬴政刺去。

秦王嬴政大吃一惊，身体一侧，匕首刺空了。荆轲抓住他的袖子再刺，不想用力过大，竟把袖子给扯断了。秦王嬴政的座位旁摆着一架屏风，有八尺宽，秦王嬴政跑到了屏风的后面，屏风倒在了地上，荆轲拿着匕首在后面紧追不舍，秦王嬴政无奈，只得绕着柱子奔跑。

秦国有法令，在殿上侍候的群臣都不许带兵器，而所有侍卫都在殿外，没有秦王的宣召，不得私自进入大殿。眼下，事发突然，仓促之间，秦王嬴政来不及呼唤那些带兵器的侍臣，只有那些不带

兵器的近臣，赤手空拳[1]与荆轲搏斗。荆轲勇猛异常，近他身者都被打倒在地。秦王嬴政随身佩戴着一把宝剑，名叫“鹿卢”，长八尺。他想要拔出来刺荆轲，无奈剑太长，不能从剑鞘中拔出。有一个名叫赵高的小内侍急忙叫道：“大王为什么不把剑推到背后再拔出来？”秦王恍然大悟，拔出宝剑，一下子砍断了荆轲的左腿。荆轲倒下后，奋力扔出匕首想要掷中嬴政，却被秦王嬴政侧头一避，那匕首从他的耳边擦过，直刺入右边的铜柱之中，火光迸溅。

秦王嬴政趁机上前，又刺了荆轲几剑。荆轲伤痕累累，眼见大势已去，靠着柱子剧烈喘息，叹道：“你真是太幸运了！我用自己的生命作代价劫杀你，没料想竟不得成功，这难道是天意吗！秦国作恶多端，逆天而为，仗着自己强大的力量肆意侵伐、吞并各诸侯国，我相信你的好日子也不会长久的！”

[1] 赤手空拳：指手中没有任何武器。形容两手空空，一无所有。

这时候，殿外的侍卫们才反应过来，一拥而上，杀死了荆轲。

秦王嬴政心颤目眩，呆坐了很久，神色才稍微安定下来。他走到柱子边去看荆轲，荆轲依然双目圆睁，怒气冲冲，就像还活着一样。秦王嬴政害怕了，命令将荆轲、秦舞阳和樊於期的头颅一同拿到集市上去焚毁。

知识链接

筑

筑（zhù）为古代弦乐器，形似筝，有十三弦，弦下有柱。演奏时，左手按弦的一端，右手执竹尺击弦发音。筑起源于楚地，其声悲亢而激越，在先秦时广为流传。自宋代以后，筑就失传了，千百年来，只见记载，未见实物。

直至 1993 年，考古学家在长沙河西西汉王后渔阳墓中发现了筑的实物，当时被文物界称之为“新中国建国四十余年来乐器考古的首次重大发现”。学术界也称渔阳筑为“天下第一筑”。

评析

随着秦国逐渐统一六国，诸侯国普遍遭受到前所未有的生存危机，因此重金雇佣刺客去刺杀秦王的人不在少数，甚至已经亡国的公子王孙也不惜以重金收买刺客，荆轲只是其中最为著名的一个人。作为战国时期最著名的刺客之一，荆轲吟诵的那句“风萧萧兮易水寒，壮士一去兮不复还”，至今仍被世人所传颂。在荆轲的身上，体现了以弱小的个体反抗强暴的勇气和甘为高尚的政治理想而献身的牺牲精神。

荆轲刺秦的行为成就自己的英雄主义，却加速了燕国的灭亡，与最初的目的背道而驰，实在令人哀叹。

第五十五回

秦嬴政一统天下

吕不韦当了丞相后，寡居的太后赵姬风流不减，依旧与吕不韦旧情不断。吕不韦担心事发，暗中举荐民间淫邪之徒嫪毐（lào ǎi）侍奉赵姬。没承想，二人厮混日久，竟生了子嗣，藏在距离咸阳二百余里的雍城宫中抚养。纸终究是包不住火的，嬴政知道这件事后，大为震怒，于是假意到雍城举行加冠礼，打算将太后、嫪毐一伙一网打尽。

公元前238年，秦王嬴政在雍城蕲（qí）年宫举行冠礼[1]。宦官嫪毐伙同太后赵姬发动叛乱，围攻蕲年宫。秦王嬴政事先在蕲年宫外布置了三千精兵，一举击溃了叛军。嫪毐被判车裂；赵姬被关进了雍城的萯（fù）阳宫。不久后，秦王嬴政罢免了吕不韦的丞相一职，将他放逐到巴蜀之地。吕不韦知道自己与秦王嬴政的关系无法挽回，于是饮毒酒自杀。随后，秦王嬴政任用尉缭和李斯等人，开始加快了兼并六国的步伐。

公元前236年，赵、燕两国发生战争。赵国出兵攻燕，秦国以救燕为名，派王翦出兵攻打赵国，先后攻取了赵的阏（è）与[2]、轑（lǎo）阳[3]、河间、安阳等地，漳水流域被秦所占有。赵悼襄王去世。

[1] 冠礼：古代男子二十岁举行的加冠之礼，表示其成人。

[2] 阏与：今山西和顺县。

[3] 轑阳：今山西左权县。

公元前230年，秦国派内史腾攻打韩国，俘虏了韩王安，韩国灭亡。同年，赵国发生大旱灾。秦国派王翦率军攻打**井陉**（xíng）[1]，派杨端和率军围困邯郸。赵幽缪王派大将李牧、司马尚带领大军抵御。然而，赵幽缪王的宠臣郭开收了秦国的贿赂，散布流言说李牧、司马尚谋反，赵幽缪王因此改用赵葱和颜聚取代李牧、司马尚，李牧被赐死。

公元前229年，王翦大破赵军，杀了赵葱，俘虏了赵幽缪王。赵幽缪王的哥哥公子嘉率领其宗族数百人逃到**代郡**[2]，自立为代王。

公元前227年，秦始皇派王翦攻打燕国，在易水大败燕、代两国兵马。第二年，秦军攻下蓟城，燕王喜被迫迁都**辽东**[3]。秦将李信带兵追击，燕王喜听从代王嘉的计策，杀了太子丹，将他的人头献给秦国求和。

公元前225年，王贲攻打魏国，包围了魏都大梁。王贲下令引黄河水灌城，三个月后，大梁城墙倒塌，魏王假出城投降。魏国灭亡。同年，秦国派李信、蒙武率领二十万大军攻打楚国。秦、楚两军在**城父**[4]相遇，楚军乘秦军不备发起反攻，大败秦军。随后，秦国派王翦带领六十万大军再次出征，大破楚军于**蕲**[5]，迫使楚国大将项燕自杀。接着秦军攻入楚都**寿春**[6]，俘虏了楚王负刍（chú）。

公元前222年，王翦平定了楚的江南地，降服了越君。楚国灭亡。同年，秦国派王贲攻打辽东和代郡，先后俘虏了燕王喜和代王嘉。燕国和赵国灭亡。

公元前221年，王贲攻打齐国。嬴政派人引诱齐王建入秦，许诺封给他五百里土地，齐王建入秦受封，结果被囚禁起来，活活饿死。齐国灭亡。

秦国从公元前230年灭掉韩国开始，到公元前221年灭掉齐国，历时十年时间，陆续兼并了六国，完成了天下的统一。

---

1. 井陉：今河北井陉县西。
2. 代郡：今河北蔚县代王城。
3. 辽东：今辽宁辽阳市。
4. 城父：今安徽亳县东南城父集。
5. 蕲：今安徽宿县东南。
6. 寿春：今安徽六安市寿县东北部。

因为六国当年的统治者都自称为“王”，嬴政认为“王”这个称号已经不足以尊显自己的功绩了，便让李斯等人研究一下，怎样改变称号以显示自己的丰功伟绩。李斯等人商议后，认为上古有天皇、地皇、泰皇，其中以泰皇最为尊贵，因此可改“王”为“泰皇。”嬴政认为自己的德才超过了三皇、功劳盖过了五帝，因此才能够开创这亘（gèn）古未有[1]的功业，决定兼采“皇”“帝”之号，称为“皇帝”。

为了使皇帝的地位神圣化，秦始皇又采取了一系列“尊君”的措施：

第一，取消谥法。周朝以来，但凡君王死后，后人依其生平事迹，都要给予带有评价性质的称号。秦始皇认为，“子议父、臣议君”实在太不像话，更没意义。他宣布废除谥法，不准后代臣子评价自己。

第二，天子自称为“朕”，而且“朕”字只有皇帝才能使用。而皇帝的命令叫作“制”或“诏”。

第三，臣子不准提及皇帝的名字，要避讳，奏事要称皇帝为“陛下”；上书时，奏章中逢“皇帝”“始皇帝”等词语时，都要另起一行顶格书写。

第四，招募天下的能工巧匠将和氏璧雕琢成了一块皇帝玉玺，方圆四寸，上镌五龙交扭，命李斯以大篆书写“受命于天，既寿永昌”八字，将其雕刻在玉玺之上，以此作为君权神授、正统合法的信物。

秦始皇对群臣说：“朕作为秦国的第一任皇帝，也就是‘始皇帝’，朕的后代们将以数字的顺序排列，称为‘二世’‘三世’，直至千秋万世。”

秦始皇相信“五德终始说”，他认为周朝属火德，秦国属水，秦之所以能够取周而代之，正是应了“水克火”的缘故。因此，秦始皇下令以黑色为尊，皇帝所穿的衣服、军队的战服、国内的旌旗都用了黑色；又因为水排列在第六位，所以秦始皇所用器物的尺寸，都暗含着“六”这个数目。

尉缭见秦始皇意气用事[2]，纷纷扰扰没有休止，私下叹息道：“秦国虽然得

---

❶ 亘古未有：亘古，远古。指从古到今都不曾有过。

❷ 意气用事：出自《儒林外史》。指缺乏理智，只凭一时的想法和情绪办事。

到了天下，但元气已经丧失殆尽了，它还能长久吗？”于是，在一个月黑风高的夜晚，带着弟子王敖一起，偷偷离开了咸阳，谁也不知道他们的去向。

秦始皇十分生气，问百官道："尉缭为什么离我而去？"

群臣说："尉缭辅佐陛下平定了天下，功劳最大，理应论功行赏。他希望陛下能分他一块土地，封他为诸侯，效仿当年周太公封赏姜太公的做法。但如今陛下平定了天下，封赏大典却一直没有召开，他感到失意，因此离去。"

秦始皇问道："周朝的分封制还可以实行吗？"

群臣纷纷表示赞同，认为原本属于燕、齐、楚、**代**[1]的国土，离秦较远，难以顾及，不设立诸侯就没有办法管理它。

这时，李斯站了出来，他反对道："周朝分封了数百个诸侯国，同姓为多，然而八百年来，他们的后代子孙之间，自相残杀就没有停止过。如今，陛下统一了海内，应设立郡县制，对那些有功之臣，可以赐给他们丰厚的功名利禄，但不能分割给他一寸土地和一个百姓，这样才能有效避免战争，使天下长治久安。"

秦始皇听从了李斯的建议，于是将天下分成三十六个郡。这三十六个郡分别是：内史郡、汉中郡、北地郡、陇西郡、上郡、太原郡、河东郡、上党郡、云中郡、雁门郡、代郡、三川郡、邯郸郡、南阳郡、颍川郡、齐郡（即瑯琊郡）、薛郡（即泗水郡）、东郡、辽西郡、辽东郡、上谷郡、渔阳郡、钜鹿郡、右北平郡、九江郡、会稽郡、鄣郡、闽中郡、南海郡、象郡、桂林郡、巴郡、蜀郡、黔中郡、南郡和长沙郡。

为了加强中央集权，秦始皇在中央设丞相、太尉、御史大夫。其中，丞相是百官之首，掌政事；太尉掌军事，不常置；御史大夫负责监察百官。秦始皇任命李斯为秦国的宰相，将三十六郡县交由李斯统一调度。

为加快经济发展，对全国实行有效的统治，秦始皇改革货币，统一**度量衡**[2]，

---

❶ 代：赵国被秦国灭了后，赵国的公子嘉奔入代郡，自立为王，是为代王。

❷ 度量衡：日常生活中用于计量物体长短、容积、轻重的器具的统称。

由国家统一铸币，严禁私人铸币。秦始皇以咸阳为中心，向四面八方兴修驰道，驰道实行“车同轨”，均宽五十步。同时，将天下最富有的二十万户家庭迁到咸阳。

为了统一思想，秦始皇在全国范围内推行“秦篆”（又称“小篆”）作为官方规范文字，同时废除其他异体字。公元前 213 年，秦始皇下令焚毁除《秦记》以外的所有六国史书和私藏于民间的《诗》《书》，只有医药、卜筮、种植类书籍幸免于难，史称“焚书”。公元前 212 年，秦始皇在咸阳将四百六十余名术士坑杀，史称“坑儒”。

为了维护秦国的统治，秦始皇下令收缴天下的兵器，将他们聚集到咸阳一齐销毁，铸成十二个铜人，每个都有千石（dàn）[1]重，被放置在秦朝的宫廷中。

为了抵御北方的匈奴，秦始皇派出三十万大军前去征讨，并出动百万劳动力，将战国时期秦国、赵国、燕国三国北部边境的长城连接起来，加以拓展和修缮，建成了一条西起临洮，东至辽东的万里长城。同时，他又挥师南下，与岭南的少数民族百越作战，命史禄开凿河渠，沟通湘江和漓江，用以方便运送军队和作战物资。

秦始皇统治期间，四处征战，大兴土木，仅一座阿房宫就动用了七十万囚犯，耗费了无数财力物力。天下的百姓背负着沉重的**苛捐杂税**[2]和兵役，生活在水深火热之中。到了秦二世时，其暴虐统治更甚于秦始皇。终于，公元前 209 年，陈胜、吴广等人揭竿而起，开启了轰轰烈烈地推翻秦朝暴政的序幕。

秦始皇不会想到，他千秋万代的美梦，才传到“二世”就不得不戛然而止了。

知识链接

君权神授

君权神授，是封建君主专制制度的一种政治理论。该理论鼓吹，皇帝的权力是天神赐予的，具有天然的合法性，皇帝代表天神在人间行使权力，管理人民。

---

❶ 石：秦朝的重量单位，约合今 60 千克。

❷ 苛捐杂税：指反动统治下苛刻繁重的捐税。

《尚书·召诰》上有这样的一段话："有夏服（受）天命。"这说明，早从夏朝开始，当时的奴隶主们就已开始假借宗教迷信进行统治。到了殷商时期，奴隶主贵族们创造了一种"至上神"，称为"帝"或"上帝"，认为它是上天和人间的最高主宰，又是商王朝的祖宗神，因此老百姓应该服从商王的统治。西周时用"天"代替了"帝"或"上帝"，因此，周王被赋予了"天子"的称呼。

到了汉朝，君权神授的理论有了系统性的发展。董仲舒提出了"天意""天志"的概念，并且提出了"天人相与"的理论，认为天和人间是相通的。天是有意志的，是最高的人格神，是自然界和人类社会的最高主宰。天按照自己的面目创造了人，人应按天的意志来行事。从"天人相与"的神学目的论出发，董仲舒提出"君权神授"的命题。他认为皇帝是天的儿子，是奉天之命来统治人世的，人民应该绝对服从他们，凡是君主喜欢的事，老百姓应该无条件去做。

君权神授的理论，强调君权的天然合理性和神圣不可侵犯性。这种理论在中国产生了深远的影响，历代帝王以至造反的农民领袖，无不假托天命，自称"奉天承运"，或者说"替天行道"，把自己的活动说成是受上天的指使，从而达到神化自己及其活动的目的。

评析

秦始皇之所以能灭掉六国，一统天下，主要原因有五点：其一，秦国自商鞅变法后，社会发展已经达到了一定高度，奠定了统一中国的政治、经济、军事基础；其二，秦始皇通过大刀阔斧的内部改革和革新，统一了国内的认识，消灭了异己，集所有大权于君主一身，能做到令行禁止，施政效率大为提高；其三，奉行"远交近攻"的策略，让秦国能集结优势兵力发动对外战争；其四，六国对秦国的态度摇摆不定，始终未能形成统一认识，同时各诸侯国之间也攻伐不断，给了秦国可乘之机；其五，统一是大势所趋，是当时社会经济、政治发展的必然结果，是封建集权制替代农奴制的胜利。